呪脈の街

荒川悠衛門

角川ホラー文庫
24423

目次

プロローグ

その夜は夏の始まりを告げるような、生ぬるい雨が降っていた。

玄関灯に照らされたあの子は、赤黒く染まった寝間着姿で立っていた。こちらに気付くと、無邪気に微笑んだ。手には包丁が握られたままだ。

どうしてこんなことを。息も整わぬままにあたしが発した問いへの答えが、その笑みだった。その瞳（ひとみ）ははっきりとしていて、自分がしたことを理解しているようだ。

夫と息子へ突き刺したという包丁を眺めながら、あの子は言う。

「勘違いしないでね。二人のことは愛していたんだよ。だけど、寂しかったんだ」

その言葉に耐えられなくて、遮るように叫ぶ。

「あんたには、あたしがいたじゃない。なのに、なんで」

あの子は笑みを深くした。べっとりと頬にこびりついた血に、雨ではない一筋の温かな雫（しずく）が流れた落ちた気がした。

「そうだよね。私、馬鹿だから。そんなこともわからなかったんだ」

微笑みは消えないまま、あの子は包丁を自らの首筋に当てる。口元が微（かす）かに動いた。

「ごめんね」

止めようとするよりも早く、躊躇ない勢いで、包丁が首を切り裂いた。

崩れ落ちる体を抱き留めて、傷口を押さえる。お願い、止まって。そんな願いは言葉にもならない呻き声として口から漏れる。まだ何か言いたげな口から、切り裂いた首から、温かい血が冗談のように溢れる。無駄な努力だと嘲笑うかのように、あたしを赤く染めていく。

痙攣が止まる。全身から力が失われる。あまりにもあっけなく、あの子は死んだ。

呻き声が、叫び声へと変わる。荒れ狂う感情が、獣のような声になる。

声が掠れた頃に気配を感じた。何かあるはずもない夜空を見上げる。

一糸まとわぬ女が、屋根の上で宙を泳いでいた。その肢体は暗闇にあるはずなのに、はっきりと目にすることができた。しかし長い黒髪が水中にあるかのように浮かび揺れているせいで、顔はよく見えない。ただ優雅に宙を泳ぎながら、息継ぎでもするかのように夜空へと向かい、歌うように何かを口ずさむ。

それに応じるように悲痛な女の叫び声が聞こえた。狼が遠吠えを連鎖させるように、それはあらゆる方向から重なり、鳴り響き、街に慟哭が満ちる。あたしは強烈な頭痛に襲われる。

頭の芯を捩じ上げるような強烈な痛み。雨では洗い流せない濃い血の臭い。宙を舞う女と、連鎖する慟哭。

現実か定かではない悪夢のような状況に、狂気の影を感じながらも、あたしは自分が何をするべきかを理解した。

もう動かなくなったあの子の体を抱きしめて、僅(わず)かに残る体温を感じる。あの子の最後の熱を胸に宿すかのように、さらに強く抱きしめる。

「あたしが、きっと」

誰に聞こえるわけでもない誓いの声は、雨音と慟哭に押しつぶされて、あたしの耳にすら届かなかった。

第一話

アキちゃんはちょっと変だ。

まず娘の私に自分をあだ名で呼ばせているのはおかしい。私と親子というよりも友人として付き合っていきたいというのだけど、最近は私が叱ることばかりなので、私が母親になってしまったような気分になる。

アキちゃんはだらしない。何故毎日使う車の鍵(かぎ)をどこに置いたのか忘れてしまうのか。脱いだ服を床に放り投げて寝てしまうのか。ビールの空き缶をそのまま置きっぱなしにするのか。そして叱っても、しばらくすると同じことを繰り返すのか。

アキちゃんは恋多き女だ。私の人生には「父親」と呼ばれる存在がいない代わりに、「彼氏」と呼ばれる人たちがいた。マサオくん、ツヨシくん、こうへいさんに、正仁(まさひと)くん、孝充(たかみつ)くん、智道(ともみち)、忠次郎(ちゅうじろう)、まっさん、峰雄(みねお)さん、新田(にった)さん……。

きっとこれらの人たちは、アキちゃんの人生における大河のような膨大な恋愛遍歴の一部で、その隙間や前後には私の知らないロマンスが満ち満ちているのだろう。

アキちゃんは美人だ。恋の嵐のど真ん中に立ち続けるだけに足るその容姿は、娘の私から見てもそう断言できる。少し細い目元と薄い唇はそのままだと地味だけど、化粧をすると驚くほど華やかに輝く。今年で三十六歳になるけれどスタイルはよくて、いつだって短めのボブヘアは整っている。

アキちゃんはよく笑う。満開に咲く花のようなその笑顔は、老若男女問わず人を引き付ける。この笑顔こそがアキちゃんの一番の魅力なのだと思う。

だけどそんな笑顔を向けられると、本当に私はこの人の娘なのだろうかと考えてしまう。私はいつだって真面目な娘であろうとしている。散らかった部屋を見るとつい片付けたくなる。学校は勉強する場所にしか思えないし、クラスの男子たちを好きになることなんてない。地味でそばかす顔の私には、人を引き付けるような魅力なんてあるわけない。

その日、私はアキちゃんへ怒りを露(あら)わにしていた。きっかけはひと月前に渡していた進路相談の知らせを、アキちゃんが見てすらいなかったことだ。母親なのに、私の将来なんてどうでもいいと言われているようで許せなかったのだ。

そのときのことはよく覚えていない。ただ普段なら考えすらしないようなひどい言葉を喚(わめ)き散らしていた気がする。胸の奥底に澱(よど)んでいた何かを感情のままに吐き出したのだ。

それでもアキちゃんは微笑んでいた。いつもの咲き誇るかのようなそれではなくて、季節の終わりに首(こうべ)を垂れる花のような、憂いを感じる笑みだった。

その表情に私は言葉を失った。何かを言い返してほしかった。言い訳を聞かせてほしかった。だけどそんな思いは言葉にできなくて、ただ悔しくて涙が零れた。

アキちゃんはその涙を見て、一言だけぽつりと呟いた。

「ごめんね」

それが私の目にした、アキちゃんの最後の笑顔だった。

「それで大喧嘩の末に家に帰ってこなくなったと」

果たしてあれを喧嘩と呼んでいいのかは分からなかったけれど、概ねはその通りだ。

カウンターの向こうに立つママが紫煙を吐き出すと、開店前の店内に魔力が満ちるかのように広がっていく。幻想的にすら見える姿に、相も変わらずの魔女っぷりだと感心する。

ここは私の住む峰の宮市の繁華街にあるバー「ウルスラ」だ。まだ夕方の開店前なので客はおらず二人だけだ。

目の前の魔女は当然私の母親ではなく、女店主という意味のママだ。アキちゃんの昔からの知り合いで、現在の雇用主でもあり、私も小さい頃から世話になっている人だ。

「しかし母親の家出を娘から相談されるとはねえ。アキもなにやっているんだか」

ママが気だるそうに言った。濃い化粧に、かき上げるようにセットされた髪は赤茶と白が混ざりあってネオン染みた光彩を放っている。

「それでもう一週間も家に帰ってないの。ねえ、ママは何か知らない？」

ママは新しい煙草に火を点けながら、グラスにオレンジジュースを注いでくれた。

「アキはここ半月くらい仕事に来てないよ。一葉、あんた聞いてないのかい」

「ええ。初耳だよ。どうして？」

「やらなきゃならないことがあるから、しばらく休ませてくれって」

「やらなきゃならないことって？」

「さあね。それ以上は聞いてないよ」

長期休暇なんて、そんな大事なことも知らせてくれなかったのか。胸に怒りとも悲しみとも言い切れないような、重たい感情が満ちた。

「それで、警察には？」

「まだ。だけどあんまり期待できないかな。ほら前にアキちゃん、やらかしたから」

「ああ、そんなこともあったねえ」

私とママは顔を見合わせて大きくため息をついた。私たちの脳裏に浮かんでいたのは、去年アキちゃんが巻き起こしたとある騒動についてだ。

アキちゃんは親友に不幸があったことをきっかけに姿を消したのだ。しかも「捜さないでください」とメモを残してだ。

私は大混乱してしまい、ママを始め伝手という伝手を使いながらアキちゃんを捜した。警察にも連絡し、泣きながら最悪の予想を並べ立てて捜査に当たってもらった。

しかし失踪の四日後、当の本人は温泉まんじゅうをもって上機嫌に帰宅したのだった。なんてことはない。傷心を理由に男と旅行に行っていたのだ。しかもスマホの充電器を忘れるという、だらしないおまけつきで。

アキちゃんが各方面から大目玉を食ったのは言うまでもない。そしてそんな過去があるのだから、警察に駆け込んだところでどんな反応が返ってくるのかは予想がつく。

苦い思い出を流し込むように、ジュースを一息に飲み干した。

「せっかくアキに似ても似つかないしっかりした子に育ったのに。あんたも苦労するねえ」

ママが心底同情する顔で空っぽになったグラスにおかわりを注いでくれた。疲れた大人が、ママの店でお酒を飲む意味を理解しながら礼を言う。

ウルスラを出て、生ぬるい暑さに辟易しながら晴れ間の見える空を見上げる。予報では今年は冷夏で、雨が多くなるらしい。だけど初夏である今、涼やかさとは程遠い湿った暑さが街を包んでいるので、予報が外れているんじゃないのかと疑いたくなる。

バスに乗って向かった警察署では、予想通り何も得ることはなかった。

一応の行方不明者届は受理されたものの、本格的な捜査には至らないであろうことは察することができた。対応してくれた刑事さんは、例の一件を知っているらしく、苦笑いしながら「そのうち饅頭でも持って帰ってくるんじゃないか」と言っていた。

警察署を出た頃には、空が雲で陰りぽつりぽつりと雨が降り始めていた。

私は雨が嫌いだ。昔から雨が降るとどうしても気分が沈みこんでしまう。最近はそれどころか頭痛や疲労まで感じるようになってきたので、ひどい日は学校を休むこともある。今日の雨はそこまででもなさそうで、傘を差す必要すらなさそうだ。それでも頭の芯（しん）に響く鈍い痛みに陰鬱（いんうつ）な気分になりながら、空を見上げて呟いた。

「ねえ、どうしたらいいのかなあ」

返答はない。当たり前の結果に苦笑しながらバス停に向かおうとすると、スマホが鳴った。

「どうしたの？」

通話口に出た私の耳に、紫煙を散らす吐息が響いてからママの声がした。

「知り合いのひかりって子から、ちょっと気になる話を聞いてね」

「ああ、ひかりちゃん。知ってるよ。アキちゃんの友達だよね」

「ひかりもアキを捜しているんだってさ。最近はアキによく会っていたのに、急にいなくなったから何やら困っているんだとか」

「よく、会っていたんだ」

碌（ろく）に家にも帰っていなかったのに。胸に溢（あふ）れる薄暗い言葉をどうにか呑（の）み込む。

「それであんたの話をしたら、ひかりが話したいって言うんだ。どうする？」

「うん、私も話を聞きたい」

「それじゃひかりにも伝えておくから八時過ぎにまたおいで。それと」

「それと？」

「娘に聞くのはどうかとも思うんだけどね、最近アキに男ができたなんて聞いてない？」

「ううん、聞いてない。今はフリーだと思うけど」

「他の子の話なんだけど、最近金回りのよさそうな男と歩いているところを見たって言うんだ。けどあんたが知らないなら見間違いか勘違いだろう。じゃあ八時にね。待ってるよ」

電話を切ってまた空を見上げてしまった。必死な自分がひどい馬鹿に思えてきたのだ。私の進路相談の知らせにすら目を通していなかったくせに、他人の相談には乗っていたんだ。碌に家に帰ってこなかったくせに、男と遊んでいる余裕はあったんだ。彼氏ができればいつも一番に私に報告していたくせに、今回は何も言ってくれなかったんだ。

嫌な想像を払うように頭を振った。そんなこと考えてもしょうがない。約束は八時だからあと二時間と少ししかない。バスの時間を思い出して、雨の中を駆けだした。


この峰の宮市は水の街だ。といってもヴェネチアのような優雅なそれとは違う。北に構える霊山と、南に広がる港湾の間にできたこの街は、霊山からの河川を用水路として市内各所に張り巡らせている。

道を歩けばどこからか流水の音が聞こえて、雨が降れば水流の轟音(ごうおん)がその程度を知らせてくれる。きっと都会や他の街に比べれば、水というものが近いのだと思う。

私たちはそんな街の、新居が並び立つ住宅地からは離れた土地の一角に住んでいる。十代の頃から奔放だったアキちゃんは、高校生の頃に両親と縁切りし、祖母を頼ってこの街にやってきた。私にとって曾祖母（そうそぼ）にあたるその人は私が幼い頃に病死し、それ以来二人でこの家に住んでいる。

曾祖母から受け継いだ築五十年の木造建築二階建ては、夏は暑いし冬は寒い。小高い丘の上に建てられていて、見晴らしがいいくらいしか取り柄はない。

それでも私はこの家が好きだった。アキちゃんの歴代の彼氏たちは同居することはなかったから、この家は私とアキちゃんだけの場所だ。

とくに二階の廊下にある大きな窓が好きだ。アキちゃんと二人で廊下に椅子を並べて、窓から街の遠景を眺めるのは、日課のようなものだった。最近はあまりそんな時間を取ることもなくなったけど、暇なときにはつい窓から広がる街を眺めてしまう。

そんな愛すべき我が家に帰りつく頃には、時刻は七時を廻（まわ）ろうとしていた。

ガラス戸の玄関を開けて靴を脱ぐ。財布から小銭を取り出して、靴箱の上の豚の貯金箱に一枚ずつ入れていく。この貯金箱はそこらへんに小銭を放置するアキちゃんのために用意したものだ。その効果もあってそれ以来、アキちゃんが小銭を放置することはなくなった。そんなふとした記憶を思い出して、胸に寂しさが込み上げた。もしかしたら、と縋（すが）るような気分で零（こぼ）した。

「ただいま」

返事はない、はずだった。

「おお、おかえり」

不意な声に驚き振り向くと、玄関扉にもたれかかるように男が立っていた。

肩にまで伸びるボリュームのありすぎる髪は、根元から毛先まで金に染まっており、首元からは金色のチェーンネックレスを吊り下げている。Tシャツにジーパンというラフながらも派手なその姿は、軽薄そうな雰囲気に包まれている。

私はその男を知っている。私にとって忘れることができない男だ。

「なん、で」

疑問の言葉すら紡ぎきれない私に、男が微笑んだ。

「その、なんだ。久しぶりだな、一葉。大きくなったなあ。元気だったか」

その笑顔は、軋む音すら聞こえてきそうなほどにぎこちない。

「覚えてるかな。忠次郎だけど」

覚えている。忘れるわけがない。忠次郎なんて時代劇染みた大層な名前はお前にはもったいない、チュウチュウネズミで十分だと、アキちゃんはこの男をあだ名で呼んでいた。そのあだ名が可愛らしく思えて、当時の私もそう呼んでいた。

「ネズ」

「そうそう、ネズだよ。良かった、忘れられてたら流石にショックだったわ」

男のぎこちない笑顔がいくらか和らいだ。その笑顔があのときの記憶を明滅させる。長い時間によって薄まっていた感情が、当時の濃度を取り戻し、激しく燃え上がった。怒りの炎が私に小銭を満載した貯金箱を握らせて、力いっぱいに振りかぶらせた。

谷廣忠次郎ことネズは、アキちゃんの壮大なる恋愛遍歴に登場する一人だ。その中でも我が家の「彼氏」の枠に最も長い期間居座った男でもある。

奔放なアキちゃんは男の趣味も千差万別だった。例えばネズの前の彼氏、智道は当時まだ二十代も前半の若者で、頼りない印象だった。きっと収入が多かったわけでもないと思う。それでもアキちゃんは十歳近く年下の智道をかわいがっていた。

ネズの次の彼氏のまっさんは対照的に、アキちゃんより十歳も上で、地元で車の修理改造を請け負う工場を営む社長さんだった。剛毅で細かいことを気にしない成功者だ。アキちゃんはそんなまっさんに、何一つ物怖じすることなく対等な関係を築いていた。

彼らはアキちゃんの娘である私に対しても、決して嫌な気分になるような言葉や表情を見せることはなかった。何故彼らとアキちゃんが別れたのかは知る由もないけれど、それでもいい人たちだったたと断言できる。一人の例外を除いては。

そんな例外たるネズは、アキちゃんの元カレたちの中でも一際変わった存在だった。この男はいつだって軽薄な雰囲気で、暗い顔をしているところは見たことがない。毎日のように私たちの許へとやってきてはよく遊んでいた。三十近い歳のくせに定職に就くこともなくふらふらとしていて、三人で遊びに行くと誰よりもはしゃいでいて、見た目が大人なだけで、中身は小学生じゃないかと思えるような男だった。

　ネズは不思議な男だった。そのだらしなさはアキちゃんと双璧（そうへき）を成すほど。しかも下手すれば中学生程度の知識も怪しい。しかし妙に顔が広くて、道を歩けば誰かしらに声を掛けられて談笑を繰り広げていた。

　そして気が利く男でもあった。私が学校で嫌なことがあったり、ふとしたことで落ち込んだり、体調が悪かったりしたときに、一番初めに気が付くのはネズだった。

　二人がどんな出会いをしてどんな恋愛を重ねたのかはわからない。アキちゃんは時にはネズと一緒にはしゃぎ、時にはネズを戒めながら引っ張った。はっきりとどこが良かったのかは断言しなかったけれど、他の誰といるときよりも楽しそうだった。

　二年に亘（わた）る関係性の中でネズという男の存在が当たり前になっていたし、こんな関係がずっと続いていくのではないかとすら思い始めていた。

　その頃は今以上に我が家に金銭的な余裕はなかった。だからアキちゃんが私の小学校卒業を記念して、旅行に行こうと言ってくれたときは本当にうれしかったし、ネズがその行き先が憧（あこが）れのディズニーランドだと教えてくれたときは夢かと思ったほどだった。

　しかし結局それは実現しなかった。私が卒業式を終えたその日、ネズが家にあったお金と共に姿を消したからだ。

あの日の思い出が全力で駆けめぐる。自分でも思いもよらないほどの力で放り投げられた豚の貯金箱が、回転しながら飛翔して、偶然にも豚の額とネズの額がぶつかった。真っ二つに割れた貯金箱が小銭を撒き散らす。何十枚もの硬貨が土間の石畳に跳ねて、瞬間的に豪雨でも降ったかのような音がした。

　貯金箱の直撃でのけぞったネズは、玄関の外へ出て額を押さえて悶えている。

「おお、いってえ。咄嗟に貯金箱投げるか、普通。ナイスピッチングだよ、クソ」

　余程の痛みなのか、頭を抱えている。しかし如何に痛かろうが知ったことか。何ならもう十個でも貯金箱を投げつけてやりたい。

「うるさい。あんた、一体どの面下げて、うちに」

　残念ながら手頃な凶器は手元になかったので、さっきまで履いていたローファーのかかとを掴んで投げつける。ちょうど顔を上げようとしたネズの鼻っ面に直撃する。無様な悲鳴が響き渡る。ざまあみろ。

「ちょっと、ちょっと待って。やめてくれ」

もう片方のローファーを振りかぶろうとしたところで、鼻を押さえながらネズが叫んだ。

　懇願するようにこちらに向けられた手のひらに、思わず投擲を止める。

「オーケイ、一葉。五年ぶりで、そりゃ怒るのはわかる。ただ俺は、心配で」

心配？　金を盗んで姿を消したクソ男が？

　ネズの言葉を咀嚼（そしゃく）する前に、燃え上がり続けている怒りが、もう片方のローファーを飛翔させる。しかし狙いははずれ、今度は脛（すね）にローファーの爪先（つまさき）が突き刺さり、ネズはコメディアン染みた滑稽（こっけい）な悲鳴をあげた。

「ああ痛（いて）えな、ちくしょう」

「あんたなんかに、心配されることなんかない！」

「そうだよな。そうかも知れねえけど、ただアキちゃんが、大丈夫か確認してえんだ」

　次なる怒りの切っ先に、靴ベラを手に取っていた私は再び手を止める。

「なんで今更あんたがアキちゃんを心配するのさ」

「この間、久しぶりに電話があったんだけど、様子がおかしかったからよ。なんかやべえんじゃねえかって思って帰ってきたんだ。それで、アキちゃんは仕事か？」

「アキちゃんは」

　突然現れたネズに、今の状況をどう説明したらいいのかまるで分からない。言葉に詰まる私に、ネズの顔には憂いが深くなる。

　先ほどからの騒ぎのせいなのか、外からはご近所さんの騒（ざわ）めく声がする。そんなご近所さんに、この状況をどう説明するべきかもわからない。

「一葉？」

　ネズがさらに心配そうに呼びかけてくる。ママとの約束の時間まではもう一時間もない。ああ、もう仕方がない。私は顔面を歪（ゆが）めながら、ネズへと提案する。

「とりあえず、場所を変えよう」

「それで、なんであいつを連れてきたのさ」

開店後のウルスラは、ずらりと並ぶグラスに淡い明かりが反射して、店全体が輝いているかのように美しい。今日は金曜日だからか席は埋まっている。大人たちの決して喧しくはない会話が、ゆったりとした音楽の流れる店内に、上品な雰囲気を作り上げている。

「だって、あのままだとご近所さんが次から次へと集まってくるし。それにいきなりやってきたネズなんかを家に上げたくなかったし。他に行ける場所も思いつかなくてさあ」

ウルスラは我が家からバスで十五分ほど。信頼できるママもいる。

「それで着替える暇もなかったのかい」

「うん、本当にごめん」

大人な雰囲気の店内に、制服姿の女子高生はあまりにも悪目立ちする。せめて時間があれば着替えてきたのに。ママが呆れるような顔で、奥からカーディガンを持ってきてくれた。礼を言いながらそれを羽織り、少しでも目立たないように縮こまる。

「しかしまさか、あのネズが帰ってくるとはねえ」

昔からアキちゃんを知るママはネズのことも知っている。いつもの迫力に厳しさを加えた視線を、奥の席に座るネズへと向けた。気だるそうにソファに腰かけていたネズが、まずいところでも見られたかのように、姿勢を正してママへと会釈した。

「まあ席を貸すぐらいはいいよ。ただそれとは別にもう一つ問題があるんだけど」

ママが視線を私の右側へと滑らせた。カウンターの隅にスーツ姿の男性客がいた。

少し浅黒い顔を見ると歳は四十代くらいだろうか。がっしりとした体形で背筋はしっかりと伸びている。スーツも高級品らしい光沢を放っているが、それに負けていない風格を備えている。まさに大人の男、といった雰囲気だ。

ついまじまじと見ていると、男が気づいてこちらに微笑んで会釈をした。見覚えのある顔だ。会釈を返してからママへと向き直る。誰かと尋ねるよりも早く名刺が差し出された。

名刺には「代表取締役社長」と「竹谷泰隆（たけややすたか）」という名前、そして「丸竹（まるたけ）商事株式会社」と記されていた。

「ママのお得意さん？」

「違うよ。あんたの客。いや厳密にはアキの客か。それと、多分あれがあんたの知らないアキの新しい男。前に聞いた噂の男と特徴がぴったり」

なるほどというべきか、なんということだというべきか。

「あんたに電話したあとに店に来たんだよ。あの旦那（だんな）もアキを捜しているって話だし、あんがやってくるのを待ってもらっていたんだ」

「ええ、あの人も？」

　これでアキちゃんを捜している人は私以外に三人目だ。ネズとあの竹谷という男に、これからやってくるだろうひかりちゃん。ひどく煩雑な偶然に、少しうんざりしながら名刺を眺める。そしてようやくそこに書かれている意味に気が付いた。

「丸竹商事って、あのマルタケ？」

　それは峰の宮市で今最も勢いのある会社だ。私のような高校生にもその名前は知られている。確か介護や飲食業、宅食業や不動産業など複数の事業を展開していて、マルタケのロゴ入り看板は市内の至る所に設置されている。通学路にも新規開店する居酒屋の大きな看板があって、社長と店長が肩を組んで微笑んでいるデザインだった。なるほど見覚えがあるわけだ。

「アキの奴、今度は地元の有力者を捕まえていたわけだ。よくやるねぇ」

　感心しているのか呆れているのかよくわからないママに、私は苦笑で返す。

「とりあえず挨拶してくるね」

　隅のカウンターまで向かうと、竹谷さんはこちらへ向いて微笑んだ。

「こんばんは。鈴野日秋穂の娘の一葉です」

「こんばんは。僕は竹谷泰隆です」

　竹谷さんは名刺を出そうとしたが、私が座っていたカウンターにも同じものが置かれていることに気が付いて、右手を差しだした。私も慌てて手を差しだして握手する。

「突然すまないね。秋穂さんと急に連絡が取れなくなってしまったから困っていたんだ。偶然これから娘さんがいらっしゃると聞いて待っていたのだけど、迷惑だったかな」

「いえ、大丈夫です。ただ一つ確認したいんですけど、竹谷さんって母とは」

はっきりと言いきる前に、私の質問を察した竹谷さんが、少し気まずそうにはにかんだ。

「ああ、秋穂さんとは、その、親しくさせていただいているよ」

どうやらママの予想は的中したようだ。乾いた愛想笑いで気まずさを誤魔化す。

「話すのはいいんですが、同じように母を捜している男がいまして、彼と一緒でもいいですか？」

竹谷さんが奥の席を覗き込んだ。

「彼のことかい。僕は別に構わないよ」

「ありがとうございます。それじゃあ一緒に」

ネズは席にやってくる私を見つけて笑顔になったが、続く竹谷さんを見て顔をこわばらせていた。席は円卓の半円をソファで囲むような造りになっていて、私が半円の奥に座り、左手前側にネズが、右手前側に竹谷さんが座る形になった。

ネズの目の前にはいつの間にか頼んでいたビールのグラスが、竹谷さんの前にはウーロン茶、私の目の前にはジュースが置かれていた。私の分はママのおごりだ。

カウンターで忙しそうにしているママに心でお礼を言いながら、できれば同席して欲しかったと誰にも聞こえないわがままを呟いた。とはいえ店は開店しているし、今日は花の金曜日だ。どう見ても忙しそうなママに、そこまでのお願いはできない。

目の前ではテーブルをはさんでネズと竹谷さんが挨拶をしていた。礼儀正しく名刺を渡す竹谷さんと「名刺なんてねえっすよ」とへらへら笑うネズ。対照的な二人を眺めながら私はようやく気が付いた。

私は今、アキちゃんの元カレと今カレに挟まれているのか。ああ、どこにいるかもわからないアキちゃんよ。これはひどい。娘に負わせる立場としてはあんまりじゃないか。

明言はしなくとも、どことなく相手の立場を察しているのか、新旧彼氏たちは言葉も少なく気まずそうだ。私はわざとらしい咳払いをしてから切り出した。

「ええと、ネズに竹谷さん。二人ともアキちゃんを捜しにきたようですけど、まずはその経緯を聞かせてもらっていいですか。じゃあまずはネズから」

物珍し気に竹谷さんの名刺を眺めていたネズが、気だるそうに宙を見上げた。まるで過去の記憶がふわふわと宙に漂っているかのように、視線を遊ばせている。

「あー、確か二週間くらい前かな。アキちゃんから電話があったんだよ。久しぶりの連絡だったから、俺も驚いてよ。それでそのときは他愛のない話をして電話を切ったんだ」

「なんでアキちゃんが、あんたなんかに電話を？」

「そりゃ本人に聞けよ。それでな、三日くらい経ってからまた電話があった。そのときのアキちゃん、すごく疲れているっていうか、荒れてたんだ」

な」

「荒れていたって、あのアキちゃんが？」

「いきなりだったから俺も面喰らってよ。どうしたって聞くと、泣きながら言うんだ。峰の宮はもうだめだ。狂っているって。どういう意味だって聞いてもよくわからなくてな」

泣きながら取り乱すアキちゃんなんて、私の記憶には存在しない。

「それって本当にアキちゃんだったの？　信じられない」

「アキちゃんの電話から、アキちゃんの声で全くの他人が電話したわけじゃなけりゃな。ほれ、履歴だって残ってる。ただアキちゃんも取り乱している自覚はあったんだろうな。すぐにいつもの態度に戻って、また他愛のない話をして電話を切ったよ。だけどあとから心配になって、何度か連絡したけど繋がらないから直接会おうかと思って、五年ぶりの里帰りってわけ」

頭の中で嚙み合わない歯車を強引に回すような不快感を抱えながらも、今度は竹谷さんに同じ質問をする。

「最近秋穂さんとはよく会っていてね。だけど一週間前から急に連絡が取れなくなってしまったんだ。何か気分を害することでもしてしまったのかとも思ったけど、心当たりもない。もしかしたら何か事情があったのかもと思って、前に聞いていた職場にお邪魔したんだ。そうしたら娘さんがやってくるって聞いて、あとはこの通り」

「竹谷さんから見て、最近の母の様子はどうでしたか？」

私の質問に竹谷さんは、ひどく困ったような顔をした。

「僕が鈍かったのかも知れないけど、少なくとも僕の前では普段の秋穂さんのままだったよ。すまない。今思えばあの笑顔の裏に、何か違和感を摑めたかも知れない」

「そんな、謝るようなことじゃないですよ」

「そうだぜ竹谷さん。アキちゃんって昔からすげえ見栄張るから。気にすんなって」

一応ネズは気を遣っているのかもしれないが、竹谷さんは複雑な顔をしている。

「とにかく二人とも、アキちゃんと連絡が取れなくなったから捜しにきた、と」

「それで、秋穂さんは今どちらに？」

「実はこの一週間、家に帰ってきていないんです。どこにいるかもわからなくて」

私はこの一週間のことを説明した。淡々と説明するつもりだったのに、一週間を振り返るうちに、自分でも思いもよらない感情が溢れてきて、愚痴のような言葉が口をついた。

「前にも同じようなことがあったんです。そのときは笑いながら帰ってきて、大勢に迷惑かけて。だけどそんなことも気にしないんですよ、アキちゃんは、自分勝手で、母親の自覚もなくて、楽しいことばかり優先して」

急に喉奥で詰まってしまったかのように言葉が出なくなった。胸の奥底では薄暗いものが湧き続けているのに、堰き止められた喉からは意味のない呻きだけが漏れる。

二人の顔に、少しずつ心配そうな陰りが加わっていく。何か、何かを喋らないと。

「私には、アキちゃんしかいないのに」

それは私自身にも思いもよらない言葉だった。同時に視界が潤んで歪み、大粒の涙を零していることに気付く。「これは違うの」と一体何に対するものかもわからない言い訳を口にしながら、借り物だということを忘れてカーディガンの裾で目を拭う。

ドン、と店に響き渡る大きな音がした。

ネズが目の前のビールを飲み干して、空いたグラスを勢いよくテーブルへ振り下ろしたのだ。大人な雰囲気にあった店の賑わいが一瞬にして静まり返った。驚いた私はネズを見つめる。ネズは私を一瞥もせずに大声を張り上げた。

「これじゃあ飲んだ気ぃしねえな。ママ、ビールおかわり。ジョッキでよろしく！」

すぐさまママから「うるさいよ、馬鹿」と罵声が飛んで、それを契機に再び店に賑わいが戻る。空のグラスをつまらなそうに眺めてから、ネズは私へと向いてにやりと笑った。

「つまりだな、一葉はアキちゃんのことが大好きってことだ」

この男は話を聞いていたのだろうか。しかし竹谷さんまでも噴き出すように笑って「失敬」なんて誤魔化すから、顔面に恥ずかしさが全速力で駆けあがり、瞳が潤む理由が上書きされていく。きっと顔も真っ赤になっているはずだ。

「これからここにもう一人、アキちゃん捜索隊が合流するわけだろ。そいつの話聞いてからどうするか決めればいい。だからめそめそするなって」

そう言いながらネズが私の頭に手を伸ばして、ぐしゃぐしゃと撫でまわす。私は堪らず怒りの声をあげて振り払う。

「やめてよ。っていうかあんたも話を聞く気なの」

「なんだよ。今更帰れって言われても帰らねえぞ」

不貞腐れるような顔のネズに唖然としていると、竹谷さんがおずおずと声をあげる。

「あー、それについては賛成だな。折角だし僕もこれからやってくる女性の話を聞いてみたい。皆で話を聞けば何かわかることがあるかもしれないだろ。僕はもちろん、きっとネズくんだって秋穂さんを捜したいって思いには偽りはないはずだよ」

ネズは「さすが社長」だなんて安っぽいお世辞で囃し立てている。果たしてどうするべきなのか。いきなり現れた二人の協力の申し出を、素直に受けていいものだろうか。

ジョッキがネズの前に乱暴に置かれると同時に、ママがネズの頭を強めに叩いた。

「男二人で女の子囲んで泣かせてるんじゃないよ、情けない」

「いってえな。別にいじめてねえよ。なあ？」

私が肯定も否定もしないので、ママはもう一発ネズの頭を叩いた。

「それで一葉、例の子がやってきたけど、どうするんだい？」

こいつらの前に連れてきていいのか、という言外の意味を察しながら私は頷いた。

正直、席に座る二人を信用しているわけではない。だけど竹谷さんの言い分もその通りだ。手懸りもないのだから、少しでも合理的な考えをするべきだと自分に言い聞かせる。

頷き返したママが、待ち人を呼びにカウンターへと戻っていく。中途半端な待ち時間を埋める会話も思いつかなくて、ただ待っていると女性がやってきた。

「久しぶり、一葉ちゃん。美人になったねえ」

ママのいるカウンター側からやってきた女性が、私に向かって世辞を交えた挨拶を投げかけている。状況からすれば該当する人物はひかりちゃんだ。当たり前だ。私はひかりちゃんに話を聞きに来たのだから。だけどその姿はあまりに思い出と食い違う。

私の知っているひかりちゃんは一言でいえばギャルだった。明るい茶髪に露出の多い服を好み、派手なアクセサリーをいくつも身に着けていた。よく言えば底抜けに明るくて、悪く言えば思慮に浅い印象の女の子だった。

ところが目の前にいるその女性は一言でいえば地味だった。無地の白いシャツと黒いパンツのラフな恰好は、私とは別の意味で場違いに思えた。黒髪はどうにか耳にかかる程度の長さで、あまり手入れをしていないのか跳ねる枝毛が目に付く。何よりもその目の下に刻み込まれた深い隈が、彼女の全身に満ちる疲れた雰囲気を決定的なものにしていた。

ただ間延びして緊張感のないその喋り方は、昔聞いたひかりちゃんのそれだった。

「あ、うん。久しぶり？」

私は思わず疑問形で答えてしまう。

「おお、なんだ。待ち合わせの相手ってひかりだったのか」

「あれ、なんでネズさんまでいるの。アキちゃんにぶっ飛ばされるよ？」

「そのアキちゃんが心配で帰ってきたんだよ。しかしお前、なんだか地味になったなあ」

「まあね。育児だなんだと大変で、ギャルやってらんなくてさあ」

　ひかりちゃんが竹谷さんに気が付いた。

「え、マルタケの社長じゃん。有名人じゃん」

　まるで人気俳優でも目撃したかのような大袈裟な反応に、竹谷さんは苦笑している。

「この二人もアキちゃんを捜しているの。一緒に話を聞きたいんだけど、いいかな？」

「うん、別に構わないよ。ってことは、誰もアキちゃんの行方は知らないの？」

　ばつの悪い沈黙でそれに応える。

「そっかあ、困ったなあ」

　承諾を得るわけでもなく、ひかりちゃんはネズの隣に座った。私は早速質問する。

「ひかりちゃんは、なんでアキちゃんを捜しているの？」

　アキちゃんがひかりちゃんと仲が良かったのは四、五年ほど前のことで、最近は疎遠になっていたはずだ。ひかりちゃんの疲れた顔がより陰りを強くした。

「アキちゃんに、助けてほしいの。息子を、湊を止めてほしいの」

　質問に答えてはいるものの、意味がわからない。疑問を押し固めたような沈黙に、ひかりちゃんが気づいた。

「ああ、ごめんね。意味わからないよね。えっと、どう説明するべきか」

ひかりちゃんは見た目通りにとても疲れているのだろう。説明しようと何かを考えているけど、なかなかまとまらないようで、やや納得いかないような表情で言う。

「うちの五歳の息子が呪われちゃったの。アキちゃんに相談したら収まっていたんだけど、アキちゃんがいきなりいなくなって困っちゃって」

卓上には明らかな困惑が広がっていた。ネズが引きつった顔で尋ねる。

「呪われちゃったって、何？」

「いきなりね、不気味なおままごとをするの。人形をひどくいじめるような」

昔お気に入りだったぬいぐるみが、幼い少年に殴られる想像をする。

「まあ、おままごとなんて、暴力的なものだったりもするもんだろ。俺だってテディベアをキングギドラでボコボコにして遊んでたぞ」

「違うの。なんていうか、そういうのじゃなくて」

ひかりちゃんは呑み込みかけた言葉を、罪を告白するかのように絞り出した。

「邪悪なの」

「邪悪って。五歳児が？」

「他になんて言えばいいのかわからないの。もちろん止めようとするんだけど、湊はすごく抵抗して、力ずくでも止められない。どうしたらいいのかわからなくて」

やや感情的に語るひかりちゃんに、竹谷さんが尋ねる。

「病院には？　詳しくはないけど、そういう相談を受けてくれる場所もあるでしょう」

「相談したけど、小さいうちはそんなこともあるって言われただけ。わかってない、あのおままごとはおかしいって訴えても、今度はお母さんのストレスがお子さんに影響を与えることもありますから、だって。馬鹿にしてる！」

ひかりちゃんが怒りに満ちた声を上げた。

「そりゃ一人親だし、いい母親じゃないかもしれないけど。子供が生まれてから真面目な恰好で、昼職頑張っているのに。これ以上どうすればいいのよ」

「ひかりさん、落ち着いて。それで、そのおままごとについて秋穂さんに相談を？」

竹谷さんの声に、冷静さを取り戻したひかりちゃんは申し訳なさそうに続ける。

「湊の件で困り果てていたら噂を聞いたんです。最近この街で奇妙な話を集めている女がいるって。そういう類の専門家なら解決できるのかなって思って噂を辿っていったら、『ウルスラ』に辿り着いて。あれ、アキちゃんじゃんって」

またしても混乱の滲む沈黙が広がる。竹谷さんが私に尋ねる。

「一葉さん。一応確認なんだけど、秋穂さんってそういう話が得意なの？」

「まさか。そんな話聞いたこともないです。ネズは？」

「俺も知らねえ。どちらかと言えば怪談スペシャル観て爆笑するタイプだろ」

「そうか、そうだよね」

私たちは違和感に首を傾げるが、気にもせずにひかりちゃんは続ける。

「それでアキちゃんに連絡したら相談に乗ってくれて、ときどき湊の面倒を見てくれるようになったの。そしたら不思議なんだけど、おままごとが止んだんだ。だけどアキちゃんがいなくなってからまた再開して、困り果てていたの」

竹谷さんがこちらへ視線を向けた。質問される前に答える。

「アキちゃんがお祓いだなんて、もちろんできませんよ」

これでひかりちゃんの話は終わりらしい。結局、謎は深まるばかり。失踪事件になんとも胡散臭いオカルト話が彩られただけだ。

「どうしよう」

思わずそう零してしまった。正直途方に暮れた気分だ。

「ああ、それじゃあ一葉ちゃん。明日ウチで子守りしてくれない？」

「ええ、ひかりちゃんちに？」

妙案が浮かんだとばかりに明るい声に、私は確認するように問い返した。

「そう。実際にウチに来て、湊の様子を見たら何かわかることがあるんじゃないかな。明日仕事入っちゃって母さんに預けるつもりだったけど、一葉ちゃんなら任せられるよ」

ひかりちゃんの目には縋るような輝きがあった。

「子守り、かあ」

正直なところ私は子供が得意ではない。決めかねていると、竹谷さんが言う。

「僕は明日仕事があって外せないんだ。一葉さん、一人で大丈夫かい？」

「あんまり自信はないです」

「じゃあ俺も行くよ。今日はこっちに泊まる予定だったし、ちょうどいいや」

ある意味子守りに一番縁遠そうな男のその言葉に、三人からの視線が突き刺さる。

「ネズさん、子供の相手とかできるの？」

「割と得意だよ、俺」

確かに。雑な男ではあったが、小学生の頃の私が、ネズの態度で不愉快になった経験は一度だけだ。その一度を思い出した私は顔をしかめる。

「心配すんな。ちゃんと一葉の面倒も見てやるよ」

何かを勘違いしたネズは、再び私の頭を撫でようと手を伸ばす。私はそれを振り払う。

「心配なんかしてない。する訳ないし、余計なお世話」

この男の顔なんてこれ以上見ていたくもないけれど、子供の相手にまるで自信がないのも事実だ。嫌悪感を主張しながらも、渋々提案を受け入れる。

話は決まったと、何やら久しぶりに帰ってきた故郷についてしゃべり始めるネズを尻目に、おかしな話になったものだと私はため息をついた。

翌朝、昨日ぐずついた天気はすっかりと良くなっていた。頭痛がしないのは嬉しいけれど、今日も暑くなると思うとうんざりした気分もある。それでも玄関から見上げた青い空にさわやかなものを感じながら、迎えにきたひかりちゃんの車へと向かう。

車に乗るとネズが不機嫌そうに助手席に座っていた。漂う臭気に思わず口をつく。

「うわ、酒くさ。何あんた、昨日あの後に飲んでたの？」

後部座席へと振り返ることもなくネズは言う。

「昔のダチに泊めてもらって、次の日が土曜日なら付き合わねえわけいかねえだろ」

「そんなんで子守りなんてできるの？」

「まーかせておけい」

まだ酔っぱらっているような返答に不安しかない。ひかりちゃんも苦笑している。

雑談を交えながら車は進み、三十分もしないうちにひかりちゃんの住むアパートに辿り着いた。少し古臭さを感じるそのアパートの裏には用水路らしき川があり、せせらぎが僅かに聞こえた。二階へ上がり、玄関扉を開ける。

中を覗き込んで、思わず顔をしかめてしまった。ひかりちゃんに失礼だと思い、気付かれる前に眉間を解すが、そんな気遣いは二日酔いのネズの言葉により意味を失う。

「なんだ、散らかってんな」

ひかりちゃんの家は乱雑、という言葉がふさわしい有様だ。いろいろなものが廊下に放置され、棚や廊下の隅には目に見えてわかるほどに白い埃が溜まっている。

「ごめんねえ。急に決まった話だったから、掃除する暇がなかったの。今日は我慢して」

ひかりちゃんが靴を脱いで、埃のない廊下の中央を歩いていくので、私とネズもそれに続く。リビングも廊下から地続きに雑多に散らかっている。テーブルに放置されていたチラシやレジ袋を強引に隅に寄せながら、ひかりちゃんは今日の予定を説明する。二日酔いが辛いのか、ネズは遠慮なく椅子に座りうなだれていた。

「多分八時には帰れると思うから。ご飯は出前でも取って。冷蔵庫の中身は好きに飲み食いしてくれていいから。一応テレビでサブスク契約しているから、暇だったら見てね」

ひかりちゃんは一万円を取り出して手渡した。そそくさと家から出ようとする。

「それじゃあ、よろしくね」

「ちょっと、ひかりちゃん。湊くんは？」

玄関へ向かおうとしていたひかりちゃんが動きを止めて、申し訳なさそうに笑った。

「ああ、ごめん。そうだ、湊は」

そのとき、廊下に面した引き戸が音も無く開いて、隙間から小さな手が伸びてひかりちゃんのズボンを摑んだ。ひかりちゃんが小さく悲鳴を上げる。

「やだ、湊。驚かさないでよ」

ひかりちゃんが、小さな手の主を部屋から引っ張り出した。坊ちゃん刈りの小さな男の子だ。前髪の隙間からつぶらな瞳がこちらに向けて不安気に揺れている。

「湊、この子は一葉お姉ちゃん。今日はお姉ちゃんたちが面倒見てくれるからね」

「よろしくね。湊くん」

微笑みかけた私を見て、湊くんはひかりちゃんの後ろに隠れてしまった。

「もう、ほら挨拶」

ひかりちゃんが強引に湊くんを目の前に引っ張った。再び微笑むが、湊くんの瞳は不安に揺れたままだ。

「おーう、お前が湊か」

すると背後からネズがやってきた。私と湊くんの間に割り込んで、小さな湊くんの視線に合わせるように膝を折った。

「俺はネズ。母ちゃんの友達だ。今日さ、湊っていう、電車が大好きですっげえいいヤツがいるって聞いて遊びに来たんだ。悪いんだけどよ、今日は俺と遊んでくれねえか」

突然現れた金髪の男に、湊くんはまだ不安気だ。

「頼むよ。俺も電車で遊びてえんだ」

ネズが今度は手を合わせてお願いし始めた。少し間を置いてから、すり合わせるネズの手を湊くんが引っ張った。そのまま湊くんはリビングへとネズを連れていく。

私は素直に感心していた。先ほどまで二日酔いで散々な有様だったくせに、子供の前では気だるさを一切消して、子供と同じ無邪気な態度で向かい合っている。昨日、子守りに自信があると言っただけはあるじゃないか。

ひかりちゃんも安心したように微笑んで、背を向けた。

「それじゃいってくるね」

「あ、ちょっと待って。もう一つだけ。掃除道具って、どこにあるの？」

説明を受けてリビングに戻ると、ネズが部屋の真ん中で胡坐をかいていた。

「何してんの？」

「いや湊がこうしろって」

湊くんが部屋の隅に置いてあった箱をひっくり返してその中身をぶちまけた。大量のプラスチックの線路がぶつかり合って喧しい音を鳴らす。さらには怪獣のソフビ人形、アシカのぬいぐるみ、各種各線の電車や新幹線、古臭い女の子の人形など。おもちゃの雪崩がリビングの一角を埋め尽くしていた。湊くんはその中からソフビ人形を手に取った。三日月形の角を持つ、鋭い視線の怪獣だ。

思わず私は身構えた。早速だろうか。五歳児が行う邪悪なおままごと。言葉にすると馬鹿馬鹿しく聞こえてしまうが、ひかりちゃんの瞳に冗談めかすものはなかった。湊くんはその怪獣をテレビ台の真ん中に置いた。脚も曲げられて、テレビを背もたれにした玉座に座るかのようだ。

「ゴモラ」

湊くんが可愛らしい声で呟いた。怪獣の名前だろうか。ネズが嬉しそうな声をあげる。

「おお、ゴモラ。俺も小さい頃テレビで見たなあ。カッコイイよな」

ネズがゴモラへと手を伸ばす。しかし湊くんはその手を引っ張って止めた。触るな、ということだろうか。僅かに浮かせた腰を落として、ネズは再び胡坐をかいた。湊くんはそんなネズの目の前で、散乱する青い線路を拾い集めながら繋ぎ合わせていく。おままごと、ではなさそうだ。興味深げに湊くんを眺めるネズの背中に声をかける。

「ネズ、私は奥の部屋から掃除してくから」

「おう。俺も何か手伝うか」

「ううん。湊くんを見ていてあげて。何かおかしなことあったら声かけてね」

柔らかい手で紡がれていく路線を眺めながら、本当に邪悪なおままごとなんてことが起きるのだろうかと、疑問に思う。私は廊下にある用具棚へと手を伸ばした。

人様の家にお邪魔しておいて掃除を申し出るというのも、小姑染みたいやらしさを感じないわけではなかった。だけどどうせ子守りでは碌に役に立たないとわかっていながら、呆けて異変を待つような真似をするのは嫌だった。

リビング以外の部屋に散らかる衣服、小物、鞄、おもちゃや雑誌を畳んで、片付けて、まとめて、縛る。高所の埃を払って、掃除機をかけて、棚の拭ける場所を拭く。目の前の作業が終われば次の作業へ。次の部屋へ。掃除機の唸り声と、はたきが奏でるリズムに鼻歌をまじえて掃除を続ける。

鼻歌の隙間に、楽しそうな声が聞こえた。掃除はあらかた終わるところだった。

リビングに戻ると、目に飛び込んできた光景に思わず声をあげた。

「うわあ、すごいじゃない」

青い線路は縦横無尽にリビングを駆けまわり、その上をいくつもの列車が走り回っていた。線路の隙間には積み木の塔やら家、人形たちが立ち並び、一つの街を作り上げている。その中心にはネズが胡坐をかいたままで、あまりにもタイトな路線配置のせいで立ち上がれそうにもない。さながら鉄道都市のど真ん中に建立された大仏のようで、荘厳なる間抜けな姿を、テレビ台の玉座からゴモラが皇帝の如く睥睨（へいげい）している。

そんな大仏の目の前を高速で車両が走る。大仏が叫んだ。

「はやぶさ！」

湊くんが駅で止まった電車を指差して呟く。

「つばさ」

「だああ、マジかよ。はやぶさに見えたんだけどなあ」

胡坐を崩さずに髪を掻きむしるネズを見て、湊くんが楽しそうに笑っていた。

「何してんの、それ」

ネズが首だけをこちらに向ける。

「電車を教えてもらってるんだよ。湊はすごいぞ。図鑑の電車を全部覚えてんだ」

どうやら掃除の間もおかしなことはなかったようだ。ある意味これもおかしな遊びではあるけれど、邪悪な感じは欠片（かけら）もしない。睥睨するゴモラ閣下の鋭い視線も、愛嬌（あいきょう）を備えているかのように思えて微笑ましい。

そんなほのぼのとした光景を眺めていると、湊くんがネズの手を引っ張った。

「おなかすいた」

その言葉にはっとして時計を見上げた。時刻は十二時を過ぎていた。無心で掃除をしていたせいで、時間を忘れていたことに今更気が付いた。

「ああ、ごめん。お昼ご飯にしなくちゃね」

とはいえ今から出前をお願いしても時間はかかりそうだ。

「じゃあ、どこかに食べに行こうか。湊くんは、何食べたい？」

まだ私には慣れていないようで、湊くんは少し困っていた。ネズがいたずらっぽく湊くんのお腹を突いて促した。

「湊は食べ物で何が好きなんだ？」

「からあげ」

湊くんは即答した。

「唐揚げだな。よし、いい店知ってるぞ」

ネズが勢いよく立ち上がった。タイトな路線はそれに耐えられずに崩され、ゴモラ皇帝の鉄道都市は半壊の大惨事に見舞われてしまった。

湊くんによる緊急工事には三十分以上もの時間が必要で、私たちはさらにお腹を空かせながら、ネズが昔常連だったという中華料理店へと向かった。

ネズのおすすめの店は確かにいい腕で、湊くんは唐揚げに大喜びだった。五年ぶりだというのに店主はネズのことを覚えていて、思い出話に花を咲かせていた。

その帰り道の途中、公園に寄り道した。公園内には峰の宮市が誇る一級河川潤郷川の支流が流れていて涼やかだ。

ネズは近くの駄菓子屋にあったシャボン玉のおもちゃを、私と湊くんに渡した。ネズの合図で三人同時に薬液を浸したおもちゃを大きく振るう。

数え切れないほどのシャボン玉が、陽光を反射してキラキラと輝いた。

シャボン玉に囲まれながら、湊くんはおもちゃを手に大はしゃぎで、ネズも負けじと大はしゃぎする。思わず私も声を出して笑ってしまう。

湊くんはシャボン玉が相当にお気に召したらしい。薬液も足りなくなってきたので、私の分を湊くんに渡して、存分に満喫してもらっている。

「あははは、いいぞ湊！」

湊くんはおもちゃを両手に振りかぶり、シャボン玉をネズに放っていた。ネズは両腕を広げてシャボン玉の嵐を受け止めている。

私は普段インドア派ということもあり、すぐに音をあげて木陰のベンチからその様子を眺めていた。まったくこの暑いのによくやるものだ。

湊くんははち切れんばかりの笑顔で、ネズの周囲を走り回りながら四方八方からシャボン玉を浴びせ続けている。今朝私やネズの前で見せた警戒心は欠片も残っておらず、元気で、活発な、可愛らしい男の子にしか見えない。時折こちらを向いて「すごいでしょ」と言わんばかりの笑顔を向けられると、思わずこちらも笑顔になってしまう。

湊くんは公園にやってきてからも邪悪な遊びを行う素振りはなかった。あんな元気な様子を見ていると、ひかりちゃんの勘違いだったのではないかとすら思ってしまう。

存分に遊んだ私たちは帰路につく。途中スーパーに寄って夕飯の食材を買った。出前でも取ってと言われていたけれど、どうせだから何か作ろうと考えたのだ。ネズはビールまで買っていて、今朝は二日酔いだったくせにと呆れてしまう。

アパートへ帰って、すぐにリビングで遊び始めたネズと湊くんにおもちゃを片付けさせて、汚れた湊くんをネズがお風呂に入れる。その間にリビングを片付けて掃除して、お風呂から出てきた二人がテレビを見ている間に夕食の準備をする。テレビでサブスクの教育番組を楽しそうに眺めている二人に、夕食ができたことを告げる。

テーブルの上には豚肉とパプリカの黒酢炒め、手羽元と長ネギの煮もの、コールスローサラダに、鯖の南蛮漬と、我ながらなかなかのラインナップが並んでいる。

すっかり綺麗に片付いたテーブルに三人で座って、手を合わせて、声も合わせる。

「いただきます」

一日遊びまわっていただけに、湊くんはお腹が空いていたらしい。だけど箸の使い方が下手なので、手羽元を掴もうとしては転がしてしまう。ネズが「手でいけ」と言うと、湊くんはタレのついた肉を手づかみにしてかぶりついた。

「どう？　おいしい？」

湊くんがにっこりと微笑んだ。どんな感想よりも明快なその表情に私も満足して微笑みを返す。その横では何故かネズまで肉を手づかみで食べ始めているので「あんたは箸使えるでしょ」とつい口にしてしまう。

食事を終えた湊くんは、それからしばらくネズと遊んでいた。しかし七時を過ぎると、突然電池が切れたかのように動きが鈍くなってきた。その様子に察したネズが、湊くんを寝室に連れていく。

リビングに残された私は、ぼうっとテレビを眺めていた。音響の隙間に、窓を叩く雨音が聞こえた。昼間は天気が良かったのに。じわりと頭の奥にあった痛みに気が付いて、少しだけ眉間にしわを寄せる。

「湊、眠っちまったよ」

ネズが戻ってきて、冷蔵庫からビールを取り出して椅子に座った。

「お疲れさま」

「久しぶりにあれくらいの子供の相手をすると、やっぱり疲れるな」

「本当にね。私も正直ぐったり」

プルタブを起こしたビール缶が小気味よい音を立てた。勢いよく缶をあおったネズが、満足と疲労の混じるため息をついた。心底疲れたその様子に、思わず噴き出してしまう。

「アキちゃんだって、湊相手にはいつも全力だっただろうな」

すぐに湊くん相手にはしゃぐアキちゃんの姿が想像できた。アキちゃんの子供好きも相当なものだ。最近の疲れた様子の裏には、ネズみたいな全力の子守りがあったのだろうか。

「あ」

間抜けな私はふと気が付いた。私は目の前に座る男を憎んでいたはずだ。しかしそんな嫌悪感がいつの間にか消えていた。理由は考えるまでもない、この穏やかな一日のせいだ。

五年という月日が経ってもネズはネズだった。五年前、私に対してもそうだったように子供に優しく、子供と同じ視線で向き合っていた。そんな様子を見て、私は幸せだった過去を思い出していたのだ。その散々な結末のことを忘れて。

昨日、あれほど燃え上がっていた怒りは、いつの間にやら鎮火してしまっていた。ああ、もう。まるで自分で自分を裏切ってしまったような気分だ。

「どうした、大丈夫か？」

思わず頭を抱える私をネズが心配そうに覗き込んでいる。どんな顔を向けるべきか迷っていると、リビングのドアがゆっくりと開いて、眠そうな湊くんが顔を出した。

「おお、どうした湊。起きちゃったか」

先ほどまでの疲れを見せない声でネズが尋ねる。

しかし湊くんは反応すら示さずに、おもちゃ箱をひっくり返した。折角片付けたのに。そんな言葉を呑み込みながら様子を見ていると、線路の海の中から人形を引っ張り出した。

それはデフォルメされた丸っこい体形の女の子の人形だ。

五歳の男の子が好むデザインには思えなかったけど、湊くんはその人形を大事そうに抱えてからリビングのカーペットの上に置いた。そして人形はそのままに、ひっくり返されたおもちゃの山から積み木を拾い上げて、丁寧に積み上げ始めた。

「何作ってんだ？」

ネズが質問しても、湊くんは答えない。私もその後ろから小さな手を見守る。眠そうながらも真剣な表情で、積み木を組み立てている。ネズも次第にかける言葉が少なくなって、私と同じように黙って湊くんを見守ることしかできなくなった。

そんな沈黙の視線の中、湊くんの両手が止まった。目の前には蓋のない四角い柱が出来上がっていた。柱の縁の部分には赤い積み木が使われていた。

「煙突？」

思わず予想を口にする。クリスマスにプレゼントを配るサンタが潜り込むような、赤レンガの煙突に見えたのだ。しかし湊くんから答えはない。

湊くんは何も言わずに、先ほどの女の子の人形を乱暴に持ち上げた。おもちゃの山から線路の一片を摘まみ上げる。急カーブを担う曲がった線路だ。

「あー、あー、あー」

突然、湊くんが声をあげた。その声はかわいらしい幼児のものだけど、抑揚なく間延びしているので違和感がある。無邪気さよりも、空虚さを感じてしまう。

そのとき、がたんと玄関から物音がした。私とネズの視線が玄関へ向く。しかしそれ以上に何も聞こえない。由来の分からない物音に、うっすらと嫌な気分になる。

あー、あー、あー。

湊くんの声が少し強くなった。向き直ると、女の子の人形は床に寝かされて、その腕に線路が擦りつけられていた。カーブの丸みを人形で均すかのように、声に合わせて上下する。

あー、あー、あー。

今度はお腹に擦りつける。次に脚。逆側の腕。首。肩。背中。頭。

あー、あー、あー、あー、あー、あー、あー、あー、あー。

全身くまなく擦りつけられる線路と、四角い煙突。

ぞくりと、背筋から生ぬるいものが噴き出た気がした。

ひかりちゃんはウルスラで、おままごとについて尋ねられたときこう言っていた。

邪悪なの。と。

真っ白な半紙の上に墨汁を垂らしたかのように、邪な予想が広がっていく。頭の中に、もしかしたらという言葉が浮かんでは理性がそれを否定する。

目の前にいるのは、僅か五歳の幼児だ。無垢でしかないはずの存在に向かって、そんな邪悪なことを思い浮かべるなんて、あんまりだと自制する。

全身にくまなく擦りつけられた線路が役割を終えたのか、おもちゃの山へと放り投げられた。青いプラスチックでしかなかった線路の曲線に、あるはずのない赤が見えた気がして、私の理性は完全に声を失った。湊くんの声が、更なる追い打ちをかける。

「だぁすけぇくぁさい」

湊くんは舌足らずな言葉と共に、人形を煙突へと差し込んだ。今度は乱暴にではなく、そっと優しく積み木が崩れないように。そして脱力したように座り込んで、声をあげる。

「だぁすけぇくぁさい」

湊くんがより強く声を上げる。しかもその顔には笑顔が浮かんでいた。安心するような、微笑ましいとしか言えない笑顔から、抑揚のない声が溢れて念仏のように響く。

「あー、あー、あー、だぁすけぇくぁさい」

「おいおい。どうしたんだ、湊」

きっとネズはまだ気づいていない。おままごととは、大人を真似する子供の遊びだ。つまりは模倣だ。そしてこのおままごとは何を模倣しているのか、私は理解してしまった。

プラスチックの線路は、刃物を。

積み木の煙突は、赤く燃え盛る炎を。

女の子の人形は、体中を切り付けられた女性を。

そして湊くんの声は、痛めつけられ、生きたまま炎にくべられた人間を。

瞬間、眩いばかりに輝く炎の中で、揺れる影が見えた。今まで嗅いだことのない異臭が鼻の奥に突き刺さる。揺れる影から、呪詛のような、歌のような、声が響く。

気が付けば、目の前には湊くんが座っていた。周りには積み木が散らばっている。微笑んでいたはずの湊くんの顔に浮かぶ驚きの表情が、ゆっくりと歪んで涙が溢れた。先ほどと同じ場所から出ているとは思えないような、あどけない泣き声が響いた。

「何やってんだよ、一葉」

ネズが私の肩を摑んだ。その顔には厳しい表情が浮かんでいる。私はようやく自分が、湊くんの積み木を蹴り崩したのだと理解した。

再び揺れる影が脳裏に浮かぶ。悲しい。恐ろしい。許せない。おぞましい。把握できない感情が、頭蓋骨の内側で乱反射するようだ。痛みすら覚えるような激情が口から漏れて、唸り声に変わる。涙となって零れる。頭を抱えながらその場に蹲る。

「一葉、大丈夫か」

「何を、言っているの。あれが見えなかったの」

「一体なんの話だ?」

睨みつけたネズの顔には、戸惑いしか浮かんでいない。

ネズには見えていなかったのか。混沌とした感情が冷えて、恐怖がせりあがってくる。

「あー、あー、あー」

私の足元では湊くんが泣きながら積み木を組み立てていた。突然私に邪魔をされたから驚いて泣いている、という様子じゃない。これを組み上げなくては、湊くん自身が炎に焼かれてしまうから、それを避けようとするかのような必死さだ。

「だぁすけぇくぁさい。だぁすけぇくぁさい。だぁすけぇくぁさい」

湊くんが叫ぶ。懇願のような繰り返しの最中、私は視界の端にそれを見た。

誰もいないはずの廊下の、電気も点いていない薄闇の中に何かが立っていた。

女だ。背丈は天井に届くほどで、何も身に着けてはいない。薄闇に溶け込むように輪郭がはっきりしない。すぐに、その肌が黒と赤に染まっているからだと気が付いた。

女の髪は長く顔はよく見えない。しかし熱を帯びるような雰囲気に、彼女は怒っているのだと確信する。そんな異質なものを感じながらも、私は単純に驚いていた。

どうして〝彼女〟がここにいるの？

彼女から薄っすらと白い煙が漂ってきた。先ほどの異臭が鼻を刺す。目に見えない炎によって炙られるように、彼女の肉体が黒と赤を増していく。手足の先が灰色に変わっていく。全身をしならせながら、黒髪がちりちりと巻き上げられて、浮かびあがるかのように食いしばる白い歯が現れた。

弓のようにしなり続ける体。噛み合わされていた歯が全てを諦めたかのようにゆっくりと開いた。薄闇の中の、赤黒い体から溢れる煙の向こうに、異常なほどに開かれた口腔は、恐ろしく深い洞のようだ。

底なしの洞から、絶叫が聞こえる。

あー、あー、あー、たすけてください。

激しく揺れる視界。強い力が両肩を摑んでいる。ネズとひかりちゃんが必死に何かを叫んでいる。だけど何を言っているのかわからない。聞こえているのに、理解ができない。視点が強引にひかりちゃんへと向けられる。ひかりちゃんが右腕を振りかぶった。

頰を張った小気味よい音をきっかけに、世界に意味が戻った。

「一葉、大丈夫か」

「一葉ちゃん、平気？　私たちのこと、わかる？」

心配しきった顔の二人が交互に呼びかける。私はあたりを見回した。散らばる積み木。ひっくり返ったおもちゃ箱。微笑む女の子の人形。そしてその隣に横たわる湊くん。

「湊は大丈夫だから。寝ているだけだよ」

ひかりちゃんの言葉に耳を澄ますと、穏やかな寝息が聞こえてきた。力が抜けて腰を抜かしてしまった。少し呆然としたあとに、跳ねるように廊下へ向く。

廊下には明るい光が満ちていて、薄闇は駆逐されていた。安心したと同時に、悪夢のような光景を思い出して、全身が冗談のように震え出した。

私が落ち着くまでの間、ネズは眠る湊くんを寝室に運んで、ひかりちゃんはお茶を出してくれた。まだ震えの治まらない体を抱えながら、テーブルに座る。

初夏なのに不快な寒気の止まらない体を抱きかかえて、熱いお茶をゆっくりと体へと流し込む。染みわたる熱が、少しだけ震えを和らげてくれる。

「あれは、なんなの？」

混乱は収まっていない。それでも問わずにはいられなかった。ひかりちゃんが答える。

「わからないの。ただ半年前に始まって、止まらなくて」

「ひかりちゃんは、あれと半年間も暮らしてきたの？」

「うん？　だって仕方なかったから」

薄闇の向こうに立っていた彼女を思い出して、震えが激しさを増しそうになる。

「またやってくるって考えたら、私には耐えられない」

完全に白旗をあげる私に向かって、ひかりちゃんが微笑んだ。

「私も初めてのときはすごく動揺したよ。だから怖いって気持ちはすごくよくわかる」

ひかりちゃんは微笑んだままだが、その笑みの意味が私にはわからない。

「本当は私、もっと早く帰っていたんだ。だけど玄関越しに、湊のあの声が聞こえて、ドアノブを握った手が動かなくなっちゃった。ごめんね。子守りをお願いしたせいで、一葉ちゃんをひどい目に遭わせちゃった。だけど私だけじゃなくて、他の人でも怖いんだってわかってちょっとほっとした」

私は眉間にしわを寄せる。話がかみ合っていない気がしたのだ。

「ひかりちゃんは、一体何を恐れているの？」

私の言葉にひかりちゃんが目を見開いた。

「一葉ちゃんも、あの子が怖いんでしょ？」

きっと強張った私の顔に答えを得たのだろう。ひかりちゃんの顔は泣きそうに歪み、表情を隠すように俯いた。

「ひかりちゃん」

言葉を遮るように、ひかりちゃんが微笑んだ。先ほどよりも硬い笑みだった。

「本当にごめん。だけど、今言ったことは忘れて」

テーブルの上には沈黙が満ちた。そこへ湊くんを寝かしつけたネズがやってきた。

「湊、ちょっとぐずってたけど眠ったよ。……どうかしたのか？」

「なんでもないよ。ネズさんも今日は本当にありがとう。だけど、もう大丈夫だから」

「いや大丈夫って」

「大丈夫だから。お願いだから、今日はもう帰って」

その声には心を閉ざすような響きがあった。私たちにこれ以上言えることがあるわけもなく、気まずい挨拶を残して部屋を出ることしかできなかった。

「俺もきれいな青春を送ってきたわけじゃあないけどよ。優等生の女子高生が、毎晩のように繁華街のバーに入り浸っているってのもどうなのよ。補導されちゃうよ？」

「はは、それさっきママにも言われた」

ひかりちゃんの家を後にして、そのまま解散というわけにもいかないので、行く当てもない私たちは再び「ウルスラ」へとやってきた。

ピークタイムにいきなり席を空けてくれ、と頼まれたママは明らかに何か言いたげだったが、疲れ切ったネズと私の様子を見て言葉を呑み込んでくれた。

私たちは昨日と同じように一番奥の席に通してもらい、疲れ切った体をソファに沈めていた。今日の私たちには店の大人な雰囲気を気にする余裕すらない。

だらだらと私が見たものを説明すると、硬い表情で黙り込んだネズに、私は言う。

「アキちゃんはただ奇妙な話を集めていただけじゃなかった。アキちゃんはこの街の噂から、本物を探して見つけだしていたんだ」

「それがわかったところで謎は深まるばかりだな」

「そう、だよね」

気のない返事をした私をネズが見つめていた。疲れた顔を不機嫌そうにしかめている。

「なあ、一葉。何か隠してるだろ」

ネズは昔と同じように勘が良い。そのことが妙に嬉しくて、思わずはにかんでしまった。

「私は湊くんのおままごとを見たときに、人を焼く恐ろしい光景が見えた。ひかりちゃんも同じような光景をみていたんだと思う。だけどそれだけだった」

ネズがいっそう顔をしかめる。

「一葉は、それだけじゃなかったのか」

「多分、アキちゃんも」

「どういうことだ」

「ごめん。説明する前に確認しないと。もう一度、湊くんに会わなくちゃ」

「そうは言っても、ひかりと何かあったんだろ。いきなり帰れって言われてたじゃん。それに、もう一度そんな恐ろしいものを見て、耐えられるのか」

あの女の声が脳裏に蘇る。疲れた体がさらに軋んだような気がした。それでも。

「どうにかする。あんなに苦しんでいる二人を放っておけないよ」

難しそうな顔をしていたネズが、にっこりと笑った。

「それじゃあ、また来週に子守りさせてくれるように、俺からもひかりに頼んでみるよ」

「そのことなんだけど。ネズって、明日帰る予定だったよね？」

私はじっとネズを見つめる。

「おう、明日の始発で帰ってお仕事だ。……おい、まさか」

「私ね、ネズってどうしようもないやつだけど、子供の相手だけは本当にすごいと思うの。それにひかりちゃん親子のためには、すぐに行動しないといけないよね」

「いやだけどお前、俺にだってそれなりの立場がな」

ネズを、じいっと見つめる。

何か言いたげに開いた口が、ぱくぱくと金魚のように開閉して、何かを嚙み潰すかのように強く閉じてから、不貞腐れたようにへの字に歪んだ。

昨日の夜中に降っていた雨もすっかり止んで、爽やかな青が空に広がっていた。だけど霊山のある北の空には黒い雲が漂っている。午後は荒れるかもしれない。

私たちは昨日と同じ公園にいた。川は昨日よりも水嵩を増している気がする。危険というほどではないけれど、流れも強くなっているように見えた。上流ではもう雨が降っているのかもしれない。霊山から海までの間にあるこの街では、山の天気の影響はまず川に表れる。

子守り二日目に突入したネズは、昨日よりもはしゃいでいた。やけくそにしか思えない声を上げながら、買ってきたボールやらおもちゃやらを次から次へと試しているので、公園にいた子供たちまでもが興味津々で群がっている。湊くんはネズと一緒に子供たちの真ん中にいた。子供たちの元気な声の隙間から、一際高い声を上げてはしゃいでいる。

「湊くん、すごく楽しそう」

返答はない。暗い顔のひかりちゃんは、私とベンチに並んで座っていた。

今朝私たちはアポもなくひかりちゃんの家に押しかけた。昨日のことがあってどうしても心配だったからと説明して、強引にひかりちゃんたちを外へ連れ出したのだ。

明らかに迷惑そうなひかりちゃんだったが、さすがに昨日のことに後ろめたさがあったのか、渋々と支度をして外に出てくれた。

「昨日も一日はしゃぎ倒していたけれど、今日はまあ一段とすごい。よくやるなあ」

とはいえネズを強引に付き合わせているのは私なのだ。あとでしっかりお礼を言おう。

「それで一葉ちゃん。今日はなんでうちに来たの。アキちゃんがうちで何を調べていたかは、もうわかったでしょ。こんなところで遊んでていいの？」

非難がましい響きだ。遠くで遊ぶ湊くんたちを眺めながら、努めて穏やかに言う。

「ひかりちゃんは、あの姿を見ても湊くんが怖いの？」

ひかりちゃんには目を向けない。ただ穏やかな光景だけを眺めながら続ける。

「よくよく考えれば、昨日の朝もおかしいなとは思っていたんだ。時間には余裕があったのに、ひかりちゃんは湊くんを避けていたでしょ。今日私が来たのはね、昨日の話の続きをするため。昨日のひかりちゃんの話を聞いて、きっとひかりちゃんには見えてないんだって気づいたから」

「私にも、人が焼ける光景は見えたよ」

「けど彼女のことは見えてなかったでしょ。もし気付いていたのなら、あの部屋に住んでいられるわけがないもん」

少し間を空けてからひかりちゃんが尋ねる。

「彼女って？」

「多分、湊くんにあのおままごとを行わせている何か。昨日、おままごとを邪魔したときに廊下に立っていたの。火もないのに燃え続ける焼死体みたいに、煙を上げて叫んでいた」

ひかりちゃんが絞り出すように、微かな声で言った。

「湊は、その彼女に、おままごとをやらされていたの？」

「目的も、なんで湊くんを選んだのかもわからないけど、多分そうだと思う」

それはあの洞のような口の奥を覗き込んだときに覚えた、奇妙な直感だった。

「だから湊くんは悪くない。怖がる必要はないよ」

ネズが、今朝買ってきたのだろうか、大きな水鉄砲の一つを自分に、一つを湊くんに渡して、周りの子供には昨日駄菓子屋で買った小さな水鉄砲を配っていた。

すぐに水鉄砲の大合戦が始まって、子供たちの甲高い歓声が弾ける。その様子を眺めていた大人たちの一人が仕方ないなあ、というように苦笑していた。面倒は増えるけれど、子供の笑顔には負けてしまう。そんな笑みだ。

きっと湊くんも私と同じようにその笑顔を目にしたのだろう。湊くんが水鉄砲の手を止めて、こちらを見つめていた。微笑んでいるけれど、その顔には陰りも見えて、何かを窺うような印象があった。

私は湊くんに笑顔で手を振った。しかしひかりちゃんは湊くんの笑顔を見ても、すっと視線を外して俯いてしまった。

湊くんの顔からは微笑みが消えて、持っていた水鉄砲を地面に向けて、寂しそうに俯いてしまった。そんな湊くんがかわいそうで、厳しい視線をひかりちゃんへと向ける。

しかし視線の先からは予想外の言葉が飛び出した。

「違うの。湊のことは大好きなの。可愛くてしょうがないよ」

思わず語気を強くする。

「じゃあなんで、あんなこと」

「私は駄目な母親だからさ。子供を育てることも満足にできなくて、人に頼ってどうにかやってきたの。家にあるおもちゃや湊の服だって、仲の悪い両親に孫を見せることで買ってもらっている。今の仕事だって湊が体調崩したりしたら休ませてもらったりして、いつも迷惑をかけている。いつも誰かにお礼を言ったり、謝ってばかり。それでもね、湊が大好きだから。私を必要としてくれるかわいい息子だから、いくらでも頭を下げられたし、どんな嫌みを言われても耐えられた」

ひかりちゃんの瞳から、一筋の涙が零れた。

「湊はかわいい息子なの。私は絶対にあの子の味方じゃなくちゃいけないの。だけど、私には湊のことがわからない。私は少し前まで自分のことだけしか考えていない人間だったからかな。自分の子供なのに、いきなり泣いたり、走りだしたりすることが理解できない。どう考えるべきかもわからなかった。そうしたら、あのおままごとが始まって。それでもね、あの子のことは本当に大切に思っている。だけど」

私は、続く言葉を口にした。

「湊くんが怖いんじゃなくて、湊くんを怖がってしまう自分に耐えられなかったんだね」

ひかりちゃんは俯いて、声を押し殺して泣いていた。

「あんなことをしてしまう湊を、私は救い出さなくちゃいけないのに。私の手を引く湊が、怖いの。かわいい笑顔を向けてくれるのに、あの声が聞こえないか気が気じゃないの。だから昨日一葉ちゃんが震えている姿を見て、うれしかった。他の人が同じものを見たのなら、こんなにも怯えるんだ。私はマシなほうなんだって。すごく下種なことを考えて、自分を慰めたの。それであんなこと言っちゃった。ごめんね。ごめんね」

消え入るような声で繰り返す謝罪に、怒りなんて湧くわけがなかった。

いつの間にかネズは子供たちに大きな水鉄砲を奪われて、子供たちから集中攻撃を受けている。というよりも自ら水を浴びせろと叫んでいるようだ。

「ネズ。昨日、すごく疲れていたのに」

ひかりちゃんがばつの悪そうな顔をしている。私は慌てて付け足した。

「別に嫌みじゃないよ。けど私も昨日は一日子守りしていたんだけど、夜にはもうぐったりするくらい疲れちゃった。もちろん、そのあとにあんなことがあったけど、それがなくても大変だった。ひかりちゃんは、それを一人で毎日やっているんでしょ。すごいよね」

「母親なら、みんな当たり前にやっていることだよ。それに、私はあんなにはしゃがない」

びしょ濡れのネズを眺めながら真顔でそう呟くから、つい噴き出してしまう。

「そうだね、あれはやりすぎだ。けどアキちゃんもそうだったのかな。ほら、アキちゃんも一人で私を育ててくれたでしょ」

「アキちゃんは、もっと大変だったと思う。親と絶縁してたから」

「そっか。やっぱり大変だったんだ」

二階の窓から、街を眺めるアキちゃんの横顔が脳裏によぎった。

「私、謝らなくちゃ。アキちゃんに大喧嘩してひどいことを言っちゃったんだ。よく覚えてないけど、母親失格くらいのことは言った気がする。いくらアキちゃんがだらしなくても、絶対にそんなことはない。私が間違っていた」

私は改めてひかりちゃんへと向き直った。

「ありがとう」

ひかりちゃんが不思議そうな顔をこちらへ向けた。

「なんで私にお礼をいうの？」

「ひかりちゃんの話を聞いたからこそ、そう思えたから。恐ろしくて不気味な子供を、受け入れるってことは実の母親だって難しい。きっとアキちゃんもひかりちゃんが湊くんに思うのと同じように、私のことが怖かっただろうけど乗り越えてくれたんだ。だから私は、今ここにいることができるんだ」

懐かしい思い出にはにかむ私とは違い、ひかりちゃんは険しい顔をしていた。

「一葉ちゃんは、一体何を？」

「空を見上げてお話ししちゃうような子供だったよ。あのおままごとくらいに厄介だったと思う。だから、ありがとう。怖がりながらも、湊くんを愛しているって言いきれるひかりちゃんがすごく嬉しいの。湊くんは私と同じだから。アキちゃんがそう言ってくれたみたいで嬉しいんだ」

再びひかりちゃんは俯いてしまった。何かまずいことを言ってしまったかと心配する。

「あ、別にひかりちゃんが湊くんを怖がっていることが、嬉しいわけじゃなくて」

言葉の途中で洟をすする音と共に小さな声がした。

「私こそ、ありがとう」

その一言に安心して、私は再び遊びまわる子供たちへと視線を向けた。

先ほどまで走り回っていたネズが、蹲る湊くんと一緒に地面を覗き込んでいる。湊くんよりも少し年上くらいの男の子も、同じように地面を覗き込んだ。

ネズが困ったようにこちらを見ていた。嫌な予感がして、ベンチを立ち上がりネズたちのもとへと向かおうとした。湊くんの手元へ、男の子が手を伸ばした。

公園に満ちていた穏やかな歓声を、あどけない絶叫が引き裂いた。

転んだ子供が親を呼ぶために喚く泣き声とは違った、鼓膜にこびりつくような恐れを帯びた絶叫だ。子供たちを見守っていた親たちが、本能的に我が子の危機を感じ取ったのか、血相を変えて駆け寄った。

私とひかりちゃんも、大急ぎで湊くんのもとへと急ぐ。だけど私たちが焦った理由は他の親たちとは違っていた。そして湊くんの様子に、予感の的中を確信した。

「あー、あー、あー」

湊くんは微笑みながら、バッタを手にしていた。大きな複眼に筋張った緑の体。そのトノサマバッタは湊くんの手にがっしりと摑まれて、身動きも取れずに頭の触角を忙しなく動かし、口を開閉させていた。

必死の抵抗としてもがくはずの六本の脚も、逃げるための翅も、全て足元の土の上に散らばっていた。その周囲にはバッタの体液らしいしみが広がっていた。棒状のバッタについた砂利と漏れ出した体液を目にして、湊くんはバッタの胴体を地面に擦り、削っていたのだと気づく。

ああ、これはおままごとだ。人形の代わりにバッタを使ったんだ。

瞬間、昨夜の異臭が再び鼻を突いた。湊くんのものではない声が聞こえる。全身に暑さとは違う理由の生ぬるい汗が噴き出て、背筋を冷たいものが蝕んでいく。

きっとひかりちゃんも同じ感覚に襲われているのだろう。腰が引けていて、がたがたと震えている。そんな私たちにネズが言う。

「いきなり湊が立ち止まったと思ったら、足元のバッタを捕まえたんだ。虫が好きなのかと思ったら、いきなり笑いながら脚を引っこ抜いて翅も千切り出して、あの子はそれを見てかわいそうだからって止めようとしたんだ。そしたら急に叫び出した。なあ、これって」

困った顔のネズの問いが、必死の泣き声に搔き消された。先ほど手を伸ばした少年が狂ったように叫びながら母親に抱かれていた。母親が殺意すら込められていそうな瞳で、こちらを睨みながら去っていった。

周囲の親たちも突然の異常事態に、何が起こったかもわからないまま公園から去っていく。日曜午前の穏やかな空気は、潮が引くように消えてしまった。

そんな空気の変化に応じるように、ぽつりと空から落ちるものを感じた。空は晴れているのに、雨が降り始めた。天と地で矛盾するような光景に、暑くても爽やかだった空気が生ぬるいものへと変化していく。頭の芯から鋭い痛みが走って、額を手で押さえる。

「あー、あー、あー」

地面を見つめていた湊くんが、抑揚のない声を出しながら走りだそうとした。

「待って」

反射的にその肩を摑む。一体どこへ。そんな疑問が浮かぶ前に吹き飛んだ。湊くんが走り出そうとした先に、それを見つけてしまったからだ。頭痛が、さらにひどくなる。

公園の入り口はT字路になっていて、真っすぐに道路が延びていた。先ほどまでの初夏の陽気と、突然の天気雨によって、温く歪んだ遠景の向こうにそれは立っていた。

何台も車が通り、いろんな人が声を交わしながら歩いているはずなのに、誰も彼女には気づいていない。異常な背丈の、赤黒い斑に覆われた体が、日常の景色の中で揺れながら、じいっとこちらを見つめている。

湊くんは笑顔のまま、私の腕を振り払おうともがいていた。

私は腕の力だけで必死に湊くんを抑え込もうとする。だけど体はそれ以上動かせない。遠くに見える彼女の姿から目を離せなくなっていた。揺れるほど遠くに立つ彼女と、私の視線は固く絡み合っていた。

遠くに見える彼女が、陽炎というにはあまりにも激しく、揺れて、歪んだ。遠くにいるはずなのに、歪んでいるはずなのに、顎が壊れたかのように大きく口が開かれた様子がわかった。瞬間、掠れたあの声が耳元に響いた。

悲鳴を堪えられなかった。炸裂した恐怖に、突き飛ばされたかのように尻もちをついてしまう。当然、湊くんからは手が離れてしまう。駆け寄ってきたネズに声を荒らげる。

「私じゃない、湊くんを！」

腕を離した瞬間に、彼女のもとへと走り去るかと思いきや、湊くんはその場に立ち尽くしていた。視線の先には、怯え切ったひかりちゃんが涙すら流していた。

ほんの数秒、時が止まった気がした。おままごとが始まってから微笑んでいた湊くんの顔が、一瞬だけくしゃりと歪んだ気がした。

「たすけてください」

舌足らずな声が、はっきりとそう言った。ひかりちゃんが涙にぬれた瞳を見開いた。

捕まえようとしたネズの手を掻い潜って、湊くんが走り出した。走りながら叫んでいる。

「あー！　あー！　たすけてください！」

これまでの抑揚のない声とは違う、怒りすら込められていそうな叫びだ。

腰を抜かしたままの私はもちろん、バランスを崩したネズの手も湊くんには届かない。

「ひかりちゃん！」

私の声よりも早く、ひかりちゃんは飛び出していた。唸るような、叫ぶような声を上げながら、がむしゃらにひかりちゃんは走る。

湊くんは公園を飛び出して、転がるように道路の真ん中へと倒れ込んだ。通りがかった車が湊くんへと迫る。湊くんを追うように、ひかりちゃんも道路に飛び出した。けたたましいブレーキ音が響いた。私とネズは慌てて道路へと向かう。

飛び出したひかりちゃんが、湊くんへと覆いかぶさっていた。突き飛ばされた様子はない。ブレーキが間に合ったらしい。ドライバーは気の毒なほどに顔面を凍らせていた。丸まったままのひかりちゃんからすすり泣く声が聞こえた。

「私より、湊は怖いはずだよね。なのに私は自分のことばかり。ごめんね。ごめんねえ」

謝罪の言葉を連呼する丸まった背中の内側から、湊くんの泣き声が響いた。おままごとを止められたときの必死な泣き声とは違う、子供らしい、やわらかな泣き声だった。

「とりあえず、無事っぽいな」

ネズが安心したように呟いた。するとひかりちゃんが「熱っ」と声を上げて、湊くんを抱き起した。倒れ込んだのはマンホールの蓋の上だった。初夏の日差しに熱されて相当な温度になっているのだろう、接地面だったひかりちゃんと湊くんの腕や膝が赤くなっている。

マンホールの上には、哀れな脚のないトノサマバッタがつぶれていた。これが炎のかわりだったのか。それに気づくと同時に、視線を感じて遠く道の向こうを見た。彼女は〝彼女〟が立っていた。心なしか異常なほどの長身が縮んだようにすら見える。彼女は背を曲げて、じっとこちらを見つめていた。不思議と先ほどまでの恐怖が消えていた私は、彼女を見つめ返す。彼女は寂しそうに肩を落としてから、揺れるT字路の向こうに消えていく。

「バイバイ。またね」

私は思わず呟いた。

「あー、そうか。そんなことが、ねえ？」

竹谷さんは、明らかに困惑していた。

もはや私たちの打ち合わせ場所と化していたウルスラのカウンターで、私はひかりちゃんの一件を竹谷さんに報告していた。ママが気を遣ってか他のお客さんの相手をしてくれている。事件から一週間が経過して、ネズは東京に帰っていた。

「それ以来、湊くんはおままごとをしなくなったそうですよ。以前よりも明るくなって、ひかりちゃんとも話すようになったとか。何度か遊びに行きましたけど、私から見れば湊くんよりも、ひかりちゃんが変わったような気がしますけどね」

「事件は解決したわけか。しかしなんでそのおままごとが止まったんだ？」

「さあ、よくわからないんです。実際のところあの事件が何だったのかも、わからないままですから。まあひかりちゃんちが平和になったなら、何よりじゃないですか」

「それはそうなんだろうけども。人が焼ける恐ろしい光景を見た、ねえ」

納得できなそうに竹谷さんが呟いた。

「竹谷さんってやっぱり」

「一葉さんを信じないというわけじゃないのだけど、オカルト話は、その、あんまりね」

「私だって逆の立場なら、同じような反応していますよ。気にしないでください」

「だけどね、そうも言っていられないんだよなあ」

竹谷さんが脇に置いてあったビジネス鞄から封筒を取り出した。

「北久保沢の女神伝説？」

そこには奇怪な表題が記されている。その一枚だけじゃない。「逢峰橋ホームレス怪死事件」やら「下北用水路人魂目撃事件」「稲富橋人身御供」など、なんともきな臭い名前が並べ立てられている。

「僕もね、忙しいとはいえ二人に任せっぱなしにするつもりはないんだ。だから懇意にしている業者に頼んで、秋穂さんの調査をお願いしたんだ」

「それで、これは？」

「秋穂さんが調べていたらしき怪談さ。わずか一週間でこれだけの内容がわかったんだ」

「これを、アキちゃんが」

どうしても私の記憶の中にあるアキちゃんと、これらのオカルト話が結びつかない。

「それとこれ」

　竹谷さんが新しい書類を差し出した。羅列された名前をよく見ると、図書館の貸し出し記録のコピーだとわかった。履歴には、地元史や伝承についての書籍が多い。

「こういうのって、言えば教えてくれるものなんですか」

「まあ、そこは追及すると困る人がいるから内緒ってことでね」

　竹谷さんは悪戯めいた笑みを浮かべていた。

「とにかく秋穂さんがこの一年近く、勉強熱心だったことは確かみたいだ。調べものは主に地元についてばかり。郷土愛にでも目覚めたのかな」

　冗談を聞き流していると、見慣れない単語を見つけた。十悪鬼女。読み方も分からない。

「これ、なんですか」

「ああ、僕も気になって調べたんだけど、この街の上流にある北久保沢村で祀っている神様らしいよ。『じゅうらきさん』って呼ばれているそうだ」

　十人の悪い鬼の女で、じゅうらきさん。私の脳裏には彼女たちの姿が思い浮かぶ。

「何か心あたりでも？」

　私は今日の報告の前に決心していた。これからアキちゃんの捜索に協力してもらうのならば、説明しなくてはフェアではない。そう思ってネズには既に説明済みだ。

「オカルトな話ですよ？」

「もちろん。何でも聞かせてくれ」

「私とアキちゃんには、私たちだけの秘密があるんです。ひかりちゃんちで、恐ろしい姿の女を見たって話をしたじゃないですか」

ひどく難しい顔で、竹谷さんは頷（うなず）いた。

「〝彼女〟を、いや彼女たちを見るのは初めてじゃないんです。それどころか私が小さい頃から、ずうっと長い間私たちは彼女たちを見てきました」

「それは幽霊が見えるってこと？」

「違います。他の何かは見えません。彼女たちだけなんです」

薄暗い廊下の先に。揺れる陽炎の向こう側に。窓から見える私たちだけの遠景の中に。

「私とアキちゃんは、ずっとあの泣き女たちと生きてきたんです」

第二話

アキちゃんが初めて泣き女を目にしたのは、私を妊娠した頃のことらしい。

当時、家を飛び出したアキちゃんはやんちゃな生活を送っていたそうだ。そんな中で妊娠して、祖母を頼ってやってきたこの街で、奇妙な女たちを見るようになったのだ。それは人とは思えないほどの長身で、泣き喚(わめ)きながら一糸まとわぬ姿で街を徘徊(はいかい)している。しかもアキちゃん以外の人には見えない。当時祖母以外には頼る先もない身重だったから、仲良くするしかなかったとアキちゃんは笑いながら語っていた。

今思えばそれは強がりだったのだと思う。アキちゃんも恐ろしかったはずだ。不安だったはずだ。それでも私がいたから、必死に彼女たちを受け入れようとしたのだろう。

そして私が生まれた。物心つく前にすでに私には彼女たちの姿が見えていたらしいけど、泣きも怯(おび)えもしていなかったそうだ。

物心ついた後も、彼女たちはいつも近くにいたけれど、怖いと思うことはなかった。ただ当たり前にある光景の一部として、それを受け入れていた。

アキちゃんは彼女たちのことを、私たちを見守る妖精(ようせい)さんだと教えてくれた。私がじゃあなんであの子たちは泣いているのと尋ねると、困ったように微笑んでいた。

それは陳腐な誤魔化しに過ぎなかったのだろうけれど、私はアキちゃんが始めたおとぎ話を疑問に思うこともなく、他の人には内緒にするという約束も素直に受け入れていた。

変化があったのは小学校に上がる少し前のことだった。

いつも泣き叫ぶ彼女たちが、時折じっと私のほうを見つめていることに気がついたのだ。

幼い頃から私は引っ込み思案な女の子で、同じ組の子たちとは距離を置いていた。本当は仲良くなりたかったけど、ただじっと見つめることしかできなかった。声を掛ける勇気はないくせに、ただ相手が気づいてくれることを期待して。

そんな自分を重ね合わせたのだと思う。ある日、ふと思い立って泣き女に尋ねたのだ。

「どうかしたの？」

返答はなかった。ただ彼女は長身を折り曲げて私のことをじっと見つめていた。その瞳には確かな意思のようなものが感じられて、そのことが嬉しくて私は喋り続けた。内容は覚えていないけど、他愛のない日常について幼児らしい言葉を重ねていたのだと思う。

その日から、私は何もない空に向かって話しかけるおかしな女の子として、周囲からさらに距離を置かれることになった。

そんな奇癖は年齢を重ねるごとに落ち着いてきたけれど、今でも周囲に誰もいないときに泣き女を見かけると、つい話しかけてしまう。

我が家の二階の窓からは、この街を一望できる景色が広がっている。そんな遠景の中では、いつも泣き女たちの姿を見つけることができた。屋根の上から空に向かって慟哭(どうこく)する彼女が。家と家の隙間で項垂(うなだ)れる彼女が。大路地で叫び声を上げながら歩き回る彼女が。遠景の中にあるのに、不思議と彼女たちの姿ははっきりと目にすることができた。

雨が降るとその数を増やして、街にはサイレンのように彼女たちの声が響くのだ。

私とアキちゃんは廊下に椅子を並べて、私はココアを、アキちゃんは珈琲(コーヒー)を手にして、窓からその様子をよく眺めていた。不気味に見えるはずなのに、恐ろしい化け物を目にしているはずなのに、何故かそんな光景が心地よくて、彼女たちについて語り合っていた。

「泣き女。言葉そのものの意味を追うのなら、葬儀の際に個人を弔う特殊な女性職のことをさす。昔の地方ではそんな文化があったらしい。知っているかい」

休日でもジャケット姿でピシッとしている竹谷さんが、ハンドルを握りながら質問した。

「いえ。聞いたことも見たこともないです」

「今でも大陸のほうでは残っている風習だそうだ。その泣き女は、親族に代わり故人を悼んで泣くんだ。何故ママは死んでしまったの、あなたが死んでしまって何て苦しいんだ、なんてね。他人が他人をむせび泣いて悼むだなんて、僕らからしたら少しおかしく思えちゃうよね。ただ一葉さんのいう泣き女っていうものは、今話したような印象とは違うな。職業の泣き女よりは、アイルランドのバンシーに近い。こっちは知っているかい」

「知っていますよ。泣き喚いて死を予言する妖精ですよね」

「へえ。オカルトが好きなのかい」

「いえ。アキちゃんがつけた彼女たちのあだ名が、バンシーちゃんだったんです。ただその呼び方じゃ調査するにはやりにくいと思って。咄嗟に思いついた呼び名が泣き女です」

「バンシーちゃん」

そう呟いた竹谷さんが堪えきれないように噴き出した。私は渋い顔をしながら続ける。

「だからバンシーってものが何なのか、気になって調べただけです」

失敬、と零してから竹谷さんは笑みを消そうとしている。

「まあ小さな一葉さんを安心させるのに、泣き女なんて呼び方じゃ可愛げがないとは思っていたんだ。しかし話を聞くにずいぶんと恐ろしい見た目だろうに、ちゃん付けできるのはさすが秋穂さんだな」

ああ、また竹谷さんの顔がにやけている。訝し気な視線を向けると咳払いをした。

「それで、今も彼女たちの姿は見えるのかい」

「はい。今日はまだ見てないですけどね」

雨粒が流れる窓から街を眺める。押しつぶされそうな程に濃い灰色の雲の下に、彼女たちの姿はない。

「しかし泣き女か。オカルトは信じていないのになあ」

「まあ実際見えちゃっていますからね。まだ私の話、信じられません？」

「正直まだ完全には受け入れられていないよ。ただ嘘をついているとも思っていない。一葉さんが目にする何かに意味はあるとは考えている。そこらへんが妥協点だと思って、納得することにしているよ」

「問題、ないですかね？」

「ないと信じたいね」

件の経緯を説明したのちに、アキちゃんがここ最近調査していたとされる怪談の資料のいくつかを目にした。そして私は泣き女について竹谷さんに打ち明けた。ちなみにネズには東京に帰る前に説明済みだ。

そのときの竹谷さんの顔はどういうべきか。真面目に秘密を打ち明けた私に、誠意ある態度をとろうとしている顔からは、受け入れがたい苦渋が漏れ出していた。非現実的なオカルトをまるで信じないと断言していたのだから、そんな表情になるのももっともだ。

それでも竹谷さんは、どうにかそれを呑み込んでみると言ってくれた。アキちゃんの調査に関する資料をもらい、その日は解散となった。

竹谷さんから電話があったのは、そのさらに一週間後の土曜日のことだった。ネズといた私は、翌日に調査を行うという申し出に二つ返事で応じたのだった。

「それで昨日、ここのお寺に行ってきたんですよ」

私は鞄から竹谷さんから貰った「北久保沢の女神伝説」の封筒を取り出した。

「ええっと、確かかなり山のほうの、本山門寺だっけ」

「そこのじゅうらきさんって神様が気になったんで、ネズを連れて行ってきました」

二週連続で帰郷したネズもアキちゃんが心配なのか、黙って調査に付き合ってくれた。

「十の悪い鬼の女で、正式名称は十悪鬼女。地元では親しみを込めてじゅうらきさんって呼んでいるそうです。その名の通り十人の女の神様で、この街の水神様なんですって。竹谷さんはこのお寺って行ったことあります？」

「うん、あるよ。祖父の屋敷が近くにあってね。お祭りにも何度か行ったことがあった。当時はどんな神様なのかも、お寺の名前すら憶えていなかったけれど」

「じゃあお寺を縦断するように、川が流れていたのは覚えています？」

「あー……あったね」

「その川がですね。峰の宮で一番大きい川、潤郷川の上流に当たるらしいんです。この街の水の根っこを押さえた場所に、水をつかさどる十人の神様がいるんですよ。そして市内に分かれる川の支流が十本。それぞれに一人ずつ神様が付いているんですって。なんかすごいですよね。あんまり知られてはないですけれど」

「それで一葉さんとしてどうだった？」

「泣き女たちの気配はしませんでした」

「姿も見なかったのかい」

「ええ。じゅうらきさんと、泣き女は関係ないとも思えないんですけど。だからってその理由を誰かに尋ねることもできませんからお手上げですよ。他には気になることもなかったから、長閑な田舎の風景と、雰囲気のある苔むした境内を楽しんできただけです。帰りはネズと近くの牧場で、ソフトクリームを食べて帰ってきましたよ」

私とネズが並んでソフトクリームを舐めているところを想像でもしたのか、竹谷さんが笑った。

「まあ足跡を追ったからって、必ず手懸りが摑めるわけじゃないからね」

「もちろん。竹谷さんのおかげでまだまだ調べる先はありますから」

「そういえば警察からは何か連絡は？」

「そっちもまったく駄目ですね。一応捜索はしてくれているみたいですけど、足取りは摑めていないみたいです。交通記録じゃこの街から出た様子もないって」

気が付けば膝の上に置いた両の拳を強く握りしめていた。それを見た竹谷さんが言う。

「秋穂さん、心配だね」

「はい、本当に」

話が途切れた頃に、ちょうど目的地のファミレスが見えてきた。竹谷さんがハンドルを切って、駐車場に車を停める。

車を降りると様々な音が耳を打つ。傘を叩く雨音。タイヤで水たまりを切り付ける音。近くのガソリンスタンドの店員の威勢のいい声。

そしてそれらの雑踏の隙間からは、空に響き渡るような彼女たちの声が聞こえた。姿は見えないのに確かに耳に残る、遠鳴りの悲鳴だ。

「大丈夫かい？」

気が付けば手のひらで頭を押さえていた。頭の芯から鈍い痛みが滲んでいる。本心を言えば家で寝ていたい気分ではあったけれど、そういうわけにもいかない。

「問題ないです。さ、行きましょ」

ファミレスの奥の席で待っていた老人は私たちの姿を見つけると、笑顔で立ち上がった。

「いやいやいや。お久しぶりです、竹谷社長」

「こちらこそお世話になっております、森会長。それでこちらが秋穂さんの娘さん」

「鈴野日一葉です。今日はよろしくお願いします」

「ああ、よろしくね。しかし君も大変だねえ。私の話で何かわかるといいのだけど」

目の前の老人がそう言いながら私の手を握った。毛髪の禿げ上がった老人の顔は、猿のような愛嬌(あいきょう)がある。その笑顔には温かいものが感じられて、素直に手を握り返した。

この老人は森仲夫(のぶお)さんだ。峰の宮で事業を営んでいたが、現在は息子に会社を譲って実質の隠居生活をしているらしい。竹谷さんとは同じ市内の事業主ということで旧知の仲で、アキちゃんを捜していると聞いて連絡をくれたのだ。しかも森さんもアキちゃんにある依頼をしていたらしい。

それから食事をしながらの話ということになった。たくさん食べなさいと、好々爺(こうこうや)な態度の森さんに礼を言いながら、私はカルボナーラとサラダを頼んで、森さんに尋ねる。

「森さんは、母とは知り合いなんですか」

「そうだね。秋穂ちゃんは法人会に顔を出していたから。そこで知り合ったんだ」

「ほうじんかい？」

聞きなれない言葉に鸚鵡(おうむ)返(がえ)しに尋ねると、竹谷さんが横から口をだした。

「峰の宮法人会だね。市内の経営者の互助会のようなものさ」

「なんでまた。アキちゃんはただのバー店員ですよ」

「年がら年中真面目に意見交換しているわけじゃないんだ。どちらかというと経営者同士の懇親会にこそ意味があるから、飲みや食事の会も頻繁に開かれる。そこに秋穂さんは顔を出していたんだ。かくいう僕もそこで秋穂さんと出会ってね」

「だけど、なんでアキちゃんがそんな会に顔を出していたんですか。まだわかりませんよ」

竹谷さんと森さんが顔を見合わせる。

「確かいつか独立したいから、見識や知己を得たいとか。そんなことを言っていたかな」

「私、そんなこと聞いていません」

二人は気の毒そうな顔でこちらを見た。

「ちなみにどんな事業を始めたいとか、話していましたか」

「いや。今はまだ内緒だって言っていたなあ」

ママから聞いた話でも、ひかりちゃんの件でも、アキちゃんは私に多くの隠し事をしていた。我が家の家計は一時期よりは幾分かマシになってはいたけれど、それでもまだまだ裕福とは程遠い。その上あのだらしないアキちゃんが独立して事業を始めるなんて。明らかに嘘だ。だけど嘘をつかれた当人たちに、そんなことは告げられない。

何を言おうか迷っていると、料理が運ばれてきた。それをきっかけに話題は他愛のないものに切り替わった。デザートと珈琲(コーヒー)が運ばれてくるころに、森さんは世間話の続きのように自然な流れで話を始めた。

「私が秋穂ちゃんにお願いしたのは、とあるスナックについてのことだ」

私は不意を突かれたようにケーキをつついていた手を止めた。

「行きつけのスナックにね、唯歌(ゆいか)という店があるんだ。唯(ただ)の歌と書いてゆいか」

森さんが指で宙に文字を書く。すると堪(こら)えきれない様子で笑い出した。

「ただの歌だなんて。今思えばあまりにも皮肉な名前だ。まさかあんなことになるとは」

「そのスナックで何が」

私の質問に、森さんが珈琲を一口飲んでから答えた。

「とりあえず初めから説明していこう。そこはただのスナックじゃないんだ」

スナックと言われてもバーとの違いもよくわからない。とにかく大人がお酒を飲む場所だろう。

「私は四年ほど前に実質隠居して、今ではたまにしか会社に顔を出さない。初めは自由を謳歌していたのだけど、そんな生活にも飽きてしまってね。暇を持て余してしまったんだ。そんなある日、幼馴染の伊賀という男に再会した」

森さんが懐かしむような表情になる。

「話してみれば伊賀もまた、引退生活を暇にしているようだった。何せ中学以来の再会だ。盛り上がってね。何軒も店を梯子してこれまでの人生について語り合った。そこで当時仲が良かった幼馴染たちの話を聞くと、皆まだこの街にいるらしい。だから今度はみんなに声を掛けて、飲みに行こうという話になった」

一体なんの話なのか。そんな不満が顔に出ていたのか、森さんがこちらを見て言う。

「すまないね。年寄りの話は遠回りで。かくして幼馴染四人が半世紀ぶりに集まった。これまた盛り上がったのだけど、話してみると皆同じように暇を持て余していることを知ったんだ。そこで私は一念発起した」

森さんが声を強くしながら続ける。

「懐かしい幼馴染との再会が嬉しくて、思い出話をしてそれで終わりにしたくなかったんだ。その当時、スナックを閉店した知り合いがいたことを思い出して、その店を貸してくれないかと持ち掛けた。本格的に営業するわけじゃなくて、我ら幼馴染のたまり場として提供してくれないかと提案したんだ。店主の彼女自身、店をやめて何をしようか考えていたらしく、快く了承してもらった」

「それが、その唯歌ですか」

「その通り。それで我々は、幼き頃の空き地のような隠れ家を手に入れたんだ。いやあ楽しかったよ。子供の頃の友達たちと、子供の頃のように遊びまわった。一緒に行動してくれる仲間ができるだけで、もう飽きたと思っていた旅行も、クラブ活動も、新鮮に楽しめた。やることがなければ昼間から酒を飲んで歌ったりと、充実した毎日を送っていた。妻からも最近は毎日が楽しそうだね、と言われて羨ましがられるほどだったよ」

遥か昔を懐かしむように、遠い目で窓の外を見上げる森さんに竹谷さんが言う。

「だけど、そんな平和な隠れ家で何かがあった。そうですよね？」

森さんの表情が今日の天気のように曇り、雫を零しそうな程に瞳が歪んだ。

「歌が、聞こえるようになったらしいんだ」

「歌？」

「それが始まったのは今年に入った頃だった。寒いからと暖房を効かせた唯歌で、私たちは昼間から酒を飲みながら楽しんでいた。ところが幼馴染のかわちゃんが、気分良くカラオケで歌っていたら急に黙り込んだんだ。一体どうしたのかと尋ねると、みんなに静かにするように言った。不思議がりながらも、みんな声をひそめて物音を鳴らさずにじっとしていた。すると僕以外のみんなが、歌が聞こえると言い出したんだ」

「それは、どういう？」

「とてもきれいな声の歌らしい。だけど僕には聞こえないんだ。せめて口ずさめないかと頼んでも、誰もそのメロディを再現できない。おかしな話だと首を傾げた」

森さんは厳しい表情に陰りを加えて、顔を俯けた。

「それからだ。みんなおかしくなってしまった。楽しかった隠れ家の雰囲気はどんどん悪くなっていって、どうにもならなくなってしまった。僕は止めようとしたんだ。ここはおかしい、みんなで別の場所を見つけようと説得した。だけど、結局追い出されてしまったよ」

「そのスナックは今でも？」

「ああ。まだみんなは通っているはずだ。それでそんなときに、秋穂ちゃんがおかしな話を収集しているっていう噂を聞いたんだ。だからみんなを助けてくれと頼んだんだ」

「助けてくれって。ただのバー店員に？」

無責任な話だ。思わず漏れた呆れた声に、森さんは申し訳なさそうな顔をした。

「本当に失礼な話だけど、藁にも縋る気持ちだったんだ。そんな私の情けない願いを秋穂ちゃんは快諾してくれてね。しばらくは唯歌に通ってくれていたみたいなんだが、突然連絡が取れなくなってしまったんだ」

昼間から出かけては、酔っぱらって帰ってきていたアキちゃんのことを思い出す。

「ひかりさんのときと同じパターンだね」

竹谷さんの言葉に頷いた。アキちゃんはきっとここでも何かを見つけたんだ。

ふと森さんの神妙な表情に気が付いた。何か言おうか言うまいか、迷っているふうだ。

「森さん？」

促すように名前を呼ぶと、覚悟を決めたように森さんが言う。

「いなくなる前に秋穂ちゃんが唯歌について、嫌なことを呟いていた」

「アキちゃんは何て？」

「唯歌で、死人が出るかもしれない。そう言っていたんだ」

昼食を終えて、私と竹谷さんは森さんから教えられたスナックへと向かった。

移動中に雨は止んでいたが、それでも水を吸ったスポンジのような雲が空を席捲している。何かの拍子ですぐにまた降り出しそうだ。鈍い頭痛が煩わしい。

「これはこれは。なんというか」

建物を見上げた竹谷さんが言葉を呑み込んだ。私も同じように見上げて、吐き出されなかった言葉に予想がついた。きっと「趣味が悪い」だ。

薄暗い雰囲気の通りに現れたのは、二階建ての瓦屋根の古い日本家屋だ。それ自体には何の珍しさもないけれど、そんな日本家屋の側面、私から見て左側から家が生えていた。

増築された建物なのだろう。西洋風というよりはメルヘンチックな造形だけど、外壁の赤はくすんでいて、茶色い扉やランプ型の照明は、ところどころ錆びついている。扉の横には「唯歌」と少女漫画のようなフォントで記された看板が張り付けられていた。

「変な建物ですね。隣の建物と比べて、すごくちぐはぐな感じ」

「同感だね。もう少し慎ましいデザインのほうが僕は好みだな」

外観の感想を述べる私の耳に、ちろちろと水の音が聞こえて、導かれるように建物の裏へと回る。そこには排水路が通っていた。水草が生い茂り底は見えない。岸壁からはいくつものパイプが延びていて、そのうちのひとつから、ざあっと水が流れ出ていた。

あまり綺麗な感じではない水路だ。とはいえ臭いわけでもないのだけれど。

「それじゃあ一葉さんは車で待っていてくれるかい」

「嫌ですよ。私も一緒に行きます」

「森さんはここを相当乱暴に追い出されたらしい。何かあっても困るから、ね？」

「絶対に嫌です。それにもし泣き女がいても、竹谷さんには見えないでしょ」

竹谷さんはあらかじめ答えを予想していたのか、ため息をついて厳しい表情で言う。

「もし僕が危険だと判断したら必ず指示に従うこと。いいね？」

その言葉に頷いて、私たちは表に回った。竹谷さんがノブに手をかける。扉を開ければ、いつもとは違う形相の泣き女がこちらを睨んでくる。そんな想像をしながら衝撃に備える。

　扉を開いた瞬間、内側からの音圧にそんな覚悟は弾き飛ばされた。

　合唱と呼ぶには荒っぽく、歌声というには音程も何もあったものじゃない。陽気さだけが響き渡るような怒号に近い大声だ。

　ちょうど始まったらしいその曲は、大昔に流行ったポップソングだ。「あの名曲を振り返る」なんてお題目の番組で聞いた覚えがある。独特なイントロが耳に残っていた。

　スナック唯歌の内部は外から見るよりも広く思えた。店の奥からコの字形のカウンターが中ほどまで延びていて、その中にマイクを握るお婆さんが一人。カウンター手前に丸椅子が並んでいてそこにお爺さんが二人。計三人が赤らんだ顔で合唱している。店の奥にあるモニターに歌詞が流れていて、爆音も相まって誰一人私たちには気づいていない。

　竹谷さんと顔を見合わせる。店内からは酒臭さと香水臭さに浸りきった濃い空気が流れてきて、顔をしかめる。まだ昼の二時頃なのに、老人たちは完全に出来上がっていた。

　サビに入った。お婆さんの熱唱に、お爺さんたちが大声で合いの手を入れる。クライマックスに至る店内に、私と竹谷さんはただ立ち尽くして待つしかない。

　繰り返すサビはフェードアウトし、お婆さんが少女のように「イエ～ィ」と時代を感じる声をあげて、お爺さんたちは歓声をあげる。そこで実に自然に竹谷さんが拍手を重ねた。

「いやいや素晴らしい。思わずこちらまで元気になるような歌でしたよ」

明らかなお世辞の言葉だけれども、失礼な雰囲気はなかった。それでもその言葉を発した一瞬で店内の温度がぐっと下がった気がして、赤らんだ笑顔たちがすっとその表情を消した。先ほどまでの度を過ぎた陽気さが、冷たい敵意へと変化し牙を剥いていた。

「誰だ、お前ら」

カウンター席に座っていた恰幅のいいお爺さんが言った。太っているというよりも単純に部位それぞれのサイズが大きい体形で、禿げ上がった頭には何かで切り付けられたような、大きな傷跡があった。威圧するようにこちらに厳しい顔を向けている。

その隣に座っていたお爺さんは狐のように目が細く、枯れ木のように痩せている。真っ白な髪に潤いはない。威嚇というよりも、突然現れた私たちに煩わしいものでも感じているのか、汚物を眺めるような視線をこちらに向けていた。

竹谷さんが萎縮する私を庇うように一歩前に出た。

「お楽しみのところ失礼しました。私は竹谷泰隆と申します。少しお話を聞きたいのですが」

差し出した名刺を大柄なお爺さんが横柄に受け取る。そして少し驚いたように目を見開いたものの、すぐに厳しい顔に戻った。

「ああ、最近そこら中に店を出しているマルタケの社長か。節操ない商売しやがって」

すぐに隣のお爺さんへと名刺を投げつけた。受け取った狐目のお爺さんは驚いた様子だったけど、隣の大きな体を一瞥してから再び不愉快な視線をこちらに向けた。

　それでも竹谷さんは、不快さを感じさせない明るい声で続ける。

「今日は完全にプライベートですよ。この女性について話を聞きたいだけなんです」

　竹谷さんは、アキちゃんの写真をお爺さんへと差し出した。すると刺々しい態度が急に丸みを帯びた。遠巻きに見ていたカウンターの中のお婆さんも、こちらへやってくる。

「こりゃアキちゃんじゃねえか。あんた知り合いなのか」

「ええまあ。友人です」

「アキちゃんは今どうしてるんだ？　最近すっかり姿を見せなくて心配していたんだ」

「君も、アキちゃんの友達かい」

　狐目のお爺さんが私に言った。

「いえ、娘です。鈴野日一葉といいます」

「あらまあ、アキちゃんの！　話には聞いていたけど、こんな大きな娘さんだったのね」

　カラオケで熱唱していたお婆さんが甲高い声を上げた。同時に過剰な香水の甘ったるい匂いが鼻を突いた。その顔には皺も多く、後ろにまとめた髪は灰と白に染まっている。だけど少女を思わせるあどけない態度と表情が、印象に矛盾を生じさせる。何かにぶつけたのか額にガーゼが張られていて、それがさらにあどけなさを演出していた。

　老人達は「おお、アキちゃんの」とか「あんまり似てないねえ」とか思い思いの感想を口にしている。すると大柄なお爺さんが体格に似あった大きな声で笑った。

「なんだアキちゃんの娘なら、初めからそう言ってくれりゃいいのによ。ほら、こっちに座んな。しょうがねえからあんたもだ、マルタケさん」

ついさっきまでの失礼な態度なんてなかったかのように、奥のソファを勧められた。私はともかく竹谷さんにはあんまりじゃないかと思ったけれど、当の本人は笑顔のままで「すみませんね」なんて言いながら席へ向かう。私だけが釈然としない顔で後を追った。

私と竹谷さんはソファに座った。内側のスプリングを感じるほどに綿が薄くてお尻が痛い。近くの棚を見ると倒れた写真立ての上に、うっすらと白くなるほどの埃が積もっていた。あまり掃除されていないであろうその様子に、ひかりちゃんの家を思い出した。

老人たちが一人ずつ、自己紹介をしてくれた。あの横柄な態度だったお爺さんが伊賀さん。森さんが偶然出会ってこの隠れ家を作るきっかけになった人物だ。狐目のお爺さんは川上さんで、お婆さんは助口さんだ。

「それで聞きたいことってのはなんだ」

まだまだ横柄な態度のままに、伊賀さんが尋ねた。竹谷さんが答える。

「秋穂さんが三週間ほど前から行方不明なんです」

驚きとともに、各々がどよめいた。

「警察にも相談はしているのですが、未だ行方は摑めていません。それで娘の一葉さんと、足取りを追っているんです。調べていくうちに、秋穂さんがこちらのスナックに顔を出していたと知って、お伺いした次第です」

　アキちゃんの行く先を知る人は、ここにいないだろうとすぐにわかった。老人たちの動揺ぶりは、こちらが励ましの言葉をかけたくなるほどだった。

「母は、皆さんと仲が良かったんですか」

　質問した私に三人分の視線が向けられる。川上さんが、その細い目を歪めながら呟いた。

「ああ、仲良くしていたよ。初めは幼馴染だけの隠れ家に、首を突っ込んできた変な女だと警戒していたけど、とてもいい子だった」

　助口さんが続ける。

「店に来るたびに私の体調を気にしてくれたりして、気が利いて優しい子だったのよ。急に来なくなっちゃったから、何かあったのかと心配していたの」

「そんなアキちゃんのことだ。僕らももちろんできる限りの協力をしたい」

「では秋穂さんが失踪した理由に心あたりはありますか。例えば秋穂さんが誰かからの連絡を気にしていたとか。何かおかしな話題を口にしていたとか。ちょっとした違和感でもいいんです。それが手掛かりになるかもしれない」

　竹谷さんが三人を見渡す。しかしみんな困ったような顔をするだけだ。

「母は、この店で何をしていたんですか」

私がそう尋ねると川上さんは不思議そうな顔をした。カウンター席にだらしなく座っていた伊賀さんが、嘲るような笑い声をあげた。

「そりゃお嬢ちゃんにはわからないよな。スナックは大人の遊び場だからな」

竹谷さんに倣って、不愉快な表情をどうにか抑えようとするけど、真顔で応対するのが精いっぱいだった。助口さんが申し訳なさそうに言う。

「お酒を飲んだり、歌ったり、お喋りしたり。とにかくみんなで楽しくやっているのよ」

なんだ、たいしたことはしてないじゃないか。という言葉は呑み込んでおく。

「それで、他には何かおかしなことは？」

川上さんがひどく冷えた表情で尋ね返した。

「おかしなこと？　失踪した理由には、心当たりはないと答えたはずだけど」

訝し気な視線を受けた竹谷さんが、うっかりしたという態度で付け加える。

「これまでの調べで、秋穂さんは市内各所でオカルトとしか言いようのない奇妙な話に首を突っ込んでいたみたいなんですよ。だから、そういう意味での質問です」

「そんな話はない。オカルトだなんて。ふざけないでくれ。それとも最近の社長さんたちの間では、碌でもないユーモアでも流行っているのか」

川上さんが嫌みったらしく言った。再び三人の態度が刺々しいものになっている。

竹谷さんは笑顔のままだけど、突き刺さる視線を弾くようなしたたかさが感じられた。

「そうですか。おかしいなあ。じゃあなんでこんな街はずれのスナックで、バー勤務の秋穂さんが酒を飲んでいたんですかね」

伊賀さんが一歩前にでて竹谷さんを威嚇した。

「てめえ、この店を馬鹿にしてやがんのか」

今にも殴りかかりそうな伊賀さんは、歯を剝いて威嚇している。それでも竹谷さんはうっすらと微笑んだままだ。

「正直僕にもよくわからないんですよ。ただ秋穂さんには何かが見えていて、それを追っていた。だからこの場所でも何かが起きていたはずなんです。何故それを隠すんですか」

物怖じしない竹谷さんの言葉に、伊賀さんの赤ら顔がさらに濃く染まる。

一触即発。そのときだった。

ごぽん。

大きな鈍い音がした。その音が合図かのように、伊賀さんの顔に明確な不安が浮かび上がった。川上さんも、助口さんも、大きく目を見開いて、顔をこわばらせていた。

「出ていってくれ」

先ほどまでの横柄な態度に、懇願の色が強くなっていた。この店にやってきてから続いていたくるくると変わる理不尽な態度に、いい加減腹が立ってきた。

「お願い。帰ってよ」

助口さんが、いじめられた少女のような声を上げた。川上さんはカウンターで琥珀色の液体の入ったグラスを握りしめて、それを呷ってから体を震わせていた。

　ごぽん。ごぽん。ごぽん。

　カウンターの向こうから聞こえる鈍い音は、繰り返しながらその勢いを増している。明らかに何かが起ころうとしている。

「一葉さん。行こうか」

　竹谷さんは私の手を引いてソファから立ち上がった。

「ちょっと待ってください」

　竹谷さんが笑みの消えた真剣な顔で言う。

「約束したはずだ。帰るよ」

　有無を言わせない迫力に、私は手を引かれながら店を出ようとする。その背中を、老人たちの「帰れ」のコールが叩く。とても還暦を過ぎた人間のやることじゃない。ヒステリックでしかない感情を幾重にも叩きつけられて、ひどく悲しい気分になる。

　先ほどまでの鈍い音がさらに連続して、その合間を短くしながら音階を上げていく。人が溺れているような苦悶の音から、うがいを長引かせたような高い音に代わり、上等な鉄琴を連打するような軽やかなリズムに変化する。

　音が、店内の空気を塗り替えていくかのようだった。私たちの背を叩き続けていた罵倒が、音に雪がれて軽やかな合唱へと変化していく。唯歌というこの店自体の何かが大きくねじれていく感覚を、肌で感じていた。

「かぁぁぁぁえれぇぇぇぇぇぇ」

私の脳裏には、クリスマスに教会で謳う聖歌隊のイメージがよぎった。拒絶の言葉で奏でられる讃美歌。そしてそれに導かれるように、異常が発生した。

私からは死角になっているカウンターの裏、恐らくは水道のあるシンクから、ゆっくりと黒い何かがせりあがってくる。私は確信した。泣き女が、ここにも現れたのだ。

彼女の姿は竹谷さんにはもちろん、老人たちにも見えていないようだった。海中から水面へとゆっくりと浮上するように、彼女はゆっくりとその細長い体を伸ばしていく。腰まで見える位置にまで浮上すると、天井を見上げた顔の口だけが、小さく開いた。

ら。ららら。らら。

それは確かに歌だった。何て美しい声だろうか。鼓膜を揺らすどころか突き抜けて、脳そのものを揺らしながら響き続けるようだ。

その歌は老人たちにも聞こえているようだった。その証拠に、老人たちは笑っていた。泣いてもいた。怒ってもいた。そしてやっぱり笑っていた。涙を流しながら、目を見開き血走らせながら、頬は歪んでいた。

全ての感情が浮かび上がっているのに、強引に笑顔という型で成形したかのような、強烈な笑みが老人たちの顔面を支配していた。筆舌に尽くしがたいその笑顔には、怒りが燃え上がっている。悲痛が刻み込まれている。そして歓喜がそれらを塗りつぶしている。

自然と、私自身の頬も歪んでいて、気が付けば足を止めていた。もっとこの声を聞いていたい。だってこの声は、私を。

強引に外へと引きずり出され、扉が閉められると同時に、歌とそれにより溢れていた感情も断ち切られた。怒りを覚えて竹谷さんへと声をあげる。

「なんで！」

しかしそんな怒りを断ち切るように、竹谷さんも怒号を上げた。

「しっかりしろ。いいから車に乗るんだ」

竹谷さんは強引に私を車に乗せて、エンジンをかけた。

すぐに車は発進して、数分ほど走ってコンビニに停まった。

「ほら、好きだったよね。ココア」

コンビニから戻ってきた竹谷さんの表情には、いつもの優し気な笑みが戻っていた。

「ありがとうございます」

手渡されたアイスココアの甘さにほっとする。

「なかなか衝撃的な時間だったね。それで、どうだった？」

「いました。彼女です。それに、あの歌が」

「歌？」

不思議そうにそう聞き返した竹谷さんの顔は、至って真面目なものだった。

「聞こえなかったんですか。きっとあれが森さんの言っていた歌ですよ」

「あの老人たちの帰れコールのことかい。それともあのお婆さんのカラオケのこと？」

「違います。帰り間際に聞こえた、あの美しい……」

それ以上の形容が思いつかない。頭の中であの音色を思い出そうとする。だけど、ただ美しかったことしか思い出せない。一体どんなリズムだったのか。何を歌っていたのか。口ずさむこともできずに、ある感情だけが胸を熱くしていた。

「慰めてくれる、ような」

「一葉さんが一体何を指しているか、わからないな」

「私には、あんなにはっきり聞こえたのに」

あのおままごとと同じだ。あのときも人を焼く光景が、私やひかりちゃんには見えていたにもかかわらず、ネズには何も見えていなかった。ネズや竹谷さんが大人の男性だからだろうか。だけどあのお爺さんたちにも歌は聞こえていたようだ。なんで聞こえる人と聞こえない人がいるんだろうか。ココアを口にしても、濃い甘みは何も答えを教えてくれない。

「だけど、もうあの店には行っちゃ駄目だな」

竹谷さんのその言葉が信じられなくて、思わず険しい視線を向けた。

「君も見たはずだ。昼間から酒を飲んで、情緒も不安定。しかも僕には聞こえもしなかったが、その歌とやらのせいで薬物中毒者も文字通り顔負けの表情を浮かべていた。あんな何をするかもわからない老人たちに接触するリスクは、説明するまでもないだろう」

「だけどあそこにも、泣き女がいたんですよ」

「つまり秋穂さんが、泣き女に纏わる怪異について調べていたってことがほぼ確定したわけだ。そしてその泣き女は、歌を聞かせて人間をおかしな状態にしてしまう。それだけわかれば十分では?」

竹谷さんが不満げな私の顔を見つめた。

「なるほど。一葉さんは気が付かなかったのか」

「なんの話です?」

「僕らに帰れといったとき、あのお婆さん、包丁まで手にしていたんだ。そんな人間がいる場所で、まともな調査ができると思うかい」

私は気付いてもいなかった危機を知らされて戦慄した。もしあのまま私がごねて帰らなかったら、一体どうなっていただろうか。

「だけど、あの店には泣き女がいます。小さい頃から目にしていて、妖精のようなものだと思っていた彼女たちが、もしかしたら私が思っているような存在じゃないのかも知れないんです。そんな彼女たちの一人が歌っているんですよ。それにアキちゃんだって、あの歌を聞いたからあの場所に通っていたわけで」

何かが胸に引っかかった。デジャヴだ。あんなに綺麗で奇妙な歌声を聞いたのは初めてのはずだ。だけど私は何かを知っている。そのはずなのに、それが何なのか思い出せない。

私の言葉を待っていた竹谷さんが、やんわりと否定の言葉を吐いた。

「一葉さん、君はまだ子供だ。秋穂さんを捜したい気持ちはわかる。だけどね、君に何かあれば一番悲しむのは秋穂さんだし、僕も秋穂さんに顔向けができない。お願いだ。無茶はしないでおくれよ」

優しい困り顔だった。そんな顔をされては、それ以上何も言えなくなってしまった。

その日はそのまま竹谷さんが家まで送ってくれた。別れ際に、また何かわかったら連絡すると残して、笑顔で「きっと大丈夫さ」と励ましの言葉まで加えてくれた。


アキちゃんがいなくなってからの生活は、大きく変わったと思いきや、意外にそれほどの変化は起きなかった。

アキちゃんは以前から生活費のための口座を私に任せてくれていたし、自分がいなくなることを想定していたかのように、そこには当面の生活には困らない程の入金がされていた。

学校へはアキちゃんがいなくなったことは知らせてある。児童相談所やら役所の人がやってきて、一時的に保護することもできると言っていたけれど、そんな提案は冗談じゃないと撥ね除けていた。私がこの家からいなくなったら、誰がアキちゃんを待つというのだ。

アキちゃんがいなくなってからの変化といえば、部屋が綺麗になったことだ。服が放り投げられることもなくなったし、お酒やつまみを買ってくることがなくなったから、ゴミの量が極端に減った気がする。それでも私は手癖のように掃除をしてしまうから、我が家はかつてない程に掃除が行き届いている。

酔っぱらったアキちゃんはいつも私の都合もお構いなしに話しかけてきたけれど、それがなくなったから勉強は捗るし、家事も前よりも随分と効率よくできるようになった。

朝はだらしなくリビングのソファに寝転がっているアキちゃんを起こして布団まで誘導しなくていいから、時間に余裕ができてしっかり朝食を摂れるようになった。

「まったく。これじゃあいなくなって良いことばっかりだねえ」

私は一人、二階の廊下の椅子に座って窓から街を眺めていた。星の見えない黒い空の下、この街の夜景の光はどこか安っぽい。唯歌を訪問してから三日後の夜のことだ。

淡い光の隙間から、ひょろりと体を伸ばす泣き女がいた。長い髪に隠れて見えない顔はこちらを向いているように思えた。

アキちゃんがいなくなってから、我が家の時間そのものの進みが遅くなった気がする。夕飯は味気なくて、テレビはつまらなくて、動画はくすりとも笑えない。夜は寝ている間にアキちゃんが帰ってくるんじゃないかと耳を澄ましてしまい、緊張してよく眠れない。

だから最近は泣き女たちへと話しかける時間が増えている。まるで空を見上げてお喋りをしていた幼稚園児の頃に戻ってしまったような気分で、思わず自嘲してしまう。

「一体あなたたちは何なんだろうね。バンシーちゃん」

アキちゃんがいなくなるまで、私たちにしか見えない妖精さんでしかなかったのに。

私とアキちゃんだけの秘密が、おぞましい何かに穢され始めている。いやもしかしたら、初めから彼女たちはおぞましい存在だったんじゃないか。私たちはそれを誤魔化してきただけじゃないのか。

急に恐ろしさが胸をついて、椅子の上で膝を抱えて蹲った。いつも隣にあった温もりが恋しくてたまらない。明るいあの笑顔で「バンシーちゃんは怖くないよ」と言ってほしい。

瞼を閉じた真っ暗な世界の中で、あの歌のことを思い出す。あのスナックに現れた泣き女の歌だ。伴奏も何もなくても、言いようもなく美しかったあの歌。

不思議な感覚だった。だけど不快じゃなかった。あの歌を耳にして、大切に思う誰かから信頼を向けられるような、温かなものを感じた気がしたのだ。

頭の中で、思い出そうとする。だけど思い浮かぶのはあの音色が美しかったことと、ただ心地よかったことだけ。脳裏に歌は流れない。ただ感想だけがぐるぐると不快なリズムで繰り返される。あの歌が恋しかった。あの歌ならこの寂しさを癒してくれる気がした。

スマホからペコン！　と陽気な音が響いた。開いた画面には、やけにパンクなねずみがサムズアップしている。海外のキャラクターらしく、ネズはこのスタンプを愛用している。

『調子はどうよ？　こっちは在庫の数を間違えたとか、ぐちぐち言われてる。マッチの奴はいい歳のくせに責任感ないだとか俺に言うけど、そんなことないよな』

『誰だか知らないけど、私はマッチに賛成』

まったくこの男は。五年前のことなんて覚えていないんじゃないだろうか。着信音の後に、この世の全てに絶望したようなパンクねずみの顔が送られてきた。

ネズは三日にあげずこんなメッセージを送ってくるのだ。そしてまた音が鳴る。

『マッチにとって俺は恩人なんだぜ？　なのに感謝が足りねえんだよ。あの野郎、それはそれで感謝しているけど、仕事の話は別だって。融通が利かねえんだ』

パンクねずみが怒りに震えている。

『やっぱりマッチが正しい。マッチならネズより話が合いそう』

パンクねずみが『ＪＥＳＵＳ　ＣＨＲＩＳＴ！』と叫びながらむせび泣いている。

本当に、大して中身のないメッセージばかりが送られてくる。アキちゃんが見つかったかどうかとか、調査の進展については何も聞いてこない。本当は気になっているくせに。

だけどそんな気遣いが、こんなくだらない文字だけの会話が、今の私には嬉（うれ）しかった。隣に誰もいない寂しさを少しだけ忘れて、くすりと笑ってしまった。

ピンポーン。

不意なチャイムの音に顔を上げた。もう九時に迫る遅い時間である。アキちゃんのことが頭によぎって、私は慌てて玄関へと向かった。

「ごめんねえ、こんな夜遅くに」

媚びるような猫なで声が玄関に響いた。驚きと同時に薄気味悪さを感じる。あの声は、あのスナックにいたお婆さん、助口さんの声だ。

「ねえ、一葉ちゃんいるんでしょ。この間のこと謝りたくて来ちゃったの。開けてよぉ」

アキちゃんが住所を教えていたのだろうか。しかし夜九時だ。あの声からは非常識な時間帯であることへの配慮は感じられない。助口さんは私の気配を察しているようで、遠慮もなくガラス戸を叩き始めた。

「ねーえ、一葉ちゃぁあん」

叩かれたガラス戸が騒々しい音を立てる。先日の一件もある。痩せ細ったあのお婆さんが、包丁を持って立っている姿を想像してしまう。玄関を開けたくはなかったので、声だけで応対する。

「こんばんは、助口さん」

ガラス戸を叩く手がぴたりと止まった。

「やっぱりいたんだ。すぐに返事してくれないなんて、いじわるだなあ」

「こんな時間に一体何の用ですか」

「聞こえていなかったのぉ？　この前のこと謝りたかったの」

助口さんが発する歳不相応なぶりっ子な声が、たまらなく不愉快だった。

「別に謝ってもらうことはないですよ。それより、なんで家がわかったんですか」

「この間のことが申し訳なかったから、人づてに聞いたの。普段、あまりご近所さんとも話さないから苦労したわあ。どうしても謝らなくちゃって思ってがんばったの。この間は失礼なことしちゃったよね。きっと怒っているわよね。ごめんねぇ」

猫なで声が一転して、悲痛な謝罪へと変化した。

「わかりました、大丈夫ですよ。別に怒っていませんから」

私の声には仕方なく、という思いを滲ませていた。それが伝わったのか、すりガラスの向こうの助口さんが静かになった。さっきまでのように喋り続けられても、うんざりする思いはあったけど、黙られたら黙られたで不気味だ。

「それで、用はそれだけですか」

言外に「なければ帰ってください」と声に込められている。しかし助口さんは立ったままだ。勘弁してよ。そう思っていると、洟をすする音がし始めた。すぐにそれが続いて、呻くような声まで重なっていく。

泣き声だ。しかも号泣だ。唸るような声は少しずつ大きくなっている。

「あの、助口さん。どうしたんですか」

「うん、ごめんね。なんでもないから」

人の家の玄関口で号泣して、なんでもないことはないだろう。

「あの、本当にもうなんとも思っていませんから」

「違うの。ただ自分が情けなくて。昔からいつもそうなの。人付き合いが苦手で、家族にも呆れられて。一葉ちゃんにも失礼なことをして。こんなお婆さんなのに、どうしてそんなこともできないんだろうって考えたら、その、ごめんねぇ」

どうにか泣き声を抑えようとしているようではある。その声は憐れで、とても警戒するべき危険な人物には思えなかった。ぐずぐずと泣く音は止まない。

一体私はこんなお婆さんの何を不安に思っていたのだろうか。なんだかひどく申し訳なく思えてきて、私は鍵を開けて少しだけ玄関の戸を開けた。

「大丈夫ですか」

助口さんの顔を見て、思わず声を大きく繰り返した。

「大丈夫ですか！」

助口さんの顔は涙にぬれていた。化粧も碌にしていないお婆さんの顔のしわに、涙が滲んでぐちゃぐちゃになっている。そこまでは予想の範囲内だ。予想外だったのは、助口さんの目元に大きな痣ができていたことだ。少なくとも数日前にはなかった痛々しさだ。

だけど助口さんはそうは思わなかったらしい。単純に私の気遣いだと受け止めたようだ。

「あら、ごめんね。みっともない顔見せちゃった。だけど心配してくれて嬉しいわ」

「その顔、どうしたんですか」

「ちょっとね。大したことはないから」

目を引くほどの大きさの痣なのだけど。助口さんはそんなことよりも、と続ける。

「謝罪にやってきてこんなことを言うのはなんだけど、また唯歌に来てくれないかしら」

いきなりの提案に思わず「ええ？」と声が出た。

「そう、嫌なのはわかる。だけどいがやんと、かわちゃんも謝りたいって言っているの」

「いがやん？」

「ほら、あの体が大きかったのがいがやん。小さいほうがかわちゃん」

伊賀さんと川上さんのことか。

「今度は絶対に前みたいなことにはしないわ。一葉ちゃんが楽しめるようにする」

「いや、だけど、その」

行きたくない。私のような高校生がお酒を飲んで浮かれる老人に囲まれて、本当に楽しめると思っているんだろうか。しかし何か言い訳を考えようにも、ぱっと思いつかない。

「それに、一葉ちゃんにもあの歌が聞こえたんでしょう」

あの歌。その言葉に考えていた言い訳は吹き飛んで、助口さんの目を見つめ返した。

「顔を見ればわかる。一葉ちゃんは聞こえる人。だけど、あの社長さんは駄目だね」

「あの歌は、何なんですか」

「さあ。私たちにもわからない。だけど、とても大切な歌なの」

あの歌を聞いたときの、助口さんたちの異常な表情を思い出す。同時に、心に空いた穴が満たされるような幸福感も思い出した。警戒と興味が頭の中でせめぎ合う。

「いつも雨の日は歌ってくれるのだけど、どう？　もう一度聞いてみたいんじゃないの」

先ほど呆然と見ていた天気予報が、明日は雨だと語っていたことを思い出した。悪戯めいた少女のような表情の助口さんに、私は否定する言葉を吐けなかった。


翌日、私は学校をサボって唯歌へと足を運んでいた。助口さんからは、お詫びにお昼をごちそうするからと言われていたので、時刻は正午ごろだ。

空からはやわらかな雨が降り注いでいる。予報によればこれからひどくなるらしい。曇りのときよりもはっきりと、鋭い痛みが頭の芯を貫いている。痛みに負けてなるものかと、気合を入れて目の前の唯歌を睨みつける。

あの歌に感じたデジャヴ。違和感が、この場所に何かがあると私に告げていた。

傘をたたみ、唯歌の大きな扉を開く。先日のようなカラオケの爆音に身構えていたけれど、今度はからんからん、とドアベルがしっかりと役割を果たした。

「こんにちは」

三人の視線が一斉にこちらへと向けられた。視線に満ちていた警戒心は、私を認めると瞬く間に消えた。それぞれの顔が微笑んだ。

「おー、よく来たな、一葉ちゃん。さあ、こっちに座って」

先日の横柄さから打って変わって、媚びる態度の伊賀さんが、私に奥のソファを勧めた。

ソファ前のテーブルを喩えるなら、子供のお誕生日会だ。どこぞで買ってきたらしいオードブルの大皿に、丸く大きな寿司桶、しまいには近くのケーキ屋の箱まで置いてある。豪華なお祝い事のメニューが選り取り見取りだ。

私はソファの真ん中のお誕生日席に座らされた。伊賀さんと川上さんはカウンターの椅子に、助口さんはソファで私の隣に座ってグラスにジュースを注いでくれた。

伊賀さんが、両手で膝を叩いてから頭を下げた。

「一葉ちゃん。この間はすまなかった。この店はよそ者お断りなものだから、つい警戒しちまってな。不愉快な思いをさせるつもりはなかったんだ。許してくれ」

ほらこの通り、と言わんばかりに伊賀さんは手を合わせている。隣の川上さんもやや不服そうではあるものの、同じように頭を下げている。

「この人たち意地っ張りだから、人に謝るなんてこと本当に珍しいの。だからってことでもないけれど、私たちを許してくれないかしら」

隣の助口さんがこちらを窺うように、上目遣いで言った。

「許すも何も、別に怒っていませんよ。ちょっと驚いただけで」

私の言葉を聞いて、伊賀さんがぱっと顔を上げた。

「そいつはよかった。何にせよ、今日は豪勢にやってくれよ！」

このご馳走の山は一応詫びの証ってことか。しかしとてもじゃないけど、食べきれる量じゃない。苦笑する私を見て、川上さんが言う。

「ほら、一葉ちゃんが困っているじゃないか。やっぱりやりすぎだったんだよ」

「なに言っているのよ。もし一葉ちゃんが食べられないものがあったらどうしようだとか、育ち盛りだから足りないかも知れない、なんて言っていたのは、かわちゃんじゃない」

「それは、その可能性があるって言っただけで」

「悪いな、一葉ちゃん。こいつは幼稚園の頃から小心者のくせに見栄っ張りなんだ」

伊賀さんと助口さんが大きな声で笑った。川上さんは何か言い訳しようとしながらも、何も思いつかなかったようで、黙り込んでしまった。お爺さんが拗ねる様は珍しくて、それがなんだか可愛らしく思えて私も苦笑してしまった。

それから宴会が始まった。三人は昼間だというのに、酒を飲み始めて、あろうことか私にも飲酒を勧めてきた。きっぱりと断ると「俺の若い頃なんて中学から飲んでたぞ」と、時代錯誤甚だしい説得をしてきた。もちろんそれでもお断りする。

当然お酒を飲んだことはないけれど、アキちゃんは大のお酒好きだし、歴代の彼氏たちもお酒を飲む人が多かったせいで、大人がお酒をたしなむ姿は多く目にしている。

しかしこの老人たちのペースは明らかに速い。速すぎる。あっという間に顔は赤くなり、声は大きくなり、態度も大きくなっている。

「アキちゃんはな、突然この店にやってきたんだ。知り合いから聞いて、ここなら人目を憚らずお酒を飲めるから交ぜてくれませんか、なんていいながらね。初めは追い返そうとしたんだよ。だけど話してみれば、感じのいい子でね、みんなすぐに気に入ったんだ」

「なによりもアキちゃんには、何かが見えていたの。歌が始まると、私たちみたいに耳を澄ますわけじゃなくて、何かを見上げていた。本人はなんでもないって言っていたけど、あれは嘘だったわ。それでもあの歌をとても綺麗な歌だって言ってくれたから、あんまりしつこくは聞かなかったけど」

カウンターの裏から伸びる彼女の姿を思い出す。恐ろしさはなかった。ただ胸に喜ばしい何かが一杯に広がったことを思い出す。

「一葉ちゃんにも、それが見えているんだろ？　この間、何かを見上げていたよな」

伊賀さんに尋ねられて、私は迷った。アキちゃんは恐らく歌う彼女の姿を目にしていた。だけどそれを老人たちには語らなかった。何か意図があったのだろうか。

「女の、人です。歌う女の人が、宙に浮いているように見えたんです」

だけど私には咄嗟に取り繕うことも、誤魔化すこともできなかった。妙に親し気な老人たちに少しばかり心を許していたのかもしれない。

私の言葉に、喜びに満ちた声があがった。

「やっぱり、ここには女神さまがいらっしゃるのよ！」

助口さんがややヒステリックに甲高い声を上げた。伊賀さんも川上さんも賛同する。

女神さま、か。泣き女たちの姿を思い浮かべる。とてもじゃないけれど、女神さまと呼べるような姿はしていない。

「ねえ知っている？　この街にはね、昔々に荒れる川を治めるために、女神さまが招かれたのよ。本流から分かれた十の支流をそれぞれに治めてくださっているの」

「それって、じゅうらきさん、ですか。山のお寺の」

「まさかそんなことまで知っているなんて。やっぱり一葉ちゃんは女神さまが導いてくださったからここにいるのよ。そして女神さまはかわいそうな私たちのために、歌ってくださっているんだわ」

助口さんの雰囲気が変わっていく。先ほどまでの優しそうなお婆さんから、熱狂的な信者のような、常識から外れてしまう危うさを感じる。それでも本人はいたく喜んでいるようだから、まあいいのだろうか。……ん？

「かわいそうな、私たち？」

意外な言葉を思わず鸚鵡返し（おうむがえし）にしてしまった。三人がさっと視線を向けた。そして先程まで高揚していた助口さんは、急降下したかのように意気消沈した声でいう。

「私はね、昔大きな過ちを犯したの。そのせいで、家族からもう何十年も無視されている」

あまりの雰囲気の落差に、しばらく助口さんの言葉の意味がわからなかった。理解したあとも、じゃあなんて言えばいいのかわからない。

「そんなことを言ったら僕だってそうだ。せっかく大手に勤めてたっぷり年金もらっているのに、妻や娘は当たり前だと思っていて感謝すらしない。挙句の果てには僕を邪魔者扱いする。僕がどれだけ頑張ってきたのかも理解できないんだ」

「いいじゃねえか、まだ家族はいるんだ。俺なんて必死に親の代からの店を切り盛りしていたのに、大型スーパーができたあおりで店がつぶれたら、いきなりの離婚だ。息子と一緒にどっかに行っちまった。俺の人生かけた商売は、誰の為だったと思ってやがるんだ」

伊賀さんが苛立ちを込めた拳でカウンターを叩いた。その轟音を合図に店内に沈黙が降りた。私は口にしていたお寿司を飲み込む音すら鳴らしてはいけない気がして、口を膨らませたまま途方にくれていた。

各人思い思いの過去の失敗を悔やんでいるのだろうか。皆が皆、俯いてしまった。なんだ。さっきまであんなに楽しそうだったのに。

先日ここにやってきた際もそうだったけれど、この老人たちの感情は常に乱気流にでも晒されているかのように、どこへ飛ぶのかもわからない。ふと前回の帰れコールと、包丁すら手に取っていたという助口さんの姿を想像してしまう。

ごくりとお寿司を飲み込んで、努めて明るい声をだす。

「変なことを聞いてごめんなさい。けどせっかくですから、楽しみましょうよ。悲しいことを考えても、今は仕方ないじゃないですか」

なんで招かれた私が励ましているのかはわからなかったけれど、隣の助口さんに笑いかける。するとさっきまでうなだれていた伊賀さんが、両の手を打ち鳴らした。

「その通りだ。せっかくなんだ。楽しもう。なあ。シズちゃん。かわちゃん」

「ああ、そうだ。歌が聞けるのに、馬鹿な嫁や娘のことを考えるなんてもったいない」

「うん。ありがとう一葉ちゃん。一葉ちゃんだってかわいそうな子なのに、励ましてくれるなんて本当に優しい子なのね」

「は?」

一瞬、頭の中が真っ白になった。あまりにも失礼な言葉の衝撃に、唖然とする私に助口さんが気づいた。

「あれ、どうかしたの、一葉ちゃん」

「私が、かわいそうな子だって」

「だってそうでしょう? お父さんもいないご家庭なのに、お母さんまでどこか行っちゃって、とてもかわいそう。だけど大丈夫よ。まだ若いんだから」

助口さんとの間に、大きく広がった真っ暗な谷底を覗き込んだような気分になった。その笑顔が理解できない。その言葉は、瞼を揺らして視界を潤ませる。当の助口さんは私の様子を見て、困っていた。

「どうしたの、いきなり」

私は涙をぬぐいながら、助口さんに訴える。

「あんまりです。私の人生を、かわいそうだなんて」

はっきりとそう言っても、助口さんは涙の理由を理解できていないようだった。

「だって、あの歌が聞こえたってことは、かわいそうな人だってことなのよ。だからノブオさんには聞こえなかったし、歌が聞こえるってことは素晴らしいことなのよ」

「帰ります」

またあの歌を聞きたかった。それでもこんな侮辱的なことを言われてまで、この場所に居たくない。

「ちょっと、一葉ちゃん。待って」

腕に縋りつこうとした助口さんの頭に、銀色の何かが直撃した。カラオケのスピーカーから異音が鳴り響く中、足元に転がるそれはカラオケのマイクだった。

「何やってんだ、てめえは」

伊賀さんが、先ほどまでの暗い雰囲気も、その前までの明るい雰囲気も忘れさせるような怒号を張り上げた。

「てめえらが間抜けだから、一葉ちゃんが帰っちまうじゃねえか」

伊賀さんが大きな体を揺らしながらやってくる。その肩を川上さんが摑んだ。

「やめろ、いがやん。面倒なことになるぞ」

一瞬だけ、伊賀さんは止まったかに見えた。しかしすぐに川上さんの顔面を殴りつけた。川上さんは椅子から転げ落ちる。伊賀さんはそんな様子を無視して私の前に立った。

「嫌な気分にさせてすまないな。こいつらこの歳になっても、本当に駄目な奴らなんだ。俺がちゃんと言って聞かせるから、今日のところは勘弁してやってくれよ」

伊賀さんは面倒臭そうにそう言った。目の前の暴力に、私は言葉を失ってしまう。助口さんからの呻き声にはっとして、スマホを取り出した。その手首を伊賀さんが摑んだ。

「何するつもりだ？」

助口さんの側頭部は、マイクの直撃を受けて流血していた。

「救急車ですよ。大けがじゃないですか」

「こんなもん、唾でもつけてりゃ治る。気にすんな」

素人目に見ても、とてもそんな怪我じゃない。すぐに救急車を呼ぶべきだ。しかし手首を握る伊賀さんの握力が強くなる。痛い。だけど振りほどくことができない。

ガラスの割れる音がした。見上げると、伊賀さんの頭からゆっくりと赤いものが滴った。次第にその勢いを増して、顔面が真っ赤に染まる。伊賀さんの背後から声がした。

「僕の、せいじゃないだろ」

川上さんが、顔を押さえながら立ち上がっていた。足元にはガラス片が散らばっている。さっきまで飲んでいたウイスキーグラスで殴りつけたんだ。

「いがやんが乱暴だったから、一葉ちゃんが嫌になったんだろ。僕のせいにするな」

伊賀さんが私から手を離した。川上さんへと向く。

「なんだって？」

「言ったとおりだよ。昔からそうだ。こんな田舎町のガキ大将だったことを鼻にかけて、いつだって機嫌が悪けりゃ手が出る。そのせいで嫁にも息子にも愛想尽かされたくせに。何が、家族がいるだけマシだ。ふざけやがって」

まだ続けようとしていた川上さんのお腹を、伊賀さんが蹴りつけた。ヒキガエルのような声を上げて、川上さんがさっきまで飲んでいたお酒を吐き出した。

「家じゃあ嫁や娘どころか、孫娘にすら舐められっぱなしの腰抜けが、ずいぶんと勇ましいな。さっきの話だって大手の子会社の窓際に必死にしがみついていた程度の男が、さも立派かのように語りやがって。お前は感謝されるほどの男じゃないから舐められてんだよ」

せき込む川上さんの口からは、黄色いものが糸を引いていた。それを見下ろす伊賀さんの背後から、金切り声があがった。同時に先ほどまで机の上にあった日本酒の瓶が、伊賀さんの頭で叩き割られた。血が噴き出し、伊賀さんが蹲る。

「かわちゃんは間違ってないでしょ。何よ、偉そうに。バカだからってすぐ暴力ばっかり」

「うるせえな。暇だからって股ぐら開くのが趣味のあばずれババアが。ぶち殺してやる」

伊賀さんが、振り返りざまに助口さんを殴った。悲鳴を上げて助口さんが倒れる。死角に回っていた川上さんが今度は椅子を振り上げて、伊賀さんの背中を殴りつけた。

「お前も出ていけ。お前らなんかあの歌にふさわしくない」

「あんたたちの暴力にも、嫌みにももううんざり。死んじゃえばいいのよ」

髪を引っ掴み、瓶やグラスで殴りつけ、首を絞める。きっかけは伊賀さんの暴力だったけど、川上さんと助口さんにも確執があったのか、三人が互いを攻撃するので、平等に血にまみれていく。

ソファとカウンターの隙間で殴り合う老人たちを目にしながら、恐怖で動くことができなかった。すぐに警察と救急を呼ぶべきだとわかっていたけど、私がスマホを操作した瞬間、老人たちの敵意がこちらへ向くのではないかと思うと、手が動かない。

伊賀さんに背中から掴みかかった助口さんが弾き飛ばされて、私のすぐ脇の棚へと叩きつけられた。痛みに唸り声を上げながらも、爛と燃える瞳には敵意が満ちている。

その衝撃に棚の上にあった写真立てが床に落ちた。そこには笑顔の老人たちに囲まれたアキちゃんが微笑んでいた。

「やめないか！」

私は扉が開いたことにも、怒号をあげた存在にも気づいていなかった。その姿を目にした瞬間、安心して思わず声が出た。

「竹谷さん」

スーツ姿の竹谷さんが、今まで見たこともない怒りの表情を浮かべていた。

私の声を合図にしたかのように、老人たちが一斉に竹谷さんを睨みつけた。髪は乱れ、傷だらけで、三者三様に流血している。つい先刻までの陽気さなんて微塵も残らない、老いた獣たちが牙を剝いていた。

だけど竹谷さんは怯みもせずに、真正面から老人たちを見据えていた。

「なんだこれは。とてもただの喧嘩には見えないぞ。僕は警察を呼ぶべきか。どうなんだ」

老人たちは取っ組みあった姿勢のまま、竹谷さんを睨みつけている。

「どうなんだ」

竹谷さんは力強く繰り返した。老人たちの意思が、目に見えてしぼんでいく。取っ組みあった姿勢を解いて、疲れ切ったようにその場にへたり込んだ。瞳に満ちていたぎらついた光は、終わりを迎えた蠟燭のように次第にその輝きを失い、自分たちがやっていたことが信じられないかのように、自らの傷を見て、他の老人の傷を眺めて、呆然としている。

「一葉さん。こっちに」

慌てて竹谷さんの許へ向かう。

「怪我は？」

厳しい表情のままだったけど、それでも気遣ってくれるその言葉に、涙が溢れてしまう。

「だいじょうぶ、です。ごめんなさい、竹谷さん、言っていたのに」

「説教は後だ。それにしてもこの有様は。予想していたよりもひどい」

竹谷さんがスマホを操作する。すると伊賀さんが、これまでの怒号や罵声からは想像もできないような、情けない悲鳴をあげた。

「やめてくれ。頼む、警察だけは」

へたり込んだ姿勢のまま、床を這うように伊賀さんが竹谷さんへと詰め寄ろうとした。近づく前に竹谷さんに睨みつけられて、怯んで止まった。

「ここまでの事態になっているのに、警察を呼ばない理由があるのか」

伊賀さんに並ぶように、今度は川上さんが膝をついて懇願する。

「ここは、大切な場所なんだ。頼むから奪わないでくれ」

「これからは仲良くするから勘弁してくれって？　その年齢ならそんな道理が通らないことくらいわかるだろう」

「お願い。私たちには、ここしかないの」

助口さんまでも並んで跪いた。乱闘で髪を引き抜かれたせいで、左側頭部には痛々しい禿げができている。伊賀さんはガラス瓶やコップで再三殴られた出血で、顔が赤く染まっている。川上さんも出血しているし、嘔吐でシャツが黄色く染まり異臭が漂っている。

見るも無残な三人は、仲良く並んで土下座し始めた。そして互いに声を掛けはじめた。

「すまねえ、俺が馬鹿だから、またこんなことに」

「僕のせいだ。人のせいにばかりして、こうやって問題を起こすんだ」

「私だって悪いのよ。人の気持ちがわからないから、一葉ちゃんだって怒らせちゃった」

もう唖然とするしかなかった。ついさっきまであれほどの乱闘を繰り広げていた人間が、今は泣きながら互いに謝罪を繰り返している。情緒が不安定なんてレベルじゃない。感情が、精神が、完全に狂っているようにしか思えない。

私は竹谷さんの腕を引いた。早くここから出ていきたかった。

ごぽん。

私も、老人たちもはっとして顔をあげた。

ごぽん。ごぽん。ごぽん。

その音は急速に、音程を高めていく。凄惨な光景を眺めた後なのに、完全に冷え切っていた胸が自然と期待に高まっていく。恐ろしくおぞましかった思いが、急速に清らかな期待に雪がれていく。気が付けば竹谷さんがこちらを見て驚いていた。

「一葉さん、君は笑っているのか」

そう言われて手を当てた頰からは、意識すらしていなかった歪みが感じられた。その事実に、胸の奥から恐ろしい何かが溢れた気がした。

泣き女がカウンターの裏から浮上した。ゆっくりと、穏やかな軌道を描きながら、腕を伸ばし、天井へと向かって小さく口を開いた。水中の如く揺らめく髪で顔は見えなかった。

　ら。ららら。らららら。

　歌声が響く。へりくだり、土下座をしていた老人たちが顔を上げる。待ちわびていた神聖な何かを迎え入れるように、情けなく歪んでいた表情が、笑顔へと成形されていく。

　己の感情を一方的に押し固められる醜さ。私はこんなふうに笑いたくなんかない。

　それでも私の意思とは関係なく、胸の奥から歓喜の感情が溢れ出てくる。蛇口の壊れた水道から止めどなく水が流れ込むように、その勢いはとどまることを知らない。

　あがりそうになる口角を、痛い程に手のひらで押さえながら、竹谷さんに告げる。

「早く、ここを出ないと」

　明らかに異常な様子に、竹谷さんは私の腕を引いて店を出た。

「それは？」

　車に乗り込んで、エンジンを駆ける竹谷さんに言われて気が付いた。混乱の中、棚から落ちた写真立てを手に持ったままだったのだ。その写真を見て、竹谷さんが顔色を変えた。写真の違和感に気が付いたのだ。

「多分これ、手懸りになるんじゃないでしょうか」

　竹谷さんは、なんと言ったらいいのかわからないような顔で、そのまま車を発進させた。

「いつか言ったはずだ。何か分かったら連絡すると。あのスナックについては、懇意にしている業者に調べてもらっていたんだ」

竹谷さんの視線には厳しさが満ちている。当然だ。私は甘んじてそれを受け入れていた。

「スナック唯歌。実際はもう営業していない元店舗の個人不動産でしかない。森さんが借り上げてからは平和に利用していたようだけど、森さんが追い出されてから問題があったようだ。例の三人の老人は定期的に生傷をこさえているらしい。伊賀とかいうあの老人なんかは、刃物で刺されたと思われる怪我を負って、病院に行ったこともあった。しかしどうしてそんな傷を負ったのか、医者には説明しないものだから、何か所も病院を巡っていて、界隈(かいわい)じゃ迷惑な老人として有名らしい」

業者からの資料であろう紙の束をカウンターの上に置いた。

「時間をかけてじっくり調べれば、こんな無茶な手段を取る必要はないはずだった。そうしたら今日、偶然聞き込みをしていた業者から、君が一人でスナックに入っていったと報告がきた。驚いて仕事から抜け出して、駆けつけて間一髪。危ないところだった」

「ごめんなさい」

スナック唯歌を出た後、開店前のウルスラへとやってきていた。カウンターに席を借りて、目の前にはママもいる。ついでに竹谷さんの一つ向こうの席には、今回の話を持ってきてくれた森さんも座っていた。ママが私の頭をおぼんで叩(たた)いた。

「まったく。無茶をするところだけはアキに似ちまって。馬鹿なことしたもんだよ」

「ごめんなさい」

「まあ怪我はなくてよかったよ。それで、あいつらの様子はどうだった？」

森さんが心配そうな顔でこちらを覗き込んでいた。

私は昨夜、助口さんがやってきたことから、唯歌での乱闘騒ぎまでの顛末を語った。

話が進むにつれて、竹谷さんもママも眉をひそめていく。

「そんなに、ひどいことになっているのか」

森さんは暗い顔でカウンターを見つめていた。竹谷さんが資料を眺めながら言う。

「恐らくは森さんがいなくなってから、定期的に今日のような乱闘があったんだろう。そのせいで彼らは生傷が絶えなくて、理由も言えずに病院を転々としていた。まさか毎回幼馴染と乱闘しています、なんていえば警察沙汰になるからな」

「とはいえそれだけの傷があれば、家族は気づくだろう。なんで事件にもならないんだ」

森さんは相当なショックを受けている様子だった。自分を追い出した相手にここまで心配できるなんて、きっとこの人は優しい人なんだろう。

「多分、かわいそうな人たちだからです」

私の言葉に、森さんの目つきが少しだけ鋭くなった。

「君が恐ろしい目にあったのはわかる。だけどそんな言い方、あんまりじゃないか」

「これは皆さんが言っていたんです。自分たちはかわいそうなんだって。家族と碌に会話がなかったり、一緒に暮らせていなかったりしているらしいので、傷のことすら明かしていないんじゃないんですか」

「そんなことが、ありえるのか」

森さんは呆然とした様子で私の話を受け止めていた。助口さんはかわいそうな人だから、歌が聞こえるのだと言っていた。じゃあ森さんや竹谷さんは、かわいそうじゃない人なんだろうか。私が横顔を見つめていると、竹谷さんが落ち着いた声で言う。

「大丈夫だよ、もう怒っていないから」

別に顔色を窺っていたわけではないのだけど。竹谷さんが続ける。

「何よりも問題は、そんな乱闘を行いながらも、またあのスナックに集まって、また乱闘騒ぎを繰り返していることだ。今日のあの暴れっぷりを見るに、これ以上エスカレートするなら、命の危険すらあるんじゃないのか」

森さんが引きつった顔で言う。

「だけど秋穂ちゃんに調べてもらっていたときは、そんな話は聞いていなかったよ。それどころか、旅行に行く計画まで立てていたって話していた」

「ひかりちゃんちのときと同じだ」

ぽつりと零した私に、視線が集中した。

「ひかりちゃんっていうシングルマザーの家庭で、男の子が奇妙なおままごとをしていたんです。その事件でもアキちゃんが通っていた間は、おままごとが治まっていたって」

「お祓い、とかは前にも聞いたか」

「はい。アキちゃんがそんなことできるわけがありません」

「一葉さんはあのスナックでも泣き女の姿を見ているんだろう。ならその解決策、というのは早計かもしれないが、対策は共通しているのかもしれない」

森さんが席を立った。何かと思いきや、そのまま床へと膝をつき、頭をつけた。

「おかしなことが起きているのはわかった。このままじゃみんなが死んじまうかもしれない。無責任なお願いだってことはわかる。それでも、みんなを助けてやってくれないか」

そうは言われても、私にはあの老人たちを助ける方法なんて思いつかない。とはいえこんな必死の懇願を目の前にして、無下に断ることもできないのだろう。竹谷さんが言う。

「わかりました。ただその前に、確認をさせてください。一葉さん、あの写真を」

私は鞄から写真を取り出した。アキちゃんと老人たちが笑顔で写っている。その中の一人を指差して、竹谷さんは問う。

「森さん、この女性は誰ですか」

アキちゃんと助口さんの間でピースサインを向けるふくよかな女性は、写真の中でも一際楽しそうに微笑んでいる気がした。

ウルスラを出て竹谷さんと夕食に向かった先は、竹谷さん行きつけのフランス料理店だった。フルコースをごちそうしてもらったけど、その高級感に値段は怖くて聞けなかった。

仕事を抜け出して助けに来てくれて、食事までごちそうになって。今日一日の全てが本当に申し訳なくて、私は何度も謝ってしまった。だけど竹谷さんは仕方ないと笑って許してくれて、優秀な部下がいるから仕事は大丈夫だと言っていた。

その後竹谷さんは私を連れて、街中の一軒家を訪れた。古臭いデザインの洋風建築だ。表札には「助口」の文字が彫り込まれていた。

インターフォンを鳴らす。時刻は夜八時を過ぎていた。

出てきたのは人のよさそうなお爺さんだった。恐らくは助口さんの旦那さんだろう。こんな時間の来訪者への困惑は滲んでいるものの、社交的な笑顔を保っている。

「夜分遅くにすいません。私はこういうものですが」

旦那さんは名刺を見て驚きの声を上げて、さらに瞳を困らせた。

「あのマルタケの社長さんが、うちに何か？」

「奥様、助口静香さんはいらっしゃいますか」

その名前を聞いて、人のよさそうな顔から感情が消えた。

「昼間の件ですか」

「ええ。何があったか聞いていますか」

「さあ。あれのことはあれに任せていますから」

旦那さんは後ろへと振り向いて大声をあげた。

「おい。お前に客だ」

とても家族に向かって発せられるものとは思えない、冷たく鋭い声だった。

「それじゃあ」

そういって旦那さんは玄関から引っ込んでしまった。人の家の玄関に置いて行かれて、なんとも気まずい雰囲気だ。それから少しの間、沈黙のまま私たちは待っていた。

「一葉ちゃんに、マルタケさん？」

玄関から見える薄暗い階段に、白い顔が浮かび上がっていた。昼間の乱闘のせいだろう、顔には真新しいガーゼが張り付けられていた。側頭部の髪が引き抜かれているせいで、顔面のシルエットのバランスが悪く、青あざが闇に溶けている。まさに古い怪談話に出てくる幽霊そのものといった顔に、私は引きつった顔を元に戻せない。

私の反応に気付いたのか、助口さんが階段の陰へと身を引いた。

「なんの用ですか。こんな、家にまで押しかけてくるなんて」

「先に一葉さんの家に押しかけたのはあなたでしょう。少しお時間よろしいですか」

階段の薄闇から返事はない。

「もし難しいようでしたら、旦那さんにお話を聞くことにしますが」

竹谷さんの言葉に被(かぶ)せるように、助口さんが悲鳴のような声をあげた。

「わかりました。上がってください。二階の、私の部屋でお話しします」

そう言われて、私たちは玄関をあがり二階へと向かった。

助口さんの部屋はひどく簡素だった。部屋の真ん中のちゃぶ台と、ベッドと棚が一ずつあるだけで、テレビもなく窓は分厚いカーテンに塞がれている。照明までが薄暗いので、その下に座る助口さんには、やはり幽霊染みた不気味さがあった。

「ごめんなさい。お客さんが来ることなんて考えていない部屋だから」

私と竹谷さんもカーペットの上に座った。

「傷が痛むので、部屋で休んでいたんです」

「それは失礼しました。昼間はあの様子でしたから、今夜はお辛いとはわかっていたのですが、だからこそ確実にお話が聞けるとも思いましてね」

「それで、話ってなんですか」

助口さんはスナックで会ったときとは別人のようだ。カラオケではしゃいでいた快活さも、殴り合っていた凶暴さも、私の家に押しかけた際の憐れな様子も何もない。今の助口さんには感情そのものが存在しないかのように、無表情で声にも力がなかった。

竹谷さんが私を見つめていた。促されていると気が付いて、写真立てを取り出した。

「ああ、それ」

「聞きたいのはこの方のことです」

竹谷さんが写真の中の、ふくよかな女性を指差した。

「瀬戸雪代さん。あのスナックの家主ですね」

助口さんは何も返さない。竹谷さんは厳しい表情で助口さんを見つめている。

「あのスナック唯歌は、違和感の塊のような場所でしたけど、その中でも気になったことがあったんです。森さんはご存じですよね。あなた方の幼馴染で、唯歌での発起人だ」

「ノブオさんを知っているの？」

「秋穂さんを捜す過程で、森さんから情報を提供していただいたんです。話を戻しますよ。あのスナックは、隣の古臭い日本家屋から増築された物件でした。しかも建築基準法を守れているかも疑わしい乱暴な増築だ」

唯歌の外観は、改めて思い出しても趣味が悪いと思う。

「ならば大家になる人物は増築元の、隣の日本家屋で暮らしていると考えるのが自然でしょう。しかし朝から晩まであなたたちが騒いでいるのに、その騒音に大家が耐えられるとは思えない。だけど未だあのスナックが貸し出されているというのなら理由はひとつ。大家も一緒に騒いで楽しんでいた。つまりこの女性もあなたたちの言う歌声を聞く仲間だったんじゃないですか」

竹谷さんの疑問に返答はない。

「この仮説が正しいとすると、当然不思議に思うことがあります。ではこの女性、瀬戸さんは一体どこへ行ってしまったんですか」

助口さんは黙り込んだままだ。

「それが、答えということですね」

沈黙に、竹谷さんは納得したようだ。よくわからないけど、今度は私が話しかける。

「助口さん。あの歌声、すごく綺麗ですよね。まるで心の中にある穴を埋めてくれるみたいな、優しい響きがある。だけどあの歌が始まってから、皆さんの間に確執や暴力が生まれてしまったんじゃないですか」

助口さんは黙ったままだ。だけど竹谷さんの調べでもう答えは知っている。

「あの歌はとても危険なんです。今日の乱闘だって、竹谷さんがこなかったらどうなっていたかわかりませんよ。あれは喧嘩なんてものじゃない。殺し合いですよ」

「別にどうでもいいの」

私の言葉を遮るように助口さんが言った。そしてぽつりと語り始める。

「私にはこの部屋しか許されていないの。この家で私に許されているのはこの部屋だけ。リビングでテレビを見るのは禁止。部屋の外に出ていいのはご飯を作るときとトイレだけ。外出は禁止されていないけど、この家に私の居場所はここだけなの」

ひどく物の少ない、刑務所の一室のような部屋を見渡した。

「そんな、ひどい」

「ひどくなんてない。夫は勤勉な人で、真面目に働いて子供二人を大学に行かせて、専業主婦の私にも何不自由のない生活をさせてくれた。十分に私と子供を愛してくれていた。素晴らしい人なの。だけど、昼間に話したでしょ。私は大きな過ちを犯してしまったの」

思い出したくもなかった、伊賀さんの罵倒の言葉が脳裏をよぎった。

「それがばれたとき、夫も子供たちも私を許してくれなかった」

助口さんは、淡々と続ける。

「この部屋の生活は私への罰なの。だからこれに耐えていれば、いつかは夫が許してくれる日がくるんじゃないかって信じていた。だけど、結局あの人の心は戻ってこなかった。浮気をしたのはもう何十年も前のことだけど、それっきり私という人間には興味がなくなっちゃったみたい。だからそれ以来必要以上の会話をしたことはない。子供たちも完全に夫の味方で、私へは今でも汚物を見るような視線を向けてくる。ただ今日は病院に連れて行ってもらわなくちゃいけなかったから、夫をすごく不機嫌にさせちゃった」

一息ついて、助口さんはさらに続ける。

「いがやんも、かわちゃんも同じ。家族との間がもう冷え切っていて、孤独なの。だけどこんな歳だし、もうどうにもならないの」

表情がなく虚ろなままの助口さんの両目が、真っすぐに私を見た。

「ねえ、一葉ちゃん。それが私たちなの。情けないでしょ。こうはなりたくないでしょ。だからあの場所が、私たちには必要なの。たとえこんな人生を失っても、こんな命を失っても、あの歌を聞ける瞬間を一秒でも逃したくないの。あの歌を聞いたのならわかるでしょ。あの歌だけが言ってくれるの。大丈夫だよ。あなたは最悪なんかじゃないって、励ましてくれるの。慰めてくれるの。あの歌がなくちゃ、もう生きていけない」

「だけど、それだけじゃないんですよね。だからあんなひどいことに」

「初めはみんなで、素晴らしい歌を呆けたように聞いているだけでよかった。それなのに、だんだんあの歌を、他のみんなが聞いていることが許せなくなってきちゃったの。私はこんなにかわいそうなんだから、私だけに歌ってほしい。そんな思いが時折とめられなくなっちゃう。些細なことで憎悪が湧き出て、どんどん加速してしまう」

「なら、もう」

助口さんが私の言葉を再び遮って、叫んだ。

「それでも！　あの歌が聞きたいの。全てを忘れさせてほしいの。間違っているのは分かっている。いがやんも、かわちゃんも、何十年ぶりなのに仲良くしてくれた大事な友達なのに。大切なんだけど、同時に殺したいくらいに憎らしくなる。きっと他の二人も同じ。だから私たちは何があってもあの店から離れることができない」

助口さんは目だけを大きく見開いて、無感情だった顔から激情を迸らせた。

「一葉ちゃんは、それでもあの歌を私から奪うの？」

お前は私の敵なのか。そう問われている気がした。

「じゃあなんで、私を唯歌に招待したんですか。奪い合う相手が増えるだけでしょ」

「アキちゃんがね、いてくれたときだけは気持ちが楽だったの。歌声は毎日聞こえるわけじゃないから、数日聞けないだけでも、イライラして、怒鳴り合ったり暴力を振るったり振るわれたりすることがよくあった。だけどアキちゃんがいたときだけは、みんなと楽しくいられたの。だから、その娘の一葉ちゃんならって思っちゃった」

　和らいだ目には、何かを諦めたような寂しい光が宿っていた。

「ごめんね、一葉ちゃんはアキちゃんじゃないよね。それなのに頼っちゃった」

　優しい瞳だった。だけど堪らなく嫌な気分になった。この人は私をアキちゃんの代わりにしようとしたんだ。ただ自分たちのためだけに。私の顔にはきっと険しいものが浮かんでいたんだろう。助口さんは自らを嘲るように少しだけ笑った。

「私たちはそういう情けない人間で、どうしようもない理由であの場所にいるの。一葉ちゃんのためにも、もうあそこには来ないで。ほっといてちょうだい」

「それでも森さんは、みなさんのことを友達だから、助けてくれって言っていたんですよ」

「ノブオさんか。相変わらずね。昔から人が好くて、人の悪意には無頓着。あの素直さを、性根の汚い人間がどれだけ忌々しく感じるかだなんて、気づくこともない」

　森さんに嘘なんてなかった。ただ純粋に、旧友たちを助けたいと願っていた。

「あんな人、大っ嫌い」

　今度は明確に嘲りの笑みが浮かんでいた。傷だらけの顔に浮かぶその笑みに、私はまるで呪いを振りまく悪霊のようなおぞましさを感じてしまった。

帰りの車内はしばらくの間、沈黙に満たされていた。窓の外を流れ去る街灯や家の明かりを眺めながら、胸の中でぐちゃぐちゃに絡み合った感情を落ち着かせようとしていた。

竹谷さんからは助口さんを詰問していたときの厳しい表情はすっかり消えていて、いつもどおりの顔でハンドルを握っていた。

「やはり秋穂さんは泣き女を追っていた。君たちが目にしていた一風景としての彼女たちではなくて、怪異事件を巻き起こす化け物としての彼女たちを。未だその目的はわからないけれど、きっとこれからも一葉さんは泣き女の姿を目にするんだろうね」

車は田園地帯に入った。夜の田んぼには明かり一つない。遠い幹線道路で光が忙しなくスライドし続けている。そんな光に照らされて、細長い女の影が揺れた気がした。

「ひかりちゃんのときも、危なかったのかも知れない」

「あの老人たちと同じように？」

「はい。きっとあのままだったら、ひかりちゃんは湊くんにひどいことをしていたのかもしれない。偶然私とネズが出会うことができたから、大事にならなかっただけなのかも」

「だとしたら、泣き女というのは、やはり悲惨な状況を生む化け物なのかもしれないね」

本当に？　あなたはそんな化け物なの？

暗闇の中で揺れる彼女に、心の中だけで問いかける。

「それでどうしますか。助口さんの話では、あの歌声には、心を慰めるだけじゃなくて、独り占めしたくなるような力があるんだと思います。一体どうしたら」

「まあ、あの老人たちを救うことは無理だろうね」

竹谷さんはさらりとそう言った。

「彼らは破滅を願っている。友人を殺しても、殺されたとしても、最後まであの歌声を聞いていたいと願っているのなら、歌声から引き離すことは救いにはならないだろう。原因の根本にあるのは彼らが人生で積み重ねた失敗であって、今あるのは結果でしかないんだ。そこに泣き女が絡んできたから、秋穂さんや一葉さんが関わったに過ぎない」

車が信号で止まった。淡々と数式を説明するような口調に、私は噛（か）みつくように言う。

「それを森さんに伝えるつもりですか。あんなに友達を救いたいって願っているのに。まだ何かできることがあるかも知れないじゃないですか」

「森さんにはわかったことをそのまま伝えるよ。そして手段はもうない。彼らは救えない」

「なんでですか。まだ、あの三人が誰かを殺してしまう前に」

そう言った瞬間、私は竹谷さんの視線に気が付いた。何かを試すような視線に、先ほどの助口さんの家での会話を思い出す。そしてあまりにも簡単に、答えに辿（たど）り着いた。

言葉を失った私の様子に、竹谷さんも私が理解したことを察したようだった。

「そう。だからもう無理なんだよ。助口さんの話を聞いて、もう手遅れだと確信できた」

そうだ。その通りだ。もうあの人たちは救えない。

「気に病むことはない。僕らが辿り着く前に全ては終わっていた。どうにもできなかったんだよ」

竹谷さんは優しい声でそう言った。私はそれでもどうにかできる方法がなかったのかと考えてしまう。だけどどんな閃(ひらめ)きがあったとしても、もう無理なんだと理性は告げる。

「僕はこれから森さんに報告をしてくる。それで、明日(あした)の朝には警察に連絡するよ」

「じゃあ私も」

「いや一葉さんは来ないでくれ。彼らにとっては歌声を奪った裏切り者になるし、きっと彼らも君にこれ以上情けない姿を見られたくないはずだ」

はっきりとした拒絶の言葉に、私は何も言えなくなった。きっと今回も竹谷さんは正しい。あの老人たちだって警察に捕まる姿を、私に見られたくないに決まっている。

誰もいないのに赤く光っていた信号が切り替わって、車はゆっくり動き出した。

翌日、さすがに連日サボるわけにはいかないと、制服に着替えて学校へ向かっていた。通っている高校までは電車を乗り継いでからバスに乗って向かわなくてはならない。今日は雨が降っていたので、傘を差して歩いて駅へ向かうことにする。

早朝で雨も降っているからなのか夏の暑さは感じない。じめじめとした空気と頭痛に不快な気分を覚えるも、暑いよりはましだと自分に言い聞かせる。

歩きながらも頭の中は、唯歌のことでいっぱいだった。今頃あの場所はどうなっているんだろうか。まだ何かできることがあるんじゃないかと、未練たらしい苦悩が頭の中を回り続ける。碌に眠れなかったし、頭も痛い。最悪の気分だ。そこで違和感に気がついた。

雨の日、泣き女たちの声は強くなる。遠くから響くサイレンのように、彼女たちの慟哭は雨天に響き渡る。だけど、今日の叫びは殊更強い気がする。何かが違う気がする。空を見上げる。街角を見渡す。彼女たちの姿は見えない。なんだかとても嫌な予感がした。考えれば考えるほど、無視できない何かが、私に唯歌へ向かえと告げている気がした。

もちろん街はずれの唯歌に向かえば遅刻は確定だ。歩きながら考えて、駅に辿り着いた私は、後ろ髪を引かれる思いがして立ち止まってしまった。ロータリーに、朝のお客さんを降ろしてきたであろうタクシーがやってきて停まった。

初老の運転手さんが降りてきて、背伸びをした。私の視線に気付いて「おはよう」と微笑みかけてきた。導くかのように現れたその笑みに、気が付けば目的地を告げていた。

唯歌までは車で三十分ほどだったけど、近づくにつれてタクシーの動きは鈍くなって、ついにはひどい渋滞に巻き込まれてしまった。

「普段はこんなところで停まらないのに。何かあったのかな」

運転手さんがそう言うと、答えるかのようにサイレンの音が窓を叩く。唯歌まではさして距離はない。嫌な予感は確信へと変わっていた。

「もうここでいいですから」

代金を払い開けてもらったドアから飛び出した。傘を車の中に忘れていた。だけどそれを取りに戻る時間すら惜しくて、そのまま雨の中を走り出す。

あの薄暗い雰囲気の街はずれに、サイレンが鳴り響いている。全力で走る。冷たい雨粒が頭に、顔に叩きつけられて、熱い呼吸すら冷えていく。頭痛が鋭く、激しくなる。

そして息を切らして辿り着いた、目的地の唯歌を見上げて唖然とする。

あの歪な建物はごうごうと音を立てて燃えていた。母家にも延焼しているらしく、赤い建物はより濃い紅蓮に包まれている。パトカーが停まっていて、人だかりもできていた。

警官に制止される最前列に、見慣れたスーツの背中を見つけて、人ごみを掻き分けながら肩を叩いた。竹谷さんは振り向くと同時に、心底驚いた表情を浮かべた。

「一葉さん、来ないように言っただろう」

息も絶え絶えに答える。

「嫌な、予感がして。竹谷さん、一体、何があったんですか」

そのとき炎に包まれる唯歌から、獣のような声がした。断片的にしか聞き取れないけど「お前が」とか「お前のせいだ」なんて言葉のあとに、人の言葉と思えないような罵声らしき音が続いている。憎悪を音にしたような、恐ろしい響きだ。人垣から悲鳴すらあがる。

「朝、警察に連絡をしたんだ。死臭がする。きっと誰かが死んでいる。調べてくれって」

「例の大家さんですか」

「ああ。今思えばあの店の濃い香水の香りは死臭を隠すためで、四六時中あの店にいたのも、歌だけが理由じゃなかったんだろうな。昨日のように、僕らがやってくるしばらく前にも、歌声をきっかけに何度も争いがあった。その挙句に、実際に権利を持つ大家は独り占めする為に、あの三人を締め出そうとしたんだろう」

「だけど、三人はそれを許せなかった」

「昨日の三人分の暴力が、一人に向けられたら、どうなるかは想像に難くない。だから森さんと相談して、警察に連絡することにしたんだ。もう彼らは人を殺したから、どうにもできないと説得してね。だけど今朝、警官とここへ来たら、三人はもう店にいたんだ。そしてあの場所から動きたくないと刃物を振り回して、籠城を始めて、さらに火を点けた」

　そう語る竹谷さんの前に、森さんが地面に膝をついていた。炎に包まれる唯歌と旧友たちを見据えるその背中は、震えていた。

　炎の向こうからの罵声が大きくなり、それが三つ重なった。店の中を目にすることはできない。だけど何が起こっているかはわかる。

この唸り声から伝わるのは憎悪だ。お前のせいだ。お前のせいで歌声を失ってしまう。

三人は今、きっともう助からないであろう炎に包まれながらも、殺し合っている。仲間を呪いながら。責任を擦り付け合いながら。

亡者の争う地獄を覗き込んだような、絶望としか言えない情景が脳裏に過り、私は立ち尽くす気力すら失い、その場にへたり込んでしまった。

力なく炎を見上げながら、ただ心の中で謝り続ける。ごめんなさい。救えなくてごめんなさい。だってどうしようもなかったんだ。

罵り合いは、次第にその声を小さくしてゆき、炎に巻き上げられるように消えていった。

サイレンと共に消防車が到着したが、炎の勢いは強く消火作業は遅々として進まない。

ら。ららら。らら。

そのとき、あの歌が聞こえた。

炎の勢いは強まり続け、さらに何かが崩れる音がした。そんな崩壊の音と共に、炎の隙間から泣き女が姿を見せた。天へと向かうように宙を泳ぎ、天を仰いで口ずさむ。

燃え盛る焔のように揺れながら、彼女は歌い続ける。

どうしようもなく美しい声が、私の心を慰めてくれる。出来る限りのことはやったんだ。あなたは立派に人を救おうとした。言ってほしい言葉が脳裏に湧いて、胸に沁み込んでいく。そんな温かさに、強い拒絶の意思が湧いた。歯ぎしりしながら、私は叫んだ。

「一体何なの。あなたは一体何がしたいの！」

いつもの彼女たちのように返事はない。できることなら揺れる彼女の肩を掴み問いただしたかった。そんなこと当然できるわけがない。私の目の前で、森さんが咽び泣いていた。

「ごめんなあ、ごめんなあ」

森さんは何も悪くないのに。謝罪の言葉を繰り返している。

不意に意味のない声が口から漏れた。森さんの姿に、デジャヴの正体を思い出したのだ。

一年前の、アキちゃんの親友が無理心中して死んでしまった事件。

「ハナちゃんの事件と、同じなんだ」

その閃きを伝えようと、後ろにいる竹谷さんへと振り向いた。そして私は凍りついた。

私は竹谷さんを見ていなかった。その後ろの群衆の中にあるものに釘付けになっていた。

泣き女は、私が生まれた頃から身近にいた妖精さんだ。二階の廊下から眺めていたそんな彼女たちが、化け物だとは思いたくなかった。だけどそんな考えは間違っていた。

彼女は化け物だ。呪いを振りまく禍なんだ。

群衆の中の何人かに、あの笑顔が浮かび上がっていた。彼らは笑っていた。泣いてもいた。怒ってもいた。そしてやっぱり笑っていた。感情の全てが顔面に浮かび上がりながらも、強引に微笑みに成形されているような、強烈な笑顔だった。

きっと微笑む彼らには、あの歌が聞こえているんだ。私やあの老人たちと同じように、かわいそうな人なんだ。そして彼らの頭にはこの歌が残り続ける。忘れられなくなる。また聞きたくなる。そして独占したくなる。たとえどんな手を使っても。

彼女は未だ(いま)宙を舞いながら、美しい声で歌い続けている。

ら。ららら。らららら。

呪いは、拡散され続けている。


「いやまあ、なんつーか、大変だったなあ。とにかく怪我なくて良かったよ」

事件の終わった週末の日曜日。ウルスラのいつもの奥の席で、ネズはウイスキーを啜(すす)りながらそう言った。仕事を終えたその足での帰郷だったらしく、疲れ切っていた顔は私の報告を聞いてか、はたまた濃いアルコールの影響か、疲労を忘れて驚きに染まっていた。

「ごめんな。そんな大変なときに力になってやれなくて」

「大丈夫。竹谷さんが力になってくれたし、ネズはマッチさんに怒られちゃうでしょ」

「あいつはなー。一応社長だけど、立場は対等なんだけどなー」

「対等だから注意してくれるんでしょ。感謝しなよ」

ネズは小物臭く鼻を鳴らしてから、ウイスキーに口をつける。

「それで、ネズに聞きたいんだけど。ハナちゃんって知ってる？」

ネズの表情が変わった。誤魔化すこともなく、真剣な顔で肯定した。

「ああ、知ってるよ。アキちゃんの親友だ。何回か会ったことがある」

「ハナちゃんの事件については？」

「ああ、それも聞いた」

やっぱり知っているか。そう納得しかけたところで、違和感に気が付いた。

「聞いた？　誰に？　まさか」

ネズの顔には「やっちまった」と書いてある。私の厳しい視線にため息をついた。

「アキちゃんから。ちょうど事件があった後に」

「そんな話、初めて聞いたんだけど。っていうか会っていたの？」

「それまで連絡も碌に取ってなかったんだけど、突然アキちゃんが東京にやってきたんだ」

「それってもしかして、ちょうど一年くらい前に、三日くらい？」

ネズは渋い顔のまま頷いた。そりゃ母親が自分のところに転がり込んでいた、なんて話を娘の私にしたくはないだろう。だけど私が驚いていたのはそこではなかった。

「じゃあ、男と温泉旅行に行っていたっていうのは、嘘だったんだ」

「ああ？　アキちゃんはずっとうちにいたぞ」

一年前の突然の失踪騒ぎ。あれのせいで周囲に迷惑をかけて、警察からの信用も失った。アキちゃんはあっけらかんと帰ってきていたけど。まさかネズのところにいたなんて。

「それで、アキちゃんはハナちゃんについて話していたの？」

「ああ、あの子を止められなかったって。すごく荒れていて、自分を責めていた。いつもの笑顔が消えていて、あんなに辛そうなアキちゃんを見たのは初めてだったよ」

まさかそんな真実があったなんて。嘘をついた理由は考えるまでもない。アキちゃんは見栄っ張りなのだ。だけどそんな嘘を知ったお陰で、私の中の仮説は確信に変わっていた。

「私は事件の前にアキちゃんから聞いたの。ハナが変な歌が聞こえるなんて、おかしなことを言っているって」

ネズの渋面が真剣な表情に変わった。

「それって、この間のスナックの事件と同じような？」

「もし同じだとしたら、アキちゃんがその歌を、呪いを放っておくわけがない」

ネズと目を合わせて頷いた。そう、アキちゃんが親友に何かがあったと知って、泣き寝入りで終わらせるわけがないんだ。

アキちゃんは、ハナちゃんを殺した泣き女たちの呪いを追っていたんだ。

第三話

アキちゃんはハナちゃんが大好きだった。だからといって毎日のように連絡をするわけではなく、親友であることを繰り返し公言することもなかった。ただハナちゃんから連絡があると、華やかなアキちゃんの笑顔が、他の人には見せない輝きを帯びた気がした。

そんなハナちゃんが六つ歳下の旦那さんと、まだ小さな息子さんを刺し殺したのは一年ほど前のことだ。そして自らにも凶器である包丁を突き立てて命を絶った。

事件後のアキちゃんは顔を両手で隠しながら、悔しそうに「あんたにはあたしがいたじゃないの」と呟いていた。そしてしばらく部屋に閉じ籠ってしまう日々を過ごしてから、謎の失踪を遂げて、温泉旅行なんて馬鹿みたいな嘘をついて帰ってきた後には、いつものアキちゃんに戻っていた。

だけど泣き女たちの本当の姿を知った今ならわかる。アキちゃんはハナちゃんの事件現場で、私のように歌う泣き女の姿を見たんじゃないだろうか。そして彼女たちが、妖精なんかじゃない、化け物であることに気付いたはずだ。

気づいたのならば、アキちゃんがどうするかだなんてすぐにわかったはずなのに。

だけど馬鹿な私は、たった一人の大事な家族の真意に気付くことすらできなかった。


その日、私はある人物に会いに市立図書館へとやってきた。

図書館の貸し出し記録から、アキちゃんが稲富橋の歴史について調べていたことは知っていた。その伝説自体有名な話で、夏にはお祭りも行われているし、花火もあがる。

伝説の内容はこうだ。昔々、潤郷川はよく荒れる川だったらしく、峰の宮と山向こうの峠を結ぶ橋と、それを守る堤防の建設は、幾多の苦難に見舞われていたらしい。遂に人智の力に限界を感じた人々は、水神様へと力添えを願うことにした。それは即ち人柱だ。

人選は話が決まってから川を渡った千人目ということに決まった。訪れた千人目、それは修行のために京へ上る巫女だったという。巫女は人柱となることを承諾し、新たな橋が建てられた。その後、橋は荒れる川にも負けず人々の生活を支えたという。

「そんなふうに語られていますけどね、この伝説っておかしいと思いませんか」

この街の伝承に詳しい人物だと、竹谷さんから紹介された司書の松前さんは、長身の痩せぎすで、黒ぶち眼鏡がかけられた頭には寝癖が跳ねていた。外見に気を遣わない趣味人といった印象だ。司書室の机を借りて、資料を広げながら松前さんは続ける。

「川を渡った千人目がたまたま旅の者で、快く人柱を受け入れただなんて。いきなり見ず知らずの土地のために死んでくれって言われて、納得できますか」

「そりゃ無理ですよね」

「稲富橋の基礎ができたのは元和七年のことです。治水事業というものは莫大な資源と時間を必要とする。実際、潤郷川の治水を命じられた地頭は、稲富橋や市内用水路の基礎を作り上げるのに、三代五十年もの時間を費やしています。しかもその命を下したのが誰なのかわかりますか」

松前さんは続きを言いたくてうずうずしている。促すよりも早く歌うように答えた。

「元和偃武を成した徳川家康その人ですよ。神君家康が、若き日に下知した事業がまだ終わらない。さらに治水事業は民草にも莫大な負担を強いる。ではその不満の矛先はどこへ向くか。地頭へと向かうその圧は、僕らに想像できるようなものじゃなかったでしょうね」

「つまり稲富の人々が旅の巫女を捕まえて、人柱にしてしまったということですか」

「たまたま聖人が通りがかる確率より、そうだった可能性のほうがはるかに高いでしょう。そして罪悪感からか、記録へ物語を加えた。当事者からすれば、とんでもない話ですけどね。この街は、そんな名前も残されていない誰かからの呪いに満ちているといってもいい」

剣呑な、だけど最近は身近になってしまったその言葉に、私は前のめりになる。

「呪いって、どういうことですか」

私の反応が余程お気に召したのだろう。松前さんは子供のように瞳(ひとみ)を輝かせている。

「峰の宮市には一級河川である潤郷川の支流が市内全域に張り巡らされています。江戸(えど)の当時、あの川がなんて呼ばれていたか知っていますか」

「いえ。全く」

「飢えた龍(りゅう)と書いて飢龍川(きりゅうがわ)ですよ。名は体を表すというか、当時の人々がどれほどあの川に手を焼いていたのか、わかりますよね」

顔面に飢えと怒りを浮かべる巨大な龍を想像する。

「それでも地頭一族はやり遂げた。暴れまわる恐ろしい飢えた龍を、郷を潤す水神様にまで鎮めたといってもいい。そのおかげで水は下流域に行き渡り、広大な農耕地帯を支えることが可能になったわけです」

「それが、呪いとなんの関係が？」

松前さんは「いい質問だ」とばかりに、ピンと指を立てた。

「おろち淵(ぶち)の伝説って知っています？」

答える間もなく、机の上の資料をパラパラとめくりながら松前さんは語り出す。

「市の海側の町の話です。昔あの一帯は巨大な沼地で、ここも治水で苦労したそうです。そこの淵には巨大な大蛇が住んでいました。大蛇はたびたび悪さをするものですから、それを鎮めるために生け贄(にえ)を捧(ささ)げていたそうなんですよ」

「生け贄。稲富橋の伝説と同じように？」

「ええ。ただあちらに比べれば正直なもので、旅の女を捕まえてくじを引かせていたという伝承が残っています。村ぐるみの野盗のような真似にも、いくらかの罪悪感を覚えていたんでしょうか。では北の県境のほうにある巫女伏穴というものは？」

新たな資料が開かれて、記事が指差される。心当たりがない私は首を振る。

「山に住み着いてはたびたび麓の者を襲う大蛇を調伏するために、巫女がその場所で自らを捧げたとか。今は心霊スポットとして有名ですよ」

知りもしない伝承を並べ立てられて、怪訝な顔の私を見て、松前さんは資料を閉じた。

「こんな話がこの街にはいくつもあるんですよ。大蛇や龍というものは、古来、水の神として喩えられる。昔からこの地方の水神様は気性が荒かった。それを鎮めろと無理を下知された地頭がいた。現代の価値観からすれば、狂気の沙汰でしかない人身御供だなんて蛮習が、曲がりなりにも効果があったという記録が残っている」

松前さんの瞳がもうわかるでしょ、と告げていた。導かれた答えを声にする。

「市内全域にまで広がる水の街なのだから、記録以上に『効果的な手段』が取られていたんじゃないか。そう仮定すると、この街は多くの生け贄にされた人間の上に建っている」

「それが僕の言う呪いの意味ですよ。この街には異様に道祖神やらお地蔵さんが多い。田畑の真ん中にポツンと石碑が立っていたりする。それらは名前も残されなかった誰かを、慰めるためのものなんじゃないでしょうか」

満足気に微笑む松前さんに、微笑み返す気にはなれなかった。故郷の街で、伝えられていない陰惨な歴史。あまりにも泣き女たちの印象に合致してしまう。

「松前さんはこういう話が得意なんですよね。じゅうらきさん、ってご存じですか」

「本山門寺の十悪鬼女か。そんなことまで知っているんですね」

「あれも水の神様ですよね。街に巡らせている十本の支流を守っているとか」

「そうですね。確かにあのお寺には、そんな説明書きがあったと思います」

人に聞かれてはまずいかのように、松前さんが声のトーンを落とした。

「あの伝説については、ほとんど資料が残っていないんですよ。ただ他の生け贄伝説以上に奇妙な点がいくつもある。僕の推論が多分に含まれますけど、それでも聞きたいですか」

私は頷(うなず)いた。松前さんは神妙に頷き返してから語り出す。

「まず十悪鬼女という神様は、恐らくこの土地のものじゃない」

いきなりの予想外な言葉に私は思わず聞き返す。

「じゃあ一体どこから」

松前さんは、先ほどとは違う資料を持ってきた。表題は『本山門寺の十悪鬼女』だ。

「じゅうらきさんと、僕が語った生け贄伝説たちとは決定的に違う部分があります。まず他に比べれば比較的近年、百五十年程前の明治初期の頃から語られ始めています。この頃にお祭りが行われた、というものが一番古い記録です」

ネズと本山門寺に行ったときに、確かお寺の看板にそんな内容が書いてあった気がする。

「じゅうらきさんが生まれたとされる百五十年前、日本は明治維新から続く動乱の最中、宗教的な大事件が起こっています。何かわかりますか」

突然の質問だ。だけど授業で習った内容だと思い出す。確か、日本史のあれだ。

「廃仏毀釈。確か仏教の排斥運動ですよね」

「そうです。元々は神仏分離のための行政改革だったらしいですが、民衆っていうものはいつの時代もヒステリックで愚かなものです。寺院が悪だと単純な解釈をして、相当数が破壊の憂き目にあったそうですよ。この混乱の中、他所の土地から逃げてきたものが、じゅうらきさんなんだと思うんです」

「逃げてきた？」

違和感のあるその言葉を繰り返す。松前さんは私に頷いてから続ける。

「よくよく考えてみれば、十悪鬼女、というのは仏教における十羅刹女に酷似しています。さすがにこっちは知らないですよね？」

私は素直に頷く。

「十羅刹女は鬼子母神の娘の十人の姉妹。仏教を守る善神です。鬼子母神は聞いたことあるでしょう。自分の子供を育てるために人食いを繰り返していた鬼女が、お釈迦様に子供を奪われて改心する話は有名ですよね」

「初めて聞きましたけど」

「まあとにかく、そういった仏教的なルーツを持つ何かが、世の流れで居場所を追われて、峰の宮まで逃げてきた。そこから神仏習合の流れを経て、本山門寺に根付いたのだと」

かなり話が難しくなってきた。どうにか頭を整理しながらついていこうとする。

「そもそもですね、十悪鬼女は神様ではないんだと思います」

「え？」と疑問の声が漏れた。ついていこうとした頭がさらに突き放される。

「廃仏毀釈が吹き荒れる明治初期、峰の宮でも大事件が起きました。水争いですよ。治水を行い、農業用水が引かれても、水という資源は無限にあるようでそうではない。上流の堰を少しいじっただけで、下流の村々の分水量は大きく変化してしまう。水が少なければ収穫高が下がる。そうなれば日々の生活も立ち行かなくなる」

ぱらぱらと開いた資料には、河川図が記されていた。潤郷川と記された太い線から、細い線が枝分かれしている。

「数多の生け贄を捧げて作り上げた用水路は、農業の進歩、人口増加、農地拡大なんて様々な要因で、新たな争いの火種になってしまったわけです」

次に開いたページには昭和後期に地方新聞に掲載された、峰の宮歴史話という記事があった。見出し文字は「血の雨降る水争い」だ。

「その年は干ばつ続きで、絶対水量が少なかった。とはいえ用水路に生活を頼る下流の村々にとっては、上流の村が水を独占していると考えるのも仕方なかったのかもしれない」

松前さんが記事の一文を指差した。『村人たち数千名は手に手に鎌、鋤、こん棒などを携え集い、今や修羅の巷と化すばかりだった』

「本当に、こんなことがこの街で？」

「公式な記録に残っている事件ですよ。この記事には農民同士の争いだとは書かれてはいますが、数千人ですからね。戦国の合戦にも引けを取らない規模です。記録には明確な死傷者の数はありませんでしたけど、警官数百名が動員されてどうにか鎮圧したそうです。どれほどの被害が出たか、想像に難くないでしょう」

数千人規模の殺し合い。少なくとも私たちの生活とは遠い世界の話にしか思えない。

「そんな規模の殺し合いがあったのに、どうにか収まったんですか」

「そりゃ収まったからこそ、今日の峰の宮があるわけですからね。だけど僕も同じ疑問を抱きましたよ。数千人規模のコミュニティの殺し合いが、生存権を賭けた根深い憎悪が、法や公権暴力によって、簡単に払拭できるものなのかってね。だけどその後、確かに法の下で村々は平和を享受している。それ以降は村同士での大規模な衝突は起きていません」

目の前に置かれた記事がにわかには信じられない私に、松前さんは言う。

「この水争いの翌年。突然、じゅうらきさんと呼ばれる神様を祀る祭りが始まった」

松前さんは真摯な表情で記事の行間を撫でた。

「僕は、廃仏毀釈で逃げてきたのは仏像でも、経典でも、ご本尊と呼ばれる有難い何かでもなかったと思うんです。明治動乱の頃、寺社は孤児の行く先の一つでもありました。信じていたものを突然破壊されて、行く先もない。そんな彼ら、いや恐らくは彼女たちは、か細い縁を頼って山奥の土地へと身を寄せた。だがそこでは、各々の生存権を巡る殺し合いが巻き起こっていた。水争いでその手を血に染めた民草は、貧して鈍していたんですよ」

「だから古くからある『効果的な手段』を復活させてしまった」

自分で口にした言葉なのに、自分でも思いもよらぬほどの嫌悪感が込み上げた。

「十悪鬼女。言葉の意味だけなら十羅刹女とそう変わらない。だけど僕にはこの名前に、その中に『悪』の一字を入れたことに、薄暗い意味があるような気がするんです。例えばこの女たちは貴重な食い物を盗んだ悪人なんだ。だから選ばれたのも仕方ないんだ。そんな言い訳じみた汚さを感じるんですよ」

じっと記事を見下ろしていた松前さんが、いきなりぱっと顔を上げて微笑んだ。

「以上、オカルト好きの司書の妄想でした。参考になりましたか」

ここまでの陰惨な空気を吹き飛ばすような笑顔だ。私は苦笑いしながら礼を言う。それと最後に一つだけ、松前さんに質問する。

「もし捧げられた彼女たちが、その理不尽への怒りを未だ忘れていなかったら、この街にどんな呪いが降りかかると思いますか」

　松前さんは少しだけ考えて、冗談交じりに言った。

「呪いなんてあやふやなものがもし実在するのなら、とてもとても恐ろしいものになるでしょう。正直想像もつきませんねえ」

　松前さんは「自分で言っていて、よくわかりませんねえ」と笑っていた。


　三日後、開店前のウルスラで、私たちはカウンター席に座っていた。左から、竹谷さん、私、ネズで、正面ではママがカウンターの向かいに椅子を持ってきて座っている。

　予想すらしてなかった凄惨(せいさん)な歴史話に、三者三様の困惑が広がっていた。

「生け贄(にえ)の歴史と、呪われた街、ねえ」

　ママはいつものようにグラスを磨きながら話を聞いていた。

「この街で五十年以上生きているけど、呪いやら幽霊の類(たぐい)は見たことはないんだけどねえ」

「ママって、今いくつなの？」

　無邪気なネズの質問は、完全に無視される。

「松前さんは変わり者だと聞いていたけど、有意義な話を聞けたようでよかったよ」

　竹谷さんがいつもの笑顔でそう言った。

　唯歌の事件からは一ヶ月が経っていた。閉店していたはずのスナックで起きた謎の集団自殺。しかも自殺した老人たちは既に殺人を犯していたらしい。衝撃的なそんな内容のために、当然センセーショナルな見出しと共に全国的なニュースにもなった。

だけど容疑者である老人たちは皆死亡していて、家族も近況を把握していない。事件はただ衝撃の残響だけを残して、様々な憶測を呼び、急速に風化しつつあった。

恐らく、あの事件の真実を知っているのは私たちだけだ。

「それで、次はこれね」

以前竹谷さんから貰った『逢峰橋ホームレス怪死事件』のファイルを広げた。

「逢峰橋って中央公園の近くにある大きな橋があるでしょ。少し前に、調べに行ったんだ」

「ああ、あそこは昔からホームレスがよく住み着いていたんだ。市役所の目と鼻の先だけに問題になっていてね。橋の下くらい貸してやればいいのにって、哀れに思ってたよ」

ママが遠い目をしながら言った。私は頷きながら続ける。

「うん。だけど去年の九月ごろから様子がおかしくなった。そんな橋の下で生活していたホームレスの一人が死んだんだ。そしてその翌月にも一人、さらにその次の月にも一人。さすがにおかしいってことになって、今はもう橋の下には誰も住んでいないみたい」

「そこを俺と一葉で調べに行ったたってわけ」

ネズは俺だってやることやっているんだ、とでも言いたげな顔だ。竹谷さんが尋ねる。

「それで、成果は？」

「もうホームレスの皆さんはいなくなっていて、足取りも摑めませんでした。現場に行ってみましたけど、泣き女の姿も見えなくて、ただ川が流れていただけ」

「それで近くの交番で話を聞いたんだ。もう定年間際って感じのお巡りさんだったけどな、そのときのことを話してくれたよ」

自分で話したがるネズを視線で牽制する。

「ちょうどそのお巡りさんが、三人目の死体の第一発見者だったらしいんです。死体に外傷はなし。事件性もなかったようです。ただその姿勢が何かに詫びるようだったって」

竹谷さんが少し考えてから、同じように理解しきれない様子のママと顔を見合わせる。

「詫びるって、一体何に？」

「さあ。ただ川に向かって土下座をしたまま、死んでいたらしいです」

二人はきっと私と同じように不気味なものを感じたのだろう。こちらへ渋い顔を向ける。

「そのホームレスが死ぬ前に、女の人が何度も訪ねてきていたらしいです。アキちゃんの写真を見せたら、そうだ、この女だって。ということは、このホームレスの怪死事件も、泣き女が関わっていたんじゃないかって思うんですけど」

「今となっては確かめようもないか」

竹谷さんが鼻を鳴らした。そして話を続ける。

「それで次に調査したのは、あの一件か」

私はさらに資料を広げる。『下北用水路人魂目撃事件』についてだ。

「結論から言えば無駄足でしかなかったね」

これは私と竹谷さんで調べた一件だ。今度はネズとママのほうへと説明をする。

「市の南のほうに大きな農地があるでしょ。そこで夜になると女の霊が現れるって噂があったの。だから話を聞きに行ったんだけど」

竹谷さんが事の顛末を思い出したのか、疲れた顔をする。

「地主のお婆さんがお喋りでね。僕の顔を見たら驚いてくれて。うちの会社の話から、地元の商店街の景気の悪さまで、まあ自由にお喋りして頂いて。話を聞いている手前強くも言えなくてね。延々と、延々と、お喋りを聞かされ続けたんだ」

あのときの竹谷さんの憔悴しきった顔を思い出して、少しだけ笑ってしまう。

「それで強引に本題を切り出したら大爆笑。そりゃ大学生の孫が撮った映画だっていうの」

竹谷さんが大きなため息をついた。

「映画とも呼べない、素人感満載のユーチューブ動画だよ。一応全部目を通したけれどね、お遊戯会のホームビデオでも眺めていたほうが、まだマシだって出来だったよ」

「まあ全ての情報が正しいってわけじゃないですから」

ねぎらいの言葉をかけてから、報告を終えた。

「この一ヶ月で調べたのは、こんなところかな」

「結局何か手掛かりは摑めたのかい」

　じろりと視線を向けたママに答える。

「アキちゃんが、何を調べていたのかはわかった」

　私は図書館で写しをとった当時の記事をカウンターに置いた。

「この記事は一年前にあった『峰の宮一家心中事件』についてのもの。悲惨な地元の大事件だったから、何が起きたかみんな知っていると思う。この事件で夫と子供を殺害した主婦はアキちゃんの親友で、事件を起こす前から異常な行動をしていた。アキちゃんは詳しくは教えてくれなかったけど、変な歌が聞こえるなんて話をしていたみたい」

「この間の、唯歌の事件みたいにかい？」

「はい。きっとそれで泣き女たちが恐ろしい化け物だと気がついた」

「だから調査を始めたわけか。今の俺たちみたいに。つまりハナの仇討ちか」

　ネズの言葉に頷いた私に、ママが言う。

「それで、肝心のアキの行方は？」

「まだわからない。アキちゃんは泣き女を調べていた。多分、陰惨なこの街の歴史についても知ったんだと思う。そして何かを摑んだ。私たちは、まだそこに至っていないから行く先がわからないんだ。だから、泣き女についてもっと情報が欲しい」

　そのとき、突然入り口から声がした。一斉にそちらへと向く。

「あのー、鈴野日さんっていますか？」

逆光に浮かぶ影と声で、若い女性だとわかった。

「準備中の看板が見えなかったのかい」

ママの言葉に、怯んだ様子はない。女性はゆっくりと、店内を歩いてくる。

「看板は見ましたけど、本当に困ってるんですって。だから、いませんか。鈴野日さん」

言葉では、お願いしているはずなのに妙に馴れ馴れしい。かなり図々しい感じがする。

「私が鈴野日ですけど。探しているのは、母のほうですか」

「いや、あたしは苗字しか知らなくて。その人なら助けてくれるって聞いて」

女性がさらにこちらへと進んできた。逆光から離れて全身が見える。

間違いなく美人だ。瞳は大きく、肉づきの薄い鼻と唇は上品な印象を生んでいる。切り揃えられた前髪に、肩まで伸びた黒髪には手入れが行き届いている。痩せた体は白いノースリーブと、花柄のスカートにふんわりと包まれていて、上品でいかにもお嬢様といった見た目だ。

ただその整った顔の一点だけ、瞳の周りだけに異常があった。化粧で誤魔化しきれない、深く濃い隈がしっかりと刻み込まれている。上等な美人画に、二点墨をうっかり落としてしまったような印象だ。そんなどこか病的な美人が笑顔で言う。

「あれ、意外と若い。何か噂とイメージ違うなあ」

なんだいきなり失礼な。私はそんな不快感を隠さずに尋ねる。

「それで、一体何の用ですか」

「あたし、死にそうなの。だから、助けて？」

　子供にお使いを頼むようにそう言った彼女は、その調子のまま、勝手に自己紹介をする。

「南雲奏音。歳は二十歳。今はサボってるけど、近くの県大に通ってる」

　奏音さんは許可も取らずに竹谷さんの隣に座った。ママが言う。

「遠慮がない、図々しい娘だね」

「ハハハ、よく言われる」

　そう答えながら奏音さんはカウンターへと突っ伏してしまった。そして顔だけをこちらへ向ける。濃い隈の上の瞳が微睡んでいる。

「眠いんですか」

「うん。ちょー眠い」

「ならまず家に帰るべきじゃないのかな。眠って考えをまとめてから訪ねてくるべきだ」

　呆れるような態度の竹谷さんを、奏音さんが首だけで見上げた。

「考えはまとまっている。死にたくない。だから眠りたくない。最近、街でおかしな話を調べて回っている連中がいて、そいつらはこの間のスナックでの集団自殺にも一枚嚙んでいたらしい。街を巡る怪異に迫るその一団とは一体？」

　奏音さんは意味の分からないことを言いながら、スマホを取り出して画面をこちらへ向けた。ＳＮＳのアカウント『闇の眼鏡』が、今奏音さんが言った台詞と同じようなことを呟いていた。日付は数日前、私が図書館で話を聞いた日だ。竹谷さんと顔を見合わせる。

「DM送ったらすぐ返事きて、ここのこと教えてくれたんだ。マジ感謝」

奏音さんは微睡んだ瞳のままへらへら笑っている。

「それで、奏音さんは何をしにここに来たんだ？」

竹谷さんの質問に、奏音さんは不思議そうな表情で答える。

「だから助けてって」

ネズが私の横から顔を出した。

「けど俺たち、別にオカルト相談所をやってるわけじゃねえからよ」

「えぇ。そうなの？　うーん」

奏音さんの微睡んでいた瞳がゆっくりと閉じていく。本当に何しに来たんだ、この人は。そう思った瞬間、眠りそうな顔を勢いよく上げた。

「おばあちゃん、水ちょうだい」

その呼び方はまずい。ママの顔が引きつっているけど、奏音さんはどこ吹く風だ。

「いいじゃん、水くらい。お願い。この通りだから」

ママは手を合わせる奏音さんを睨みつけながら、グラスに水を入れて差し出した。

奏音さんは何も気にしない様子のまま、手鞄から取り出した錠剤を、数粒噛み砕いてから水で流しこんだ。そして息を吐いて、ママへ微笑んだ。

「ありがとー。おばあちゃん」

ネズが何か慰めるような言葉をママに掛けようとしたが、鋭い一瞥で喉の奥に消えてしまったようだ。奏音さんは水気を払う犬のように頭を振っている。

「それ、なんの薬ですか」

「ああ、なんかアッパー系の。友だちから貰ったんだ。大丈夫、多分合法だから」

本当に？　そう問いたくなるほどに奏音さんの瞳に輝きが満ちていく。

「うん、そうだね。助けを求めるならまず説明しなくちゃ」

深い隈の重みを押し返すかのような強引な明るさで、奏音さんは言った。

「ふた月前、母さんが溺死したの。しかも足が着くような浅瀬のドブ川でね」

奏音さんは、にこやかにそう言った。早口で説明が始まる。

「ウチは作曲家の父さんと楽器メーカー勤務の母さんがくっついた家庭でね。いわゆる意識が高い系で。あたしも小さい頃からいろいろやらされたけど、ものにならなかった」

瞳のぎらつきに比例するように奏音さんの口はよく回る。相槌よりも早く話は続く。

「家族仲は悪くてね。ついでに夫婦仲も最悪。父さんは仕事部屋に閉じ籠りっきりだし、母さんは家事をハウスキーパーに任せっきりで、浮気し放題」

奏音さんがかわいいものを見つけた少女のように、可憐に笑った。

「そんなんだから会話どころか顔を合わせることもない家庭なんだけど、死ぬ少し前に母さんが部屋までやってきて話しかけてきたの。『学校はどうなの』とか『最近の調子は』とか。世間話にもならないような話題を出しては引っ込ませて困っているの。いや困るのはこっちだろって。話す内容もなくなって、ヤバイくらい気まずくて。いなくなんねーかなー、なんて考えてたら、ぽつりと母さんが言ったの。最近、変な夢を見るんだって」

ネズが口を挟む。

「その夢ってのは、人が燃える光景が見えたり、綺麗な歌が聞こえるのか」

「ううん、夜に水場とかコンクリートの道を歩いていく夢なんだ」

「夜中に散歩する夢か」

「あたしもそう言った。だけど違うの。夜の長い散歩にはちゃんと終着点があるんだ。足元を見下ろしたままゆっくりと歩き続けるんだけど、だんだんその道は、見慣れたものになってくる。そして遂に、足が止まるの。視線がゆっくりと前を向くと、そこにはうちの家の玄関が見える。じっとその場に立ち尽くして、玄関を眺めているの。息遣いを感じるし、視界もゆらゆらと揺れている。誰かを呼ぶかのように呻き声をあげる」

奏音さんの興奮気味だった口調が少し落ち着いた。

「意味わかんないって笑って返したら、母さんもそうだよねって笑って、部屋から出ていったんだ。そしてそれが最後の会話。次の日に姿を消して、さらにその次の日に近くの川で発見された。膝までもない深さの川で、何故か溺死していたんだ」

奏音さんの目のぎらつきがいくらか収まって、再び微睡が広がりつつあった。

「警察の人が言うにはね、外傷はなかったし、事件性は低いんだとか。そのときに聞いた話なんだけど、ハウスキーパーさんが言うには、最近の母さんは隈がひどくて挙動不審、一目見て様子がおかしくて、病院に行くべきだと思っていたんだってさ」

奏音さんが小さく笑い声をあげた。次第に声が大きくなり、腹を抱えながら言う。

「あたし、そこでようやく気づいたんだ。最後に夢の話をされたときだって、母さんの顔すら見ていなくて、声しか聴いていなかったんだって。笑えるよね。一番近くにいるはずの家族なのに、一目瞭然の異変にすら少しも気づけなかったんだから」

明らかにハイになっている奏音さんは、大笑いをぴたりと止めて、再びカウンターへと突っ伏してしまった。奏音さんの説明はもう終わったのだろうか。何にせよ、奏音さんの話と今の状態から、導き出された推測を口にする。

「奏音さんも、死んだお母さんと同じ夢を見るようになったんですね」

奏音さんはゆっくりと、こちらへと向いた。瞬きだけで頷く。

「その様子だと何日も寝ていないんじゃないんですか」

「もう、四日、くらい」

四日も、と驚く私へ向かって虚ろな視線が向けられる。

「おね、がい。嫌なの。まだ、死にたくない」

奏音さんはゆっくりと目を閉じて、静かに肩が上下し始めた。

「とりあえず誰かに話したら安心して眠ってしまった、といったところかな」

竹谷さんはそう言って肩を竦めた。

カウンターで眠る奏音さんをそのままに、私たちは奥のソファ席へと移動した。

「まさかの持ち込み案件とはね」

「死んだ母親と同じ夢を見て、その恐怖で眠れなくなった女子大生ねえ」

「で、あの娘はどうするんだい？　このまま寝かしておくつもりはないよ」

ママがきつい調子でそう言った。まだ怒っているようだ。

「もう少ししたら、起こしてもう一度事情を聴いてみる。それで、家まで送って」

「また泣き女に会いに行く？」

棘のある言葉だ。目の前で発せられなければ、竹谷さんのものとは思えないほどに。

そう感じたのは私だけじゃないらしい。ネズがじっと竹谷さんの顔を覗き込む。

「気に入らねえって感じの態度だな。どうしたんだ、一体」

ネズが不思議そうにそう言った。竹谷さんが小さくため息をついた。

「ああ、気に入らないね。ネズくん、君はこのまま調査を進めるべきだと思うのかい」

「そりゃどういう意味だ。アキちゃんを捜すのを諦めろってことかよ」

「そうじゃない。一葉さんを危険にさらすようなやり方を続けるのか、と聞いているんだ」

竹谷さんの言葉に、ネズが言葉を詰まらせた。私は思わず声をあげる。

「私の、問題ですか」

「そうだ。泣き女が一体何なのかは、未だわからない。ただ人に仇なす化け物だということだけはわかる。スナックでの一件を覚えているだろう。本来は暴力とは無縁の老人たちが、互いに殺し合うほどに凶暴化してしまった。その危険性を思い知ったはずだ」

目の前で取っ組み合いの殺し合いを繰り広げた老人たちの姿を思い出す。陽気な宴会から急変した修羅場に、間違いなく私は恐怖していた。

「それでも危険な泣き女を目にするまで、また無茶をするのかい」

嫌みとも取れる言葉に、思考が少しずつ熱を帯びてくる。

「そうですよ。泣き女は私にしか見えないんですから、直接出向かないと」

「つまり赤の他人を助けるために、自らを危険にさらすわけだ」

竹谷さんが大きくため息をついた。熱が温度を上げていく。

「一体何なんですか。はっきり言ってください」

「僕は、一葉さんはこれ以上泣き女に近づくべきではないと思っている」

「奏音さんを、見捨てろってことですか」

「いいや。できる限りのことはしよう。一時的に家から離れてみるとか、どこかの寺なり神社なりにお祓いに行ってもらうとか。できそうなことを提案してみればいい」

「だけどそれじゃあ」

私の言葉を遮るように、竹谷さんが声をあげた。

「僕が言っているのはリスクの話だ。いいかい。決して秋穂さんの行方調査を蔑ろにするつもりはない。だけどそれ以上に、僕は一人の大人として一葉さんに責任を感じている」

厳しい顔のまま、諭す言葉は続く。

「一葉さんが直接泣き女を調査するということは、身の危険を含む全てのリスクを差し出して行動するということだ。しかしその結果分かったことは、秋穂さんが泣き女という怪異を調査していたことと、その調査のきっかけらしき事件についてだけだ。確かに重要な情報ではあると思う。だけど命を晒す程の価値があったのかは疑問だ。一言でいえばリスクが高すぎて割に合わない」

じっとこちらを見つめる竹谷さんの表情に、憂いが混ざった。

「調査のために、最近は碌に学校に行っていないんだろう」

「アキちゃんがいなくなったままなのに、呑気に学校なんて行ってられません」

「別に一葉さんが直接調査に出ることはない。警察は動いているし、僕個人としても業者に捜索を依頼している。危険を冒してまで、君が泣き女と対峙しなくてもいい」

有無を言わせない響きがあった。君はただの子供でしかないのだと告げられていることに気がついて、奥歯を噛みしめる。その通りだ。それでも、私は。

「アキちゃんが泣き女を追ったことが、本当に私を置いていくほどの価値があったことなのか、自分の手で確かめたいんです。だってたった一人の家族なのに、何も教えてくれなかったなんて、悔しいじゃないですか」

視界が歪む。ああ、嫌だ。涙なんて零したくないのに。泣いて訴えるなんて、自分が感情に振り回される子供だと肯定しているようなものじゃないか。情けない。みっともない。

どうにか涙をぬぐって顔を上げた先には、一分の隙もない厳しい表情があった。

「それは感情論でしかないよ。だだをこねる子供の言い分だ」

その態度は、私の思いを汲み取るつもりはないと、はっきりと告げていた。

「あー、けどよ。道理じゃどうにもならねえことも、あるんじゃねえかなあ」

ネズが恐る恐る声を上げた。柄にもなく遠慮したような態度で頭を掻いている。

「どういうことだい？」

竹谷さんは厳しい表情のままに尋ねた。ネズはぼそぼそと返す。

「例えばよ、一葉が無茶したせいで、大怪我したり、なにかのトラウマを負っちまう可能性はあると思う。俺たちには泣き女は見えないけど、それでも恐ろしいことが起きているってことはわかる。身の安全だけを考えるなら、竹谷さんの話は正しいと思う」

竹谷さんが視線だけで先を促す。

「だけどよ、ここで全てを出し切らなかったら、一葉が納得できないんじゃねえか」

ぴくりと、竹谷さんの眉が動いた。しかしすぐに反論が口をつく。

「一葉さんの身の安全についての話をしているんだ。感情より優先されるべきことだろう」

ネズが怒られた子供のような顔で俯いた。それでも口は止まらずに反論する。

「それでも大事な家族のために全力を尽くさなかったら、これから先の人生にとって、一生の後悔になるんじゃねえかって思うんだよ」

ネズが俯いていた顔をあげた。真っすぐに、竹谷さんを見つめる。

「俺はさ、人に自慢できるような人生は送ってないし、歳の割にだらしねえとか、テキトーだとかよく言われるんだ。実際その通りだし、どちらが立派な人間かって言われたら、十人中十人が竹谷さんの方が立派だと答えると思う。俺だってそう思う。人に後ろ指さされるような真似もしたことがあるし、人を裏切ったこともある。ろくでもない人間なんだ」

ネズがゆっくりとこちらを向いた。自信がなさげな、情けないとも言える表情だ。それでも、その視線は優し気でもあって、温かなものを感じた。

「そんな俺でもな、人生には思うところがあるんだよ。たとえどんな結果が待っていたとしても、どんなに旗色が悪かったとしても、全力で真っすぐに走り切らないといけない時があると信じているんだ。そこで走らなければ、自分自身を信じられなくなる。だからよ、一葉がそう思うなら、走らなくちゃいけねえんだよ」

言葉が少しずつ強い語気を帯びて、再びネズは竹谷さんと向き合っていた。

「不合理な話だな。結局、一葉さんの身の安全について考慮しているとは思えない」

「一葉が走り切るって決めたなら、できる限りをしてやるのが、俺たちの役目なんだ」

「俺たち、か」

竹谷さんの厳しい表情が少しだけ崩れて、鼻先だけで笑った。

「僕には賛成できる話じゃないな。少女を矢面に立たせるなんて、了承できるわけがない」

見つめ合いが熱を帯びて、睨(にら)み合いに変化していく。私はようやくこれは話し合いではなく、二つの意見が平行線を辿(たど)っているだけなのだと気が付いた。そして助けを求めるように、黙って議論を眺めていたママへと視線を送った。

ママは咥(くわ)えていた煙草を大きく吸って、吐いた。紫煙がテーブルを包むように広がっていく。魔法にかけられたように、二人の視線がほぐれて、ママへと向けられた。

「何にせよ、大の大人がこうあるべき、なんて意見を若者に背負わせるもんじゃないよ」

魔女の瞳がジロリと睨みをきかせた。二人が気まずそうに眼を逸(そ)らす。

「あんたもだ、一葉。めそめそ泣いたところでアキが帰ってくるわけでもないだろう。アイツの娘なら、これくらいのことは自分で決めな」

もう一度、今度は天井に向けて紫煙が撒(ま)かれた。煙のヴェールに包まれる中、私は自分を恥じた。ママの言う通りだ。二人は信頼できる大人だけれど、それでも私は私のために決断をしなくてはならない。だから、今心に思うがままを言葉にする。

「私たちだけに見える泣き女が、きっとアキちゃんの失踪(しっそう)にも、この街を取り巻く呪いにも、重要な意味があると思うんです。だから、私は泣き女と向き合いたいんです」

竹谷さんの表情が、残念そうに鋭さを失った。

「心配してくれて、ありがとうございます。だけど、ごめんなさい」

竹谷さんの思いを無下にすることが申し訳なくて、だけどやっぱり自分を曲げることができなくて、ただ頭を下げることしかできなかった。

ため息が聞こえた。少ししてから、下げたままの頭に声が降る。

「なら僕は君の調査には協力はできない。危険に飛び込む手伝いをする気はないからね」

竹谷さんはあっさりとそう言った。私のほうへは一瞥もせずに、ネズへ言う。

「ネズくん、せめて一葉さんが無茶しないように、できる限りのことはしておくれよ。こちらでも何かわかったら連絡はするから。よろしく頼むよ」

「おう。任せてくれ」

竹谷さんは鞄を手に「それじゃあ」と一言残して、ウルスラを出ていってしまった。

なんだかんだいつだって協力してくれていた竹谷さんが、あっさりといなくなった喪失感に、ひどく悲しい気分になる。私の頭をくしゃくしゃとネズが撫でた。

「後悔しないように決めたんだろ。なら早速へこんでんじゃねえよ」

「へこんで、なんかない」

突然の喪失と、ネズの気遣いにまた潤み始める目元を隠しながら、ネズの手を振り払おうとする。だけど思いのほか力強くて、諦めて撫でられながらネズに問う。

「ねえ、ネズも人生で、全力で走り切ったことがあるの」

「ああ、あるよ」

「後悔はしなかった？」

「いんや、後悔したよ。だけど、今はそれでよかったと思ってる」

「なにそれ。後悔しなかったって言って欲しかった」

「悪ぃな」

「ねえ、もしかしたらアキちゃんも今、そんなふうに走っている途中なのかな」

「ああ、きっとそうだろうな」

「方針が決まったのは何よりだけど、あんたたち何か忘れていないかい」

ママが煙草でカウンターのほうを指した。突っ伏したまま眠っていた奏音さんが、うめき声を上げながら揺れていた。悪夢でも見ているのだろう。

私はできるだけ驚かせないように、優しく肩をゆすった。しかし反応はない。

「……どうしよう？」

ママは呆れた顔で奏音さんを見つめていた。

結局声をかけ、肩を揺らして、髪を引っ張って、頭に水を垂らしても、奏音さんは起きなくて、ウルスラ開店間際になって、うなされながら飛び起きた。

しかし話を聞こうにも、奏音さんはこれまでの寝不足か、はたまた薬の多量摂取のせいか、虚ろな顔で反応も鈍い。どうにか住所を聞き出して、家に送ることとなった。

るとは言っていたけれど、余程成功しているのだろう。白い門の先にはちょっとした公園くらいの庭があり、さらにその向こうには四世帯くらいは住めそうな住宅が建っている。豪邸の目の前には、河川氾濫防止用の貯水池があり、その周囲には水路が巡らされている。

「おお、なかなかの豪邸じゃねえか」

タクシーを降りたネズの漏らした言葉に同意する。両親が音楽関係の仕事をしている

そんなお屋敷のお嬢様はネズの背中でうなされている。門の脇にあるカメラ付きのインターフォンのボタンを押す。少し待つと声がした。

「誰だ？」

苛立った男性の声だ。カメラがこちらへ向いたので、レンズに向かってお辞儀する。

「こちらは南雲さんのお家ですか。奏音さんを送り届けにきたんですけど」

奏音さんを背負うネズへと、レンズが向いた。

「なんだ、ひどい様だな。悪いんだけど、門を開けるから背負ってきてもらっていいか」

ネズが頷くと、金属音を立てながら門が開いた。広大な庭を抜けて、玄関に向かう。

玄関の扉が開いて、先ほどの声の主、恐らくは奏音さんの父親が顔を覗かせた。

「悪いな。そのままリビングのソファにでも転がしておいてくれ」

成功している作曲家だからと、私は華麗な芸術肌の男性を想像していた。だけど目の前には伸びっぱなしの髪をまとめた、やせぎすの中年男性が立っていた。顔は不自然に

赤い。

「ほぉら、こっちだ」

どこか力の抜けた声に促されながら、私たちは玄関から中に入る。

豪邸の内部も立派なもので、高そうな壺や、前衛的な絵画が飾られている。ネズは同じような雰囲気のリビングにあった革張りのソファへと、奏音さんを寝かせた。

「しかし奇妙な組み合わせだな。君たちは、奏音の何なんだ？」

赤らんだ顔には好奇心旺盛な笑みが浮かんでいる。

「あー、なんていうか。奏音ちゃんの友達っていうか」

「あんた、嘘が下手だな。それで、お嬢ちゃん？」

すぐに嘘を見破られたネズが、愛想笑いを凍りつかせた。私は丁寧に対応する。

「はじめまして。鈴野日一葉といいます。奏音さんとは初対面なんですが、ちょっとした相談を受けていたら、その途中で眠っちゃって」

「そりゃなんとも災難だったな。俺は南雲伸一。その子の父親だよ」

伸一さんは、テーブル上のグラスを手に取り、琥珀色の液体に口をつけた。

「そんなやつ、無視して。話しても仕方ないから」

不意の声に驚いて振り向くと、奏音さんがソファから起き上がっていた。薬が切れたのだろうか。ウルスラでの自堕落で陽気な様子はなくなっている。

「一日中飲みっぱなしで、シラフのときはないんだから。まともな話なんかできないよ」

「怖い夢を見たって震えっぱなしの小娘が、なぁに言っているんだか」

家族仲が悪いと聞いていたけど、予想よりもひどそうだ。

奏音さんはまだまだ辛そうだ。足元はふらつき、体を支える腕も震えている。

「大丈夫ですか」

「なんてことないから。あたしの部屋に行こう」

明らかな強がりを口にする奏音さんを、伸一さんは愉快そうに眺めていた。大きな舌打ちをしながら奏音さんは二階へと向かう。私たちはその背を追った。

通された部屋は子供の個人部屋としては破格の広さで、大きなテーブルにソファ、冷蔵庫、さらには大画面テレビまである。うちのリビングより広いんじゃないか。

私とネズはソファに座っていた。奏音さんはベッドに腰掛け、頭を抱えて呻いていた。

「少しは眠れて、楽になったんじゃないですか」

「寝ても悪夢だし、起きたらあの男がいてまた悪夢。気分がよくなるわけないじゃない」

苛立った態度の奏音さんに、ネズが言う。

「おいおい。いきなりハイになって現れた挙句に、爆睡までかましたお前を運んでやったのは俺たちだぞ。記憶どころか遠慮まで失くしちまったのか」

チンピラ染みたネズの言葉に、奏音さんは一瞬顔を険しくしたが、すぐにそれを収めた。

「嫌みを言われても当然だよね。ごめんなさい。それに送り届けてくれて、ありがとう。

大丈夫、薬飲みすぎても記憶飛ぶタイプじゃないから。その代わり自分の無様も忘れられないから、正直ちょっと死にたい気分だけど」

ウルスラのときとは、まるで別人のようなしおらしさだ。奏音さんが顔をあげた。

「それで、あそこじゃハイだったけど、嘘は言っていないの。ここまでしてくれたってことは、あたしを助けてくれるってことでいいの？」

不機嫌そうなネズに代わって、私が説明する。

「私たちは泣き女と呼んでいる、特別な悪霊のようなものを追っているんです。奏音さんのケースに泣き女が関わっているなら、何かできることがあるかもしれません。ただ、別にお祓いや除霊ができるわけじゃないから、あくまでもできるのは調査だけなんですけど」

私の言葉に、奏音さんが大きなため息をついた。苛立ちをどうにか堪えているようだ。寝不足で仕方ないとはいえ、高圧的にも見える態度で言う。

「それでお祓いや除霊ができないなら、何ができるの？」

そう言われて、思考が止まった。呪いを追って泣き女と対峙する。そんな覚悟はしてきたけれど、具体的な行動については考えが及んでいなかったことに今更気が付いたのだ。

「……何をするんでしょう？」

「はあ？」

今度は完全に怒りが溢れた声だった。ネズが叱るように言う。

「ウルスラで言ったこと覚えてねえのか。別に俺たちはオカルト相談所を開いているわけじゃねえんだよ。お祓いしてほしけりゃ神社とか寺とかに行けよ」

「もう行ったよ。よくわかんない儀式に付き合ったり、デカいお札を買ったりした」

指差した壁には、金と赤に彩られた派手で大きなお札が貼られている。

「家から離れて別のところに泊まったりもしてみたけど、駄目。あの悪夢が追ってくるの」

奏音さんはベッドの上で体育座りのように丸くなって、消え入るような声を零した。

「死にたくない」

この人は本当に追い詰められている。この人を助けてあげたい。だから考える。

「私たちが知っている泣き女が関わる事件は四件。ハナちゃんの事件、ひかりちゃんの事件、唯歌事件と、ホームレスの事件。そのうち被害者が助かったのは、ひかりちゃんの事件だけ。他の三件とこの事件の違いってなんだろう」

ネズが天井を見上げて、二ヶ月ほど前のことを思い出している。

「俺たちが実際に関わったのは、二件だけだよな。初めはひかり事件だ。アキちゃんが失踪して間もなくの頃で、偶然三人でひかりの話を聞くことになったんだ」

「それでひかりちゃんに子守りを頼まれて、ネズと私は湊くんを一日お世話した。そしたらその日の夜に、奇妙なおままごとが始まって、燃える女の幻覚と、泣き女の姿を見た。さらに、翌日遊んでいる途中にまたおままごとが始まって、泣き女が現れて、車に轢(ひ)かれそうになった。だけどあの日以来、湊くんはおままごとをしなくなって、ひかりちゃんも幻覚を見ることはなくなった」

「俺たち、子守りしただけだよな。正直、なんかよく分かんねえけど解決したっていうか」

　ネズの言葉に奏音さんが泣きそうな声で呟(つぶや)く。

「もう少し頼りがいのある藁(わら)を摑(つか)みたかったよ」

　そう思うのも当然だろうし、反論はしない。

「次は唯歌事件についてだな」

「アキちゃんが関わっていたっていうスナックで、奇妙な歌が聞こえ始めて、泣き女が現れて、スナックの老人たちがおかしくなった」

　三人のことを思い出して、胸が痛くなる。

「調べていくうちに、老人たちが人を殺している疑いが強くなって、竹谷さんが警察を連れて調べに行ったら、店に放火して三人は死んじゃった」

　部屋の中に沈黙が満ちる。

「なんでひかりと湊は助かったんだ？　違うことが多すぎる。他の二件はどうだ？」

「駄目だよ。ホームレスの件も、ハナちゃんの件も、多分泣き女が関わっていた程度のことしかわからないんだから。まず比較対象にならない」

室内に満ちる絶望感は濃くなっていく。奏音さんが髪を掻きむしって、唸り声をあげた。

「できないことを並べても仕方ないでしょ。できることを考えるしかないじゃない！」

綺麗に揃っていた髪は、乱れに乱れている。その迫力に怯む私に、奏音さんが言う。

「その二つの事件で違うことを埋めていこうよ」

「ええと、だから違うことが多すぎて」

「そうじゃなくて。わかっている場所から、埋めていこうって言っているの」

瞳には薬のそれとは違う、必死な光がぎらついている。

「お願いしている立場だし、無茶を言っているのはわかっているの。だけど、あたしもなりふり構っていられないの。もちろん、それにかかる費用も、場所も提供するから」

立ち上がった奏音さんが私の肩を摑んで、泣きそうな顔で言った。

「お願いだから、全力で助けて？」

そんな奏音さんへノーと言えるわけがなかった。


南雲家のベッドはうちのものよりも柔らかくて、全身を包み込んでくれる高級品だ。その上から見慣れない天井を見上げる。首だけで横を向くと、奏音ちゃんが泣いていた。

私が南雲家にやってきて相談相手ができて安心したのか、奏音ちゃんは夜に眠れるようになってきた。そんな奏音ちゃんが見る悪夢には二種類ある。一つはウルスラで語った例の夢。もう一つは、それとは違う単純な悪夢だ。恐らくはお母さんの死から始まった一連の衝撃からか、精神的にまいっているせいだろう。どちらの悪夢にしろ目覚めると胸を押しつぶされたような、最低な気分に襲われるそうだ。

「おはよう。今日は、どんな夢をみたの？」

奏音ちゃんは、私の肩にしがみつきながら潤んだ声をあげる。

「全部お前のせいだって。何もできないお前なんて、産むんじゃなかったって」

死んだお母さんのことだろう。つまり例の悪夢ではない方だ。涙で私のパジャマを濡らす奏音ちゃんの頭を撫でる。奏音ちゃんを慰めるのは、朝の日課になっていた。

南雲家での生活が始まって一週間になる。私はまだ、奇妙な悪夢を見ていない。

一週間前、奏音ちゃんが必死の形相で提案したのは、「わかっている部分」を実行すること、つまり子守りをした家庭で泣き女の問題が解決したのならば、自分のことも子守りしてくれという、なかなかに恥ずかしい提案だった。

とはいえ私たちとしても、他の手が思いつかないから、拒否することもできずに受け入れることになった。結果、私はよそ様の豪邸で奇妙な同棲生活をしている。

私には南雲家の誰も使っていない一室が与えられた。奏音ちゃんの部屋と同じように調度品の揃ったその部屋は、明らかに客間ではない。一体何の部屋かと尋ねると奏音ちゃんは「妹の部屋だったの」と答えてくれた。過去形で語られる妹さんについて、奏音ちゃんはそれ以上何も答えてくれなかった。

南雲家にやってきて三日後、例の悪夢について知りたいのなら一緒に寝た方がいいんじゃないかという奏音ちゃんの提案で、ここ四日ほどは奏音ちゃんとこの部屋で一緒に寝起きしている。さらに敬語もやめてくれと頼まれたので、今ではちゃん付けで呼んでいる。

今のところの目的は、例の悪夢を私も見ることだ。その過程で泣き女を目にできるかもしれないし、話で聞いた以上の何かに気付けるかもしれない。

この案に、流石のネズも心配している様子だった。奏音ちゃんのお母さんが数ヶ月の悪夢の末に死亡したことを考えれば、すぐに命の危険に至ることはないと説明し、何かあればすぐに連絡することを約束している。

しばらく奏音ちゃんを宥めてから、私たちは揃って一階のリビングに向かう。

リビングには誰もいない。奏音ちゃんのお父さんである伸一さんは、邸宅内にあるスタジオに引きこもりっぱなしだ。初対面以来、姿を見ていない。

寝起きの奏音ちゃんは機嫌が悪い。朝はまだ悪夢が尾を引いている。そんな奏音ちゃんをテーブルにつかせて、朝食の用意をしているとインターフォンが鳴った。

「おう、おはよう！」

朝から元気なネズが顔を出す。そして反応の鈍い奏音ちゃんを見て笑う。

「本当に朝が駄目だな。気ぃ抜けまくってんぞ」

奏音ちゃんが「うるさい」と、手ぶりだけで示す。

「それでな、いいものを持ってきた」

ネズが持っていた袋からごそごそと紙の束を取り出した。よく見るとお札の束だ。読めないけれど、何やら文字がびっしりと書き込まれている。

「なんかこれ、四国のほうの有名なお寺のお札でな。使い方は、守りたい部屋の入り口とか窓に貼るんだとか。まあ説明書もつけてもらったから、今晩にでも試してみてくれ」

「ねえ、毎日のようにこんな魔よけグッズ持ってくるけど、どこから仕入れているの」

昨日は私たちに一つずつ霊験あらたからしい数珠を、一昨日は東南アジアっぽい雰囲気の破邪の木彫り像を持ってきていた。効果の程はまだよくわからない。

「あー、知り合いの伝手でな。相談に乗ってもらって、方々から取り寄せてもらってんだ」

「だけど、相当なお金使ってるんじゃない？」

「そういうことは気にすんな。俺ぁ泣き女は見えないし、まさかお前らと一緒のベッドで寝るわけもいかないだろ。これくらいのことはするさ」

ネズはテーブルについた。こんな感じでネズは毎朝私たちと合流している。点けっぱなしのテレビを見ながら、朝から喧しく喋るネズに、奏音ちゃんがぼそりという。

「ありがとう」

ネズは満面の笑みでそれに答えた。私は朝食を並べながら、再び尋ねる。

「だけどネズって、もう一週間以上こっちにいるよね。仕事は大丈夫なの？」

「ああ、仕事は辞めたよ。だからこれからはいくら時間かけても問題ないぞ」

「えぇ！　あのマッチさんと一緒にやっていた会社を？」

「半年くらい休ませてくれって頼んだら、駄目だって言われたから。まあそうだよな。俺だけ特別扱いしたら、他の社員に示しがつかねえし」

「ごめん」

「なんで一葉が謝るんだよ。俺が考えて決めたんだから、別に誰のせいでもないだろ」

そう言ってネズは笑う。だけど私は申し訳ない気持ちでいっぱいだ。そんな私の頭をネズが乱暴に撫でた。寝癖で乱れていた髪がくしゃくしゃにされて、たまらず振り払う。

「それ、やめてって言ってるじゃん」

「いいじゃんかよ。ちっちゃい頃は喜んでたくせに」

「大昔の話でしょ。勘弁してよ」

もそもそとトーストを食べていた奏音ちゃんが呆れるように言う。

「あんたたち、本当に仲いいよね。本当の親子みたい」

「そう、仲良しなんだよ」

「仲良くなんかない！」

浮かれるようなネズの声を私の怒号が上塗った。

午前中の奏音ちゃんは、呆然と寝起きの延長のような時間を過ごしている。だけど昼も近くなってくると、朝に飲んだ薬の効果が表れてくる。

今日は市街へ出て、奏音ちゃんのお気に入りのカフェに行く予定だ。もちろん子守り役である私とネズも同行する。そこまではいい。けどこんな目にあうなんて予想外だ。

「私なんかに、こんなことは必要ないよ」

奏音ちゃんは嫌がる私を強引に鏡台の前に座らせた。手櫛(てぐし)で髪をいじくる奏音ちゃんに懇願したけれど、瞳の輝きを増す奏音ちゃんには私の願いは届かない。

「駄目。もったいない。今時の女子高生が化粧のひとつも試さないなんて、変だよ」

鏡台に映る、不安気な顔を見つめる。私は私の顔が好きじゃない。だから化粧なんてする気もなかったし、お洒落(しゃれ)な恰好(かっこう)に憧(あこが)れてもいなかった。

だけど奏音ちゃんは容赦がない。椅子を回して私の顔に化粧水をつけていく。奏音ちゃんは慣れた手つきで、化粧道具を代わる代わる手に取っていく。

もう耐えるしかないと固く目を瞑(つぶ)る私の耳に、奏音ちゃんの声が響く。

「別にね、素材は悪くないんだよ。よくないのはその自信なさげな視線と、猫背。お洒落ってね、まずは自分に自信を持つところから始めるものなの」

やわらかな何かが私の頬を撫でる。ちょっと硬い何かが瞑った目の下をなぞる。慣れない感触が唇に塗りつけられる。次から次へと未体験の感触が顔面を襲う。

薄(う)っすらと目を開けると、奏音ちゃんは珍しく和やかな表情で私を見つめていた。そんな顔をされたら逃げることも嫌がることもできなくて、覚悟して再び目を瞑った。

カフェのテラス席で、私たち三人は昼食を摂っていた。今日は曇り。夏の暑さは和らいでいて、涼やかな風が気持ちよかった。だけど薄っすらとした痛みが頭の芯から響く。予報では曇りだといっていたけれど、これから天気は崩れるかもしれない。

「いい加減、そのにやけ笑いやめてくれない？」

ネズは笑みを押し殺しているつもりのようだけど、傍から見ればとても隠せてはいない。

「すまん。その、なんだ。あの一葉が可愛らしくなって、嬉しくてな。いや別にこれまでも十分可愛かったと思うぞ。だけどまた一層なあ」

馬鹿にしている。そうとしか思えない。怒りを含んだ視線を向ける。ネズは言葉を止めて笑みを消そうとしているけれど、やっぱり抑えきれていない。屈辱だ。

私は泣きたくなるような気分なのに、奏音ちゃんはむしろ満足そうな笑みで応える。

「ネズさんだって可愛いって言ってんじゃん。そんな顔しないでよ」

私は奏音ちゃんに化粧をされて、服まで見繕われて、奏音ちゃん好みの恰好にされてしまった。奏音ちゃんは可愛いというけれど、私からすれば化粧のばっちり決まった顔には違和感しかない。道化の仮面でもつけている気分だ。

「俯かない。猫背にならない。大丈夫、一葉は美人だよ」

「ああ、一葉は美人だ。ほら、笑顔で」

なんでこんな目にあっているんだろう。それでも二人から言われるから、頬を歪めて笑顔を作る。だけど余程ぎこちない出来なのか、ネズが言葉に困っている。

「力み過ぎなんだよ。ほら、力を抜いて」

奏音ちゃんが私の顔を両手で解そうとする。その様子を見て、ネズが笑みを深くした。

「なんだか、本当の姉妹みたいだな」

この男には、私の困っている様子が見えないんだろうか。だけど奏音ちゃんは、ネズの言葉に一瞬だけ驚いた様子だったけど、すぐに嬉しそうに微笑んだ。

「なんだか一葉のこと、ほっとけないんだよね」

奏音ちゃんがあまりに嬉しそうだから、やっぱり私は何も言えなくなってしまう。

それからカフェを後にした私たちは、奏音ちゃんに引きずられる形で、ショッピングモールに向かう。折角化粧をしたのだからと、私に服を買ってあげるというのだ。

当然そんな高額なプレゼントは受け取れないと断るのだけど、ハイテンションな奏音ちゃんは依頼の礼だと強引に私の手を引いていく。ネズも微笑ましいとでも言いたげな笑顔のままだ。結局私は数時間、奏音ちゃんの着せ替え人形の如く扱われ続けた。

帰る頃にはやはり天気は崩れて、季節がひとつ進んだような冷たい雨が降りつつあった。帰り際、ファミレスで食事をとってから、私の家に寄る。アキちゃんが帰った様子はない。玄関に置かれた書き置きが動いていないことを確認してから、南雲邸へと向かう。

「それじゃあ、朝渡したお札、試してみてくれよな」

買い物袋を両手にもってタクシーを降りた私たちに向かって、ネズが言った。

「うん、ありがと。また明日ね」

手を振る私を確認したように扉が閉まる。隣にいた奏音ちゃんからは言葉はない。奏音ちゃんはいつも夕方ごろから、昼間の高揚の勢いを失っていく。それが眠らなくてはならない夜への恐怖なのか、薬が切れたせいなのかはわからない。

「さ、帰ろう」

幼女のように頷く奏音ちゃんの手を引いていく。時刻は夜八時を過ぎた頃だ。

南雲邸に戻った私たちは、すぐに奏音ちゃんの部屋にあがる。

化粧を落として、それぞれお風呂に入って、それから奏音ちゃんの部屋で、並んでソファに座ってテレビを見ていた。奏音ちゃんの瞳は輝きを失い、不安気な揺らめきが生じていた。ヨーロッパの観光地を紹介する旅番組を眺めながら、奏音ちゃんがこぼした。

「今日は、あの夢を見るのかな」

画面を見ているようで、奏音ちゃんの脳裏には別の光景がよぎっているんだろう。

「けどこの一週間、例の夢は見ていないんでしょ。もしかしたらもう見ないかもよ？」

毎朝、私は奏音ちゃんの夢について確認している。そのどれもが悪夢だけど、話に聞いていた内容とは違うものだった。

ひかりちゃんの一件だって、よくわからないうちに解決していたのだ。今回だっても しかしたら、気が付かないうちに解決している可能性だってある。そうなると私の調査は空振りに終わるわけだけど、奏音ちゃんの不安が解決するなら悪いことじゃないだろう。

だけどそんな希望的観測に、奏音ちゃんは嚙みつくようにいう。

「そんなことはない。たまに視線を感じるの。あの子は、まだ諦めてない」

「あの子？」

返事はない。夕食後の薬を飲んでいるから、その作用で呆然としているのだろうか。

「死にたくない」

ぽつりとこぼしたその言葉を合図に、揺れていた瞳から涙が零れる。

「大丈夫。夢を見ただけで死ぬわけがないよ」

こんな風に慰めるたびに、内心本当にそうだろうかと自問してしまう。少なくとも歌を聞いただけで、殺し合い命を失った人たちを私は知っている。だけどこんな精神状態の奏音ちゃんには、こう言うしかないこともわかっている。

「だけど、これから来るかもしれない。もしまた呼ばれたら、あたしは」

私は奏音ちゃんの隣に座って、微笑みかける。

「そうしたら、私が止めてあげるから」

少しだけ安心したのか、奏音ちゃんはまた呆然とテレビを眺め始める。これは南雲家にやってきてから、出来上がったルーチンだ。不安な心を繋ぎ止める言質が欲しいのだろう。

それからしばらくして、奏音ちゃんが寝る前の薬を飲んでから、私たちは隣の、元は私に割り振られた部屋に移動する。一緒に眠ることになってから、睡眠専用になりつつあるその部屋に、今朝ネズが持ってきてくれたお札を貼る。

それから二人並んでも十分な広さのベッドに横たわる。

「おやすみ、一葉」

「おやすみ、奏音ちゃん」

ベッドに入ってから、しばらく奏音ちゃんは私に背を向けている。だけどしばらくすると、仰向けに寝ている私の腕にしがみついてくる。

昼間はあれだけ高揚しながら私を引きずりまわしていたのに、夜になるとすっかり弱気になって私を頼りだす。私は一人っ子だけど、昼は妹に、夜は姉になったような気分だ。

一方薬を飲んでいるわけでもない私はなかなか眠くならなくて、しがみつかれていないほうの腕でスマホを眺めて、アキちゃんからの連絡がないか確認する。あるのはネズからの雑談のメッセージだけだ。相変わらずパンクなネズミのスタンプが連打されている。

最後のメッセージにはＵＲＬが貼られて「例の記事、見つかった」と書かれていた。

それは二年ほど前の事故についての記事で、目を通してからため息をついた。同調するように震えたスマホの画面では「胸糞の悪い話だ」とパンクネズミが嘆いていた。

その言葉に同意しながらお礼を返して、スマホを置いた。窓の外からは雨音が強くなっている。記事の内容に動揺する思考と、雨足に比例して激しくなる頭痛を鎮めるために、目を閉じて深呼吸を繰り返す。


足を覆う冷たさに、思わず体を竦める。足元に水が流れていることに気付く。真っ暗な闇の中に立っていた。なんでこんなところにいるんだろう。ひどく寂しい気分に襲われて、泣き叫びたい衝動に襲われる。だけど声がでない。掠れた、空気の抜けるような音が喉から漏れるだけだ。

遠くに光が見えた。重みすら感じる濃い闇の中で、意識するよりも早く足が前へと出た。

一歩進む度に、足の裏にぬるぬるとした気色の悪い感触が伝わる。冷たい水底は不安定でよく滑る。私は足を取られ転んで、全身を冷水に浸した。

起き上がり前に進む。そしてまた転ぶ。あまりにも遅々とした歩みに、心が折れそうになる。だけど、あの光を諦めきれない。ここに居たくない。あそこへ行きたい。

どれくらいの時間が経ったんだろう。歩き続けた私は、ふと視界の端に岸があることに気が付いた。刺すような冷たさから逃れたくて、緩慢な動きでどうにか這い上がる。

さらに道を塞ぐ門を乗り越えて、どうにか地面を踏みしめる。

ようやく冷水から逃れても、今度は冷たい空気が体を凍り付かせる。さらに空からは雨粒が降り注いでいた。その一粒一粒が刃物のように私の体に突き刺さる。それでも、一歩。また一歩。崩れそうになる体をどうにか支えながら進んでいく。

長い長い時間を歩き続けた。途中地面に散らばっていたガラス片を踏んでしまって、足がひどく痛む。雨風にさらされ続けたせいで、体は芯まで冷え切っていた。

そんな辛く長い旅に終わりが見えてきた。暖かく光るその場所が、目の前にあった。

そこは南雲家だった。私が今寝泊まりしている場所だ。広い庭の先の、私と奏音ちゃんが寝ているはずのベランダの窓を見つめる。

言いようもない感動が胸に満ちる。ようやくここに辿り着いたのだ。

その瞬間限界を迎えた右脚が、濡れた厚手の布を叩きつけるような音を立てて、崩れて折れた。コンクリートの上に、私は全身を打ち据え、四肢が砕ける。

痛い。苦しい。寂しい。悲しい。助けて。助けて。

あなたに会いたい。だからここまで来たの。だから、気づいて。こっちに来て。

必死に絞りだしたおかげか、掠れた喉が、奇跡的にその機能を取り戻した。言葉にならない感情だけの音を発する。

赤子のような叫び。崩れた全身に響き渡るそれに戦慄した。

それは決して私の喉から発することがないはずの、聞きなれた声。

アキちゃんの声で、私は恐怖に満ちた絶叫を喚き散らす。

叫びながら目を覚ました。涙で歪む視界の中、激しい動悸に体を揺らしながら、自分の手足がまだあることを確認して、両の手で喉に触れる。掠れた声を絞りだす。

「あ、あああああ」

私の喉からは、私の声がした。当たり前の事なのに、アキちゃんの懐かしい声を思い出して、寂しくなってしまう。

「あれは、アキちゃんから見た？」

頭に渦巻く混乱へと自問を口にすると、胸から強烈な感情が込み上がった。雨の中倒れたアキちゃんを、助けに行きたい。立ち上がった私が、それでも南雲邸を飛び出さなかったのは、部屋の扉の前に奏音ちゃんが立っていたからだ。

奏音ちゃんは虚ろな様子で、全身に力なく、ふらつきながら立っている。

「かなで」

奏音ちゃんが虚ろな顔で呟いた。

「奏音ちゃん？」

返事はない。だけどその様子はどう見ても尋常ではない。扉には今朝ネズから貰ったお札が貼られているけれど、奏音ちゃんは難なくドアノブをひねった。私はベッドから飛び出してその腕を摑んだ。

奏音ちゃんは視線すらこちらへ向けずに、強引に部屋から出ようとする。今の奏音ちゃんは正気じゃない。寝る前の約束を思い出す。

「ごめんね」

私は強引に奏音ちゃんの目の前に割り込んで、力いっぱいに腕を振り上げた。

予想よりも大きな音が弾けた。ゆっくりと、奏音ちゃんがこちらを向いた。その視線から意思が感じられて、安堵したのも束の間、奏音ちゃんの瞳から大量の涙が零れ落ちた。

「歌奏、ごめんね。ごめんね」

泣きながら謝罪する奏音ちゃんに、私は尋ねる。

「奏音ちゃんも、あの夢を見たんだね」

返事はない。ただ悲痛な声で謝罪を繰り返している。ネズが私たちを本当の姉妹のようだと言ったとき、奏音ちゃんが嬉しそうな顔をしていたことを思い出す。あの顔とは真逆といってもいいその様子に、痛む胸を堪えながら言葉をかける。

「歌奏っていうのは、妹さんのことだよね」

「どうして、それを？」

「ごめんね、少し調べたの。この部屋に住んでいた妹さんに何があったのか」

「歌奏、歌奏は」

奏音ちゃんは、まるで起きてしまった過去を認めたくないように言葉を詰まらせた。

「事故にあって亡くなった歌奏さんが、奏音ちゃんを呼んでいるんだね」

さらに勢いを増す涙が、私の言葉を肯定していた。私たちは一旦ソファへと腰を下ろす。そしてしばらく奏音ちゃんが落ち着くまで待ってから、少しずつ話を聞いていく。

「歌奏はあたしなんかよりよっぽど出来が良くて、音楽の才能もあってね。東京の音大に進学予定だった。なのに、交通事故に巻き込まれて死んじゃった」

『帰宅途中の女子高生がブレーキの踏み間違いに巻き込まれ死亡』先ほどネズから送られてきた記事に書いてあった、理不尽でどうしようもない事故だ。

「うちは歌奏を中心に回っていたの。あたしなんかの事も慕ってくれる、出来がよくてかわいい妹だった。あの子が笑顔でいてくれたから、家族みんなも笑顔でいられたし、両親とも仲良くやれていた。だけどあんな事故があって、全ては壊れちゃった」

堪えていた涙が再び零れ始めた。

「父さんも、母さんも、私も、みんな大事な歌奏が奪われた現実に耐えられなかった。父さんはお酒をたくさん飲むようになって、母さんはよそに男を作って遊びまわるようになった。だけど二人がひどい親だとも思えないの。私も気持ちは同じだったから。歌奏のいない家にいると、戻らない現実を思い知らされたような気分になる。残った家族と顔を合わせるとイライラして、余計に距離は離れていく。もうどうしようもなかったの」

再び奏音ちゃんが震え始めた。瞳が揺れ始める。

「この夢を見始めたとき、初めは嬉しかったの。歌奏とまた会えるかもしれない。そう思えたから。だけどすぐに怖くなった。母さんは死んじゃって、父さんとは碌に顔も合わせない。歌奏がいなくなった家族を、あたしは壊れたままにしちゃったんだ。きっと歌奏は怒っている。だからあたしを呼んでいるんだって気が付いたんだ」

奏音ちゃんは、涙目を私に向けて言う。

「この夢を見るたびに、歌奏に謝って、許してほしくなる。だけどそんなわけないってわかってもいるの。もう頭がおかしくなりそう。気を抜いたら、歌奏のところに走り出しちゃう。きっと母さんと同じ結末が待っているのに、それでもいいって思えてくる」

奏音ちゃんが、私を真っすぐ見つめて懇願する。

「助けて、一葉」

私に縋りつこうとする奏音ちゃんを、私は両の手で押しのけた。無意識だった。何故自分が奏音ちゃんの抱擁を拒絶したのか。啞然とする奏音ちゃんの前で、両手を見つめる。私は今、奏音ちゃんの行動を明確に嫌悪した。そして、すぐにその理由に思い当たった。

「私は、歌奏さんじゃない。奏音ちゃんの妹じゃない」

私に化粧をしていた奏音ちゃんの、嬉しそうな顔を思い出して、空しい気分に胸が軋んだ。

「私は鈴野日一葉なの。歌奏さんの代わりにはなれない。なりたくない。私はアキちゃんを捜す手がかりを求めてここにいる。奏音ちゃんのことを愛する妹なんかじゃないの」

掠れた喉から溢れた、懐かしい声を思い出す。

「いくら奏音ちゃんが優しくしてくれても、私にとってのアキちゃんの代わりにはならないの。誰かを代わりにして、寂しさを埋めようなんてことはできないんだよ」

自分で言っておいて、あまりにも憐れな言葉だった。それは同時に、私たちはどうしようもないものを抱えて生きなければならない、そう言っているのと同じだからだ。

だけど、そんな空しい言葉から一つの考えがひらめいた。これまでの事件を思い出す。

ひかりちゃんは湊くんを理解できなくて、親として向き合えなくなってしまった。唯歌の老人たちは、過去の失敗から家族を失ってしまった。南雲家は歌奏さんを失って家族全体が壊れてしまった。そして私は、唯一の家族であるアキちゃんがいなくなってしまった。

ああ、そうか。私たちは皆同じなんだ。

「どうしようもない孤独を抱えている人間が、泣き女に呪われるんだ」

奏音ちゃんは唖然とした表情のまま、尋ねる。

「意味わかんない。どういうこと？」

あまりに遠回りに辿り着いた答えに、滑稽さすら感じて頬が歪んだ。

「私たちは、かわいそうな人だってことだよ」

旧友と殺し合って死んだ助口さんの笑顔が、脳裏をよぎった。とっくに答えは聞いていたのに、間抜けな私は今更真実に気が付いたのだ。

ひどいことを言った自覚はあった。だけど、言わなくてはならない言葉だったとも思う。私たちはしばらく言葉を交わすこともなく、ただソファに座っていた。悲愴感すら漂う沈黙が続く中、奏音ちゃんが立ち上がった。

「どこいくの？」

「水飲んでくる」

振り向きもせずに答えた奏音ちゃんの背中は、いつも以上に小さく、不安気に見えた。

その後を追って一階へと向かう。私も悪夢の衝撃と、会話で喉がからからだった。

私たちは言葉も交わさないまま、キッチンで水を飲む。冷たい水が、まだ落ち着かない頭と胸の温度をさげてくれる。そのときだった。

轟音が響き渡った。驚いた私たちは、恐る恐る音が聞こえた玄関へと向かう。

玄関フロアは真っ暗で、何か壊れた様子もない。ただ空気がひんやりと冷たい。奏音ちゃんが扉へ近づいてから呟いた。

「鍵、開いてる」

当然、夜間だから施錠してあったはずだ。奏音ちゃんはそのまま扉を開けた。激しくなった雨が、真っ暗な広い庭に降り注いでいる。

頭に鉛を詰められたような頭痛が、唐突に鋭さを増した。思わず頭を抱える私の耳に、あの声が響く。雨降る深夜の漆黒の空に、サイレンのような慟哭が鳴り響いている。

唯歌が燃えたあの朝のことを思い出した。炎の中で殺し合う老人たちの叫び声が、脳内に反響する。再び混乱する思考を、どうにか抑え込もうとする。

「奏音ちゃん、お父さんは？」

「どうせスタジオで、酒でも飲んでるんじゃないの」

そう言いながらも奏音ちゃんも、私と同じ考えに思い至ったようだ。スタジオへ向かうと、空き缶や空き瓶が散乱しているだけでもぬけの殻だった。

「こんな時間に、留守にするなんて」

唖然とする奏音ちゃんの背後で、私は己を叱咤した。

「なんで気が付かなかったんだ。歌奏さんが奏音ちゃんにとって大事な妹だったなら、伸一さんにとっても大事な娘だったはず。なら同じように、悪夢を見ていたのかもしれない」

「だけどいつも酔っぱらって、そんな素振りは」

「だから酔っぱらっていたんじゃないのかな。奏音ちゃんが薬に頼っていたように、伸一さんはお酒に依存して耐えていた。そして、とうとう呼ぶ声に耐えられなくなった」

「どうしよう」

奏音ちゃんが途方に暮れたような顔で言った。もし悪夢に招かれたとしたら、お母さんと同じ結果を辿るかもしれない。奏音ちゃんの両手を握り、真っすぐに瞳を見つめる。

「助けられるのは奏音ちゃんしかいない。だけど、とても危険な方法しかないと思う」

恐らくお母さんが死んだときのことを思い出したのだろう。困惑顔に緊張が加わる。

「わかんない。わかんないよ」

「奏音ちゃんが決断するしかないの。お父さんのために命を懸けるべきだ、なんてことは私には言えない。ただ、もしお父さんを止めに行くのなら、私も一緒に行くから」

「止めるって、何を止めるの」

「泣き女の許(もと)に辿り着く前に、止めるの」


『緊急。悪夢のせいで伸一さんがいなくなった。奏音ちゃんと捜しに行く』

『待て。危険すぎる』

『時間がない。目的地がわかったら連絡する』

『待てって。俺もすぐ行くから』『おい。返信しろ』

ぺこん、ぺこん、と鳴り続けるスマホをしまった。日付も変わる深夜、雨の中に私たちは立っていた。一応傘は差しているものの、ひんやりとした空気は肌寒い。

南雲邸前の道路から、私たちが寝ていた部屋を眺める。

「ここだね」

夢だったとは思えないほどに、はっきりと覚えているその光景を目にして、喉の奥に違和感を覚えて咳払(せきばら)いする。

「奏音ちゃんは歌奏さんの視点で、歌奏さんに呼ばれる悪夢を見た。私はアキちゃんの視点で同じような悪夢を見たけど、前に聞いた内容と合致している。多分、ルートは変わらないんじゃないかと思う」

懐中電灯のか細い光に照らされた奏音ちゃんは、顔面蒼白で怯え切っていた。

「怖いのはわかるけど、時間との勝負で、全ては奏音ちゃんが頼りなの」

青い顔を震わせながら、奏音ちゃんは私を見つめていた。

「とにかく悪夢の歌奏さんが歩いてきたルートを遡ろう。あの悪夢を繰り返し見てきた奏音ちゃんなら、どの道を歩いていたかわかるでしょ」

もし伸一さんが同じ悪夢を見ていたとしたら、同じ場所から呼ばれているかもしれない。だから既に靄のかかりつつある悪夢の記憶を頼りに、追跡を行おうというのだ。

「悪夢のゴールはこの道路の真ん中だった。それは奏音ちゃんも同じ？」

「うん。だからこのゴールから逆行していけば、歌奏に辿りつけるってわけだね」

奏音ちゃんは覚悟を決めた様子で一歩を踏み出した。悪夢でそうだったように、懐中電灯で照らした地面だけを見つめながら、私たちは歩き始める。

会話はなかった。ただ真剣に、私はさっき見た、悪夢の朧げな記憶を思い出しながら奏音ちゃんの後を追う。奏音ちゃんは心に深く刻み込まれているであろう悪夢を思い返しながら、迷いつつも前進し続けている。

この道をアキちゃんが歩いていたのか。コンクリートの僅かな突起すら針に感じるほどに傷ついた足で、降りかかる水滴がナイフの雨に思えるほどに弱り切った体で、私に会いたい。そんな思いを支えに苦痛に耐えながら。

私たちの家の二階で、街を見下ろしながら私とアキちゃんはココアを飲む。見下ろす夜景のきらめきの隙間には、時折彼女たちがちらついていて、そんな様子を眺めながら、今日あった面白かったことや嫌だったことを語る。

そんな何気ない日常の一場面をふと思い出した。二人で並んで笑いあう、当たり前でささやかな幸せな時間。アキちゃんの華やかな笑顔が明滅した。

「なんで泣いているの」

奏音ちゃんの声に驚いて、反射的に頬を触る。確かに雨ではない、温かな雫を指先に感じた。驚くと同時に、奏音ちゃんにも返す。

「奏音ちゃんこそ」

奏音ちゃんは私なんかよりもよっぽどひどかった。涙で顔はぐちゃぐちゃだ。

「歌奏は私と違って優等生でね。そのかわりお洒落には疎くて。だから友達と出かけるときなんかは、あたしに相談してきてね。お姉ちゃん何着たらいいかな。お化粧お願いって。私は面倒くさそうにしていたけど、本当は頼ってくれて嬉しかったんだ」

涙を呑みながら、奏音ちゃんは続ける。

「そんな歌奏が泣きながら歩いていたって考えたら、悲しくて。涙、止まらなくて」

「私も。アキちゃんが、私に会いたくて、激痛に耐えながら歩いていたらって考えたら」

言いかけた言葉を止めた。背筋に電流でも流されたような感覚だった。

「そんなわけないじゃん」

奏音ちゃんが呆気にとられた顔で足を止めた。

「もし本当に死んだ歌奏さんが悪夢の原因だとしたら、家族に悪夢を見せて、呼び出して死に追いやるなんてことをすると思う？」

「まさか。そんなことする子じゃない」

「アキちゃんだってそう。私を巻き込むような真似は絶対にしない。呼び出したりしない」

奏音ちゃんに断言する。

「これが呪いなんだ。こんなものに負けちゃ駄目だよ」

奏音ちゃんが怯みそうになる瞳を堪えて、真っすぐに頷いた。

地面ばかり見ていたから気が付かなかったけれど、私たちはいつの間にか住宅街の路地裏を歩いていた。そして雨に濡れる地面にきらめくものを見つける。

「ガラスだ」

悪夢の中で、足の裏を切り刻まれた痛みを思い出す。嫌な気分にはなるけれど、道を間違えていないという証拠でもある。

ガラスの散らばる地面を越えて歩きつづけながら、私の脳裏にはアキちゃんとの思い出が、次から次へと湧き出してくる。テストで百点をとった私を嬉しそうな笑顔で抱きしめるアキちゃん。学校での間抜けなミスの話に爆笑するアキちゃん。新しい彼氏とすぐ別れて寂しそうに笑っていたアキちゃん。

私の人生の中で、二人きりの家族の存在がどれほど大きなものだったのか。胸の奥から溢れ続ける思い出の波に、私は耐えきれず言葉を漏らす。

「ごめんなさい、アキちゃん」

そんな大切な家族だったのに、親友を失った辛さに気付いてあげられなくて、ごめんなさい。アキちゃんに寄り添えなくてごめんなさい。謝罪がとめどなく喉から溢れる。

そんなわけがない。アキちゃんが地獄のような苦しみを味わいながら、私に会いに来たわけがない。理性でそうわかっていても、どうしようもなく感情が乱れてしまう。奏音ちゃんも同じなのだろう。地面へ俯きながら、ぶつぶつと聞き取れない声を漏らしている。

気が付けば私たちは傘を捨てていた。その代わりに互いの手を繋いだまま、歩き続けていた。謝罪の言葉を吐きながらも、手は固く結ばれていた。もう片方の手にどうにか握られた懐中電灯は、足元を照らし続けている。

雨に曝されながら悪夢で見た道を遡るにつれて、アキちゃんに対する罪悪感が激しくなる。握る手に力を込めてそれに耐える。そこで目の前に石段があることに気が付いた。

短い石段を下りた先には僅かなスペースがあり、子供でも乗り越えられそうな小さな金属扉があった。その先には雨によって増水した用水路が通っていた。

「ここって」

「うん、あの夢で見た場所だ」

アキちゃんはこの場所で陸にあがった。あの小さな門を乗り越えたんだ。

流れる用水の上流を見る。そこには真っ暗なトンネルがあった。悪夢の始まりを思い出す。確か足元の水は後ろから流れていた。ここだ。ここから悪夢は始まったんだ。昼間目にしても気にも留めなかっただろうトンネルは、星の無い夜の闇を押し固めたかのように深い黒に満ちている。懐中電灯をかざしても、その先にも闇があるだけだ。

握る手に伝わる力が強くなる。ここで後戻りするか問うことはしなかった。胸から溢れ続ける罪悪感は、もう一人きりで耐えられるものではなくなっていた。今の私には奏音ちゃんが必要だったし、奏音ちゃんも同じ思いであると、握る手から伝わってきた。

雨による増水で、脛（すね）の中ほどまで水に浸かってしまうものの、流れ自体は見た目ほど激しくない。ただひどく歩きづらいので、大きく足を上げながら進まなくてはならない。川底には藻が生えていて、ヌルヌルとしているので油断すれば転んでしまいそうだ。

川を歩き、目の前のトンネルを見上げる。高さ三メートルほどの正方形の入り口は、巨大な化け物が底の見えない大口を広げているようにすら見える。巨大な闇に怯みつつも、罪悪感は猶（なお）の事強くなり、アキちゃんに会いたいという思いは激しくなる。

それでも理性を絞りだし、思考を奮い立たせる。私たちは伸一さんを助けに来たんだ。泣き女に立ち向かうためにここまで来たんだ。感情に引きずられるわけではない、意思をもって川の中で一歩を踏み出す。気持ちを強く持たなくちゃならない。負けちゃならない。

ぺこん、と間抜けな音がした。ああ、そうだ。ネズにこの場所を伝えなくちゃ。

スマホが濡れた手で滑ってしまう。それを拾おうと腰を屈めようとした。

そのとき、トンネルから泣き女の慟哭が響いた。いつも雨天に響くそれよりも強烈な、鼓膜ではなく魂そのものを震わせるような絶叫だった。

水底に沈む画面が光っている。だけど、そんなことはもうどうでもよく思えていた。

再び懐中電灯を手に持って、奏音ちゃんと顔を見合わせてからトンネルへと進む。

私たちはそのままトンネルを、奥へ奥へと進み続けた。トンネルの中は真っ暗で、光源はそれぞれが持った懐中電灯だけ。足元だけを照らして前に進む。光には羽虫や壁を這う百足がちらつき、私たちに反応して蝙蝠らしき気配が宙を舞っていく。だけど私たちにはそんなことに驚く余裕はなかった。

「ごめんなさあああい」

トンネル内では水の流れる音が反響している。普通に喋るだけなら、声がかき消されてしまうほどの轟音だ。だけど、それに負けないほどの声が叫び散らされている。

「アキちゃあああん」

それは私も同じだった。込み上げるものが抑えきれない。あれほど強く自制していたはずの理性は、トンネルに入ってすぐに吹き飛んでしまった。

胸に穴が空いたかのような強い罪悪感。孤独感。堪えきれないそれは声となる。

アキちゃんに会いたい。会って謝らないと。

頭の中にはアキちゃんがいっぱいで、もう奏音ちゃんに話しかける余裕はない。奏音ちゃんに話しかけられても、何も答えられないだろう。

それでも、頭の中の僅かな理性を手放さないように、命綱を握るような力を込めて奏音ちゃんと手を繋ぐ。奏音ちゃんから伝わる握力も痛いほどだ。

咽び泣きながら、ぬるつく川底に足を取られて何度も転びながら、互いを起こし合いながら、それでも闇の中を進み続ける。

どれくらい歩き続けたのか、もうわからない。足元を照らし続けていた懐中電灯が、水路の真ん中に座る背中を照らした。伸一さんだった。こちらに気付いた様子はなく、何かを見上げている。そして背中の向こうに誰かが立っていた。

「歌奏」

「アキちゃん」

私たちはそれぞれ違う名を呟いた。これまで追い求めてきたものが、そこにあった。

アキちゃんはよく笑う。アキちゃんは今も真っ暗なトンネルの中で、輝くような笑顔を満開に咲かせていた。私が、ずっと目にしたかった笑顔だ。

歓喜と達成感が胸に満ちる。そしてすぐに罪悪感が噴き出した。激情とすら呼べる感情の爆発に、喉から噴き出したものは言葉にならなかった。泣き喚く幼女のように、意味のない叫び声をあげて、固く繋がっていた手を振りほどいた。

その笑顔を見上げながら、アキちゃんの胸へと飛び込もうとした。

体が動きを止めた。アキちゃんの笑顔を見つめながら、全身が自分のものではない呼吸で揺れていることに気が付いた。息切れした声が耳元でささやいた。

「この、馬鹿。待てって、言ってんのに、先走りやがって」

「ネズ？　何するの。離してよ！」

私にがっちりと抱き着いたネズは力を緩めない。それでも全力でもがく。

「ごめんね、アキちゃん。だけど、もう」

「アキちゃん？　一葉にはアキちゃんが見えてんのか」

「当たり前でしょ。アキちゃんを迎えに来たんだから」

「そんな高さに、アキちゃんの顔があるのか」

その言葉に、自分が首の筋を張りながら、トンネルの天井を見上げていることに気が付いた。闇の中に浮かぶアキちゃんの顔が、困ったように微笑んだ。

横にいる南雲親子を見る。彼らも同じように、天井近くを見上げながら、死んだはずの歌奏さんへと何かを呟き続けている。違和感が、罪悪感とせめぎ合う。

「だけど、アキちゃんが」

そう言いかけた私を強引に背後へと引き込んで、ネズが叫んだ。

「うおおおおおおおおお」

なんとも滑稽な叫び声だった。芝居じみた雰囲気があって迫力に欠ける。ネズは何かを取り出して振り撒いた。その間に叫び声は間延びして、迫力はさらに失われていく。ネズが振り撒いて、流されたものが足にまとわりついた。摘まみ上げて懐中電灯で照らす。ぎっしりと文字が書かれたお札だ。今朝渡されたものとは、違う気がする。

ネズはポケットから取り出したお札をばら撒き終えて、それでもまだ叫び声をあげている。威嚇、なんだろうか。だけどネズにはアキちゃんの姿は見えていないようで、明後日の方を向いているから完全に空振っている。間抜けとしか言いようのない姿だ。だけど、その姿から必死さが伝わってきた。ネズは、危険を顧みずに私を守ろうとしてくれている。

私を信じてくれて、見えもしない何かと戦おうとしている。

本当に、いつだって、私は馬鹿だ。私はまた間違えた。こんなふうに、必死になって守ろうとしてくれる人がいるのに、私が「かわいそうな人」なわけないじゃないか。

ネズが、叫ぶのを止めた。というよりも声がかれたようだ。肩で息をしながら、大股でこちらへ駆けた勢いで私を担ぎ上げようとした。

「オラ、逃げるぞ。なんかやべえんだろ、ここは」

南雲親子を見ると、ネズの大騒ぎに呆気にとられたのか、唖然とした顔でこちらを見ていた。そんな伸一さんの肩を掴んでネズがまた叫ぶ。

「あんたもだ。親父なんだから、娘を担いで逃げんだよ。さすがに俺ぁ三人も担げねえぞ」

仲一さんも奏音ちゃんも、ネズの言葉を完全に理解できていない様子だ。

私は担ぎ上げようとするネズの腕からすり抜けて、できるだけ落ち着いて声をかける。

「もう大丈夫。アキちゃんは、こんなところにいない」

ネズが必死の形相のまま、私を捕まえようとした手を引いた。私はネズへ微笑んだ。

「ありがとう。ネズには本当に感謝してる」

「お、おう」と微妙な反応をしているネズの横を抜けて、私は再びそれを見上げた。

何故、私はアキちゃんと見間違えたんだろう。懐中電灯に照らされたのは、巨大な、髪の長い裸の女の姿だ。体を折り曲げ、体育座りをするような姿勢であるにもかかわらず、頭が天井を擦（こす）っている。泣き女たちの中でも一際大きい個体のようだ。

私は泣き女を見上げた。その顔はアキちゃんに似てすらいない。

「ねえ、あなたはなんで孤独な人を呪うの？」

返事があるとは思えない。それでも言葉以外の何かを得られると、不思議と確信できた。

「だけどね、あなたはいなくなった人の代わりにはなれないの」

泣き女はじっと私を見下ろしていた。突然、瞳（ひとみ）にすら刺激を感じる強烈な悪臭が押し寄せた。むせ返る私の目の前で、彼女の体に異変が生じる。

ぐずぐずと、彼女の体が紫に変色していく。さらに紫から黒へ。止まらぬ変化の中、悪臭はその強さを増していく。思わず鼻口を覆う。吐き気を堪えながら、その場に蹲（うずくま）りそうになる。だけど天井からの視線を感じて、私は彼女の顔を見上げた。

左の眼孔には瞳はなく、巨大な百足が這い出している。黒く変色した頬からは肉が溶け落ち、穴が空いていた。右の瞳は濁ってはいるものの、しっかりと私を見つめていた。彼女が葉のない老木のような、長く筋張った腕を私のほうへと伸ばした。手のひらを天井に向けて、指を開く。その一本一本が見る間に黒ずみ、溶けだして落ちていく。

それでも伸ばされた腕は私へ向けられたままだ。まるで、何かを乞(こ)うように。

「もしかして、助けてほしいの？」

ありえない。多くの人を死に追いやった化け物のくせに。そんな泣き女が助けてほしいだなんて。だけど彼女の様子に、それ以外の考えは浮かばない。

泣き女の口が溶け出して、顎(あご)が落ちかける。もう閉められそうにもない口腔(こうこう)から、いつも雨空に響いていた慟哭が力なく漏れた。それが意味のある返答なのかもわからない。

しばらくの沈黙の中、私は泣き女と見つめ合っていた。ずるりと、彼女の体が背後へと下がっていく。腐り落ち蟲(むし)が這い廻(まわ)る巨体が、トンネルの闇の奥へと消えていく。

私は答えのない問いかけの中に、何か通じるものを感じていた。だから、私は二階の窓でそうしていたように、彼女へ別れの言葉を告げる。

「バイバイ、またね」

ネズの大暴れか、私と泣き女の対話か、何の効果があったかはわからないが、奏音ちゃんも伸一さんも正気を取り戻していた。私たちは言葉少なにトンネルの外へと向かう。

体は冷え切って、疲れ果てていた。そんな呆然とした頭に、ふと疑問が湧いた。

「そういえば、なんでこの場所がわかったの？」

「なんだ、忘れてたのか。前に一葉のスマホを位置情報がわかるよう設定しただろ。あれでざっくりと場所がわかったんだ」

「ああ、そういえばそんな設定したんだっけ」

「それで捜し回ってたら、川ん中に光るもの見つけてな。慌てて拾い上げてみたら、お前のスマホじゃねえか。じゃあきっとこのトンネルだろうって」

「つまりネズの用心深さに救われたわけか」

「俺じゃねえよ」

「え？」

「俺はGPSを使うなんて思いつきもしなかったし、伝手と金を使って全国各地の除霊だの魔よけだのの品を買い集めるなんてこともできなかった。今日のことだって、いなくなったお前をどう捜すか、指示してもらったからなんとか間に合ったんだ」

「ええ？　だけど」

「結局、あの人は誰よりもお前のこと心配していたんだよ。だけどああ見えて以外と見栄っぱりでな。絶対に自分が協力していることを言うなって、口止めまでしてたんだぜ」

真面目な顔でそう話していたネズが、トンネルの出口を見て、堪えきれずに笑い出した。

多分私たちと同じようにぬめる川底で転んだのだろう。いつもの高級スーツはびしょ濡れで泥だらけ。息を切らしながら張りつめていた必死の形相が、私の姿を見つけて、みるみる安堵に緩んでいく。その様子をネズは大声で茶化した。

「結局よぉ、全部台無しじゃねえか」

竹谷さんのなんとも気恥ずかしそうなはにかみ顔に、私も思わず笑ってしまった。


それからは大変だった。夜中の水路で七転八倒したせいで、皆大いに体調を崩した。私は四日程寝込んだ後に、ようやく奏音ちゃんと行きつけのカフェで再会していた。

「それであんな目にあったわけだけど、何か収穫はあったの？」

五日ぶりに会った奏音ちゃんは顔色がいい。目元に刻み込まれていた隈も薄くなり、表情も躁状態とは違う、自然な明るさに満ちている。

「うん。すごく重要なことがわかったんだと思う」

奏音ちゃんがミルクティーを飲みながら、片手で制止する。

「説明はしなくていいから。正直、あたしはあのときのことも、あの悪夢のことも思い出したくない。だからあんたたちがお母さんを捜して、おかしなものを探しているってことだけわかっていればいい。とてもその手の話で力になれるとは思えないしね」

「じゃあ今日も本当は会いたくなかったんじゃないの。無理してない？」

「そんなことはないよ。呪いや悪霊はうんざりだけど、あんたたちがあたしたちを助けてくれたことは事実だし、感謝してるもん。それにあたしは、一葉のことを、恩人で、友達だとは思ってる。それじゃ駄目?」

恥ずかしそうにそう言った奏音ちゃんに、私は笑みで応じる。

「それで、例の悪夢についてはどう?」

「まだ眠剤に頼っているし、夢は悪夢ばっかり。それでも、もうあの子に呼ばれるような夢はみないし、眠れるようになったよ。父さんも最近は酒の量も少なくなっているみたい。だけど、なんであたしたちは助かったのか、まだよくわかってないんだけど」

私はあのときのことを思い出す。正直、ネズがやってきて大暴れするまでのことはよく覚えていない。ただひどく悲しい気持ちで水路を歩いていたことだけは覚えている。

「多分泣き女は、孤独な人間に影響を与える呪いなんだと思う。奏音ちゃん親子は、歌奏さんを失って、その現実に向き合えなくなって孤独に陥った。そしてあの悪夢を見るようになった。だからあのトンネルで、何か心境の変化があったんじゃないのかな」

奏音ちゃんの表情が、一瞬暗く曇った。だけどすぐにはにかんでから言う。

「父さんはあたしと同じように歌奏に会いに行った。だけど、それだけじゃなかったんだ」

「どういうこと?」

「歌奏だと思っていたあの泣き女に、必死にお願いしてたんだ。俺は連れて行ってもいい。だけど奏音は勘弁してくれって。あんなんだったけど、それでも私のことを娘として、救おうとしてくれていた。だからあのとき、父さんに一緒に帰ろうって言えたんだ」

　少しだけ言葉を詰まらせてから、奏音ちゃんが言う。

「とはいえあたしは歌奏のことで頭いっぱいだったからね。ネズさんが大立ち回りしてくれなくちゃ、呟き声を気にする余裕なんてなかったよ。改めてお礼を言っておいて」

　そういって奏音ちゃんは席を立った。

「もう行っちゃうの？　ネズもこれから来るのに」

「これから父さんとね、お墓参りに行くんだ。私たちもいい加減、歌奏と母さんに向き合わなくちゃいけないから。だから今日はこれで帰るよ。だけどもしオカルト以外のことで助けが必要ならなんでも言ってね。化粧のやり方とか、おしゃれな店を知りたいとか」

「はは、しばらくはそういうのはいいかな」

　苦笑いする私にはにかんでから、奏音ちゃんは明るい顔のまま店を後にした。

　ネズとの約束の時間までには少しある。ネズのことだからどうせ遅刻するだろう。

　南雲家の事件で、私には一つだけ疑問点があった。あの日、私と奏音ちゃんと伸一さんは、同時に泣き女の呪いの影響下にあった。悪夢を見て、道を辿り、罪悪感に蝕まれて危険な目にあった。それまでの一週間はそんな悪夢を見ることもなかったのに。

　ただ孤独な人間を呪うだけならばいつだっていいはずだ。あのとき、三人同時にそれが起こらなくてはならない理由があったんじゃないか。

コンコン、と喫茶店のガラス窓が叩かれた。ネズだ。珍しく時間通りにやってきたのか。そんな当たり前のことに驚いた私に、自慢げなネズは入り口へと回っていく。

カフェの窓から見えるのは、商店街の大通りだ。時刻は昼過ぎの二時で、爽やかな日差しが降り注いでいる。予報では明日から天気が崩れると言っていた。今年の秋も雨が多くなるそうだ。

瞬間、私の中で何かが弾けたような感覚に襲われた。席を立ち、驚くネズの横を通りすぎて店の外へ出る。雲一つない空の青を見上げる。

「オイコラ、無銭飲食ってのは犯罪なんだぞ。払ってやらねえこともねえから戻ってこい」

背後からのネズの声を無視して呟く。

「雨だ」

「ああ？　めちゃくちゃいい天気じゃねえか」

「違う。雨がきっかけなんだ」

ひかりちゃんちで子守りをしたときも、老人たちが殺し合った朝も、そして悪夢に導かれた夜も、雨が降っていた。

青い空にゴロゴロと嫌な音が響いた。北の空を見上げると、霊山のほうには黒い雲が立ち上っている。薄っすらと彼女たちの気配を感じた。黒雲が雨以上に不吉な何かを運んでくるんじゃないか。そんな胸にまとわりつく嫌な予感を、振り払うことができなかった。

第四話

泣き女が目の前に立っている。いつも雨空の下で慟哭している彼女たちの一人が、じっと私を見下ろしている。長い髪の隙間から向けられる視線を見つめ返す。

「どうかしたの？」

彼女を見上げる私は、無邪気に質問した。答えの代わりに、風が彼女の髪をなびかせた。

悲しそうに笑うその顔は、アキちゃんの顔だった。アキちゃんの顔面が雨風にさらされて、水を吹き付けられた粘土のように溶けて崩れていく。

ああ、駄目。やめて。お願い。

背の高い泣き女の顔に手は届かない。ただ溶けていくアキちゃんの足元へ縋りながら、肉と雨粒の混ざり合った飛沫を浴びる。

懐かしい匂いが腐りきった異臭へと変わる。喉から溢れる悲鳴が獣のように醜く響く。

声もなく跳び起きた。荒くなっていた呼吸に、今観た光景が夢だと気づいた。

時刻は朝七時を少し過ぎた頃で、どれくらい眠ったのかはわからない。確か昨日は奏音ちゃんの事件以来、新しく見つけた泣き女へ会いに行って、家に帰ったのは日付の変わる少し前だった。それから溜まっていた資料に目を通していたのだけど、途中で寝てしまったようだ。枕元には新聞記事のコピーが散らばっていた。

重たい体を引きずりながら部屋を出ると、強烈な痛みが頭の芯を締め上げた。気配を感じて、廊下の窓のカーテンを開けた。

私を待っていたかのように、泣き女たちが一斉にこちらを向く。窓を覗きこむように二体と、遠景の中にいる泣き女たちまで、こちらに気が付いたように体を向けた気がした。

「おはよう、バンシーちゃん」

季節は秋へ移り変わっていた。今年の秋は雨が多く、一部地域では記録的な降水量らしい。峰の宮でも晴天の日は数えるほどだ。

とりあえず温かいシャワーを浴びる。浴室を出て体を拭きながら、洗面台の前に立つ。自分の姿を見て、乾いた笑いが出た。あばら骨が浮き上がった痩せた体。顔には悪夢に追い詰められていた頃の奏音ちゃんに劣らない程の隈が、くっきりと刻み込まれている。

重たい体を支えるように、洗面台に手をついて、鏡の中の自分を睨みつける。

「がんばれ。がんばれ。がんばれ」

瞬間、今朝の悪夢のように、顔がどろりと溶け出したような気がした。咄嗟に顔を触る。もちろん変化はない。だけど自分の内側から腐った臭いがただよった気がして、喉の奥から苦い物が込み上げる。それをどうにか飲み下し、喉を焼かれる感覚を必死に耐える。

しばらく洗面所で呆然としてから、パンを焼いて、ココアと一緒に二階へと運ぶ。廊下の椅子に座って、街を眺めながらパンを口の中へと詰め込む。パンをココアで流し込んで、窓の向こうからこちらを覗き込む泣き女の一体と見つめ合う。

「昨日ね、あなたたちの一人と会ったよ。あれはあなたのお友達？」

当たり前のように声を掛けても、当たり前に返答はない。

「すごく痩せていて、ボロボロに皮膚が剝がれていた。かわいそうな子だった。ねえ、そろそろ教えてよ。私は、あなたたちをどうしたらいいのかな」

「一葉？」

声のほうへ向くと、ネズが立っていた。悲壮感ただようその顔に微笑む。

「何その顔。昨日はおつかれさま。だけど家に上がるときはチャイムくらい鳴らしてよ」

「鳴らしたよ、三回も。気が付かなかったのか。なあ、誰と喋ってたんだ」

ネズには見えていない彼女を指差す。

「バンシーちゃん。この子はよくウチの窓を覗きにくるんだ」

「庭に集まる小鳥みたいに紹介されてもなあ」

「それでどうしたの。こんな朝早くから」

「連絡見てないのか。ママが風邪で店を開けられないってさ。だから報告会は延期だ」

「じゃあなんでウチに来たの。別に連絡だけくれればいいでしょ」

「一葉、報告会がなくなって、今日は何するつもりだ？」

「とりあえず図書館に行って、松前さんに資料を借りて確認しようかな」

「だからだよ」

ネズが少し強い語調で言った。眉間に皺を寄せている。

「お前、ひどい顔してんぞ。今日一日だけでも休んだらどうだ」

「資料の確認くらいなら、体力使わないから大丈夫だよ」

「だけど、お前なあ」

「お願い、ネズ。私は走り切りたいの」

ネズが大きくため息をついて、私の隣の椅子へと乱暴に腰を下ろした。

「で。今、目の前にいる泣き女はどんな顔してるんだ？」

いきなり問われて、じっと窓から覗き込む彼女の顔を見つめ返す。

「ぼさぼさの髪で、痩せていて、背が高い。顔はよく見えないけれど、口元は美人っぽい」

「泣き女ってのは、一人一人見分けがつくのか」

「もちろん。みんな同じような姿だけど、ひとりひとり体つきや行動には個性がある」

窓の外の泣き女を指差す。

「この子は昔から私の近くにくるの。幼稚園の頃、初めて声を掛けたのもこの子。一方でずっと遠い街の隙間を歩きまわっていて、私に興味一つなさそうな子もいる」

「泣き女もそれぞれってことか。人間と同じだな」

ネズは見えていないはずの泣き女に手を振って挨拶している。その様子を眺めながら、私は残りの朝食をココアで流しこんだ。部屋に置いてあった私のスマホと、ネズのスマホが同時に鳴ったのは、食事を飲み込んだ直後のことだった。


『もしよかったら、ウチの会社に来てくれないか？』

竹谷さんからのメッセージは、ウルスラの代わりの場所を提供するという内容だった。

その日の夕方、私とネズは丸竹商事の本社ビルを並んで見上げていた。

十階建てくらいはある。この田舎町では十分高層ビルと呼べる高さだ。

「なんともまあ、立派な会社じゃねえか。ちゃんと社長だったんだな、あの人」

「そりゃそうでしょ。マルタケはこの街じゃ有名なんだから」

といいながらも私も実はネズと同じ感想を抱いていた。

「それにしても、竹谷さんに会うのも久しぶりだよね」

「連絡は取ってたけどな。奏音の一件以来、忙しそうにしていたから」

「相手は社長様だもんねえ」

正面口から中に入る。こちらから挨拶するより早く、受付の女性から名前を呼ばれた。

「こんにちは。鈴野日様とお連れ様ですね。竹谷のスケジュールが遅れておりまして、少々お待ちいただいてもよろしいでしょうか」

女性の案内で、私たちは応接室へと通された。

持ってきた資料を広げながらネズと話していると、十分足らずで竹谷さんが顔を出した。

「いやいや、すまないね。打ち合わせがどうにも長引いてしまって」

「こちらこそ、お忙しいのにすみません」

机の上いっぱいに広げられた地図を見つめて、竹谷さんがぎょっとした。

「そりゃ峰の宮の地図かい。文字や印でぎっしりだ」

「正確には峰の宮の地図に、河川図を書きこんで、さらにこれまでの泣き女の出現位置と、関連ありそうな火災、孤独死なんかの死亡者の位置を書きこんだものです」

改めて見ると、峰の宮はやはり水の街なのだと再認識する。霊山から流れる潤郷川を主流として支流が広がり、その支流が用水路として各地を巡っている。

地図をまじまじと見つめていた竹谷さんが椅子に座った。

「本題の前に、一葉さんは大丈夫なのかい。どうみても体調が悪そうな様子だけど」

毎日ネズから尋ねられている質問だ。心配はありがたいけれど、少々面倒な気分だ。

「大丈夫ですよ。問題ないですから」

「ネズくん？」

「一応、今日の報告の前に休ませたよ。しっかり報告するなら、少しでも頭を休めなくちゃダメだって説得してね。薬を飲ませて二、三時間くらいは寝かせた」

「十分な休息が取れた、というわけではなさそうだ」

ネズは渋面でそれに答える。私は少し語気を強めて言う。

「本当に大丈夫ですよ。安心してください」

竹谷さんは不承不承といった様子だ。私は強引に承諾と受け取って、報告を始める。

「それじゃあ昨日の話から。奏音ちゃんの一件から、松前さんにSNSアカウントで、この街で耳にする怪しげな話についての相談受付をお願いしていたんです。奏音ちゃんにも協力してもらって、話を広めてもらいました。そうしたら気になる話があったんです」

「事故で妻と娘を失くした家庭から、何故か一家団欒（だんらん）しているかのように賑（にぎ）わう声がするって噂だね。そこまでは連絡を見たよ。それで、その後進展があったんだってね」

「はい。その当事者のご両親から直接連絡があったんです。横井（よこい）さんという老夫婦で、その息子涼介（りょうすけ）さんが例の一家団欒の旦那（だんな）さんでした。ご両親が心配していても、話すらしてくれない。それで、藁（わら）をもつかむ思いでの相談だったそうです」

ネズが横から口を挟む。

「結果、大当たり。昨日、そのご両親と一緒に涼介さんの家にお邪魔したんだ。合鍵（あいかぎ）で家に入ったら、玄関開けた瞬間ものすごく臭くて。家中から酸っぱい臭いがするんだよ。

その時点で異常だと思って、皆で家に駆けこんだ。そうしたら何を見たと思う？」

勿体ぶるネズに竹谷さんが眉をひそめる。

「涼介さんが、台所のテーブルに座っていた。だけどテーブルには三人分の夕食が並んでいて、しかもご丁寧にその一つは離乳食だった。だけどそこにいるのは涼介さんたった一人。それなのに、楽しそうに何かと喋っているんだ」

割り込んできたネズを睨みながら、割り込み返す。

「異臭の原因は、食卓の周りに捨てられた、何日前のものかもわからない残飯の山でした。息をするのもつらい腐臭に満ちた食卓で、涼介さんは笑っていたんです」

「そしてそこには泣き女もいた、と」

確信めいた竹谷さんの言葉に、私は頷いた。

「涼介さんの家族が座るはずの席に、彼女は座っていました。痩せた、なんていうには生易しく感じるような、骨と皮だけの泣き女は、私に気が付いてじっとこちらを見つめていました。私は彼女に横井さんはあなたの家族じゃないって伝えて。そうしたら」

脳裏に、あのときの泣き女の姿がフラッシュバックする。

痩せ細った体から、燃えるように皮膚が剝がれて、薄っすらと残っていた肉も風化してボロボロになって崩れていく。そして文字通り骨の浮き出た彼女のくぼんだ頰から、風が吹き抜けるような慟哭が溢れて、両方の目玉が、見えない手に抉りだされるように落ちて。

「一葉さん？」

竹谷さんの声に、呆然としていたことに気が付いた。心配の言葉の先手を取って言う。

「大丈夫です。それで、彼女は消えてしまいました。そうしたら、涼介さんへの影響はなくなったようでしたけど、家族を失った記憶も混乱しているようで泣いていました。ネズと同じくらいの歳なのに、子供みたいに。全身で取り乱しながら」

「それで、その涼介さんはどうしたんだい？」

「ご両親が慰めながら、連れて帰りました。暫くは実家で静養してもらうそうです」

救いのない結末に、応接室全体の空気が重くなった。そんな中、ネズが地図を指差した。

「で、だな。その涼介さんちがあったのが、ここなんだよ」

潤郷川の支流から引かれる用水路のすぐ横だ。竹谷さんがじっくりと地図を見下ろす。

答えを言うまでもなく、言いたいことは伝わっていた。

「川、か」

地図に貼り付けられた付箋たちは、どれも河川図に沿っているのだから一目瞭然だ。

「例の奏音ちゃんの事件の後、私はこれまでの事件の共通点に気が付きました。泣き女の呪いが発生しているときには、いつも雨が降っていた。もちろん昨日も雨でしたよね。そしてこれまでのどの現場も、河川や用水路が近くにあったことに気が付いたんです」

ひかりちゃんと湊くんが住んでいたアパートの裏には用水路が。スナック唯歌の裏手にも排水路が。奏音ちゃんの屋敷のすぐ近くには貯水池に連なる水路があった。

地図上の河川図は赤いペンで書きこまれているので、血にまみれた手にこの街全体が握りしめられているようにすら見える。

「初めは雨の日に起きた孤独死や怪死の記事を追って、地図に記録していたら気が付いたんです。だけど昨日の一件で確信が持てました。泣き女の怪異は河川の近くで発生している。そして雨が降ると活性化して、彼女たちが現れる」

竹谷さんが呟(つぶや)いた。

「まさしく川に捧(ささ)げられた、じゅうらきさんの呪いか」

私は言葉にせずに同意する。そう、あまりにも合致するのだ。

もし松前さんから聞いた話のとおり、じゅうらきさんが、不本意に治水の生け贄(にえ)として捧げられた女性たちの伝説だとするならば、そんな彼女たちが自分たちの犠牲の上に、のうのうと暮らす人々に呪いを振りまいているという道理も理解できなくはない。

「恐らく、アキちゃんも同じようにこの街を取り巻く呪いと、その法則に気が付いたと思うんです。だけどそれに気づいて、何処へ行ってしまったのか」

調査は完全に行き詰まっていた。いつからかはわからないけれどこの街には、泣き女が現れて呪いを振りまいている。出現条件や、標的の傾向は調査の結果わかってきた。

だけど、私たちの目的はアキちゃんの行方だ。泣き女がそれに大きく関係していることは間違っていないと思う。それでも、それは答えではないのだ。

重苦しい空気の中、ネズが口を開いた。

「だけどさ、なんかおかしくねえか。なんでこの街は呪われてんだ？」

ネズが何を言っているのかわからなかった。それは竹谷さんも同じらしい。

「だから、じゅうらきさんの呪いだって。話聞いてた？」

「違ぇよ。なんでこの街だけ呪われてんだって話だよ。じゃあ他の土地には生け贄の伝説はないのか。別に生け贄じゃなくても、戦争とか時代の変わり目とか、恐ろしいことがあった場所なんていくらでもあるだろ。じゃあなんでそんな土地では何もなくて、この峰の宮だけこんなことになってんだよ」

反論できる理屈がなくて、私は言葉を詰まらせた。竹谷さんが落ち着いた声で言う。

「そういう土地でも僕らが知らないだけで、見える人には見えていたのかもしれない。じゅうらきさんについても、僕らだって全てを把握したわけじゃないだろ」

「じゃあなんで一葉とアキちゃんにだけ泣き女が見えるんだ。アキちゃんは元々この土地の人間ですらないんだぜ」

「それもわからないよ。単純に波長のようなものが合っているのかもしれない。とにかく一葉さんを通して目に見えぬ怪異を追っているのだから、違和感があるのは当たり前さ」

諭されるような言い方に、ネズは不服そうに黙り込む。竹谷さんは、続けて言う。

「度重なる調査で、泣き女はこの土地に由来する呪いだとわかった。もう十分じゃないか」

　私ははっきりと、うんざりな思いを顔に浮かべた。

「またその話ですか。嫌です。私は調査を止めませんよ」

　竹谷さんがこの話から降りたとしても、私は最後までやり遂げるつもりだ。

「泣き女と接触しても、もう問題はないらしいからね。ならばまだもう少し大丈夫なのかと、僕も考えていた。だけど、今日一葉さんの顔を見て確信したよ。君はもう限界だ。学校にもいかずに、寝る間も惜しんで資料を読み漁る生活は続けられない」

「続けて見せます。ネズだって手伝ってくれていますし、まだやれます」

　ネズは何も言ってくれない。ただ難しい顔をして、眉間に皺を寄せていた。

「体調だけの問題じゃないんだ。君はもう一つの答えに辿り着けるはずだ。それなのに、無意識的にその答えを避け続けている」

「おい」

　隣から響いた声に驚いた。ネズだとは思えないほどに、怒りに満ちた声だったからだ。

「ネズくん。君もその可能性に気付いているはずだ。これまでの怪異と、泣き女の法則から考えるなら、その可能性が一番ありうるものだ」

「うるせえな。黙れ」

「君は、人生には無謀でも走り続けなくてはならない時がある。以前そう言っていたね。だが走り続けた先にゴールがないとわかったとしたら、君はどうする？」

「黙れって、言ってんだろうが！」

机を跨いで、ネズは竹谷さんの胸倉を摑んだ。

困惑する私には、何故ネズがここまで怒っているかわからない。

「昨日、横井さんという男性を君たちは呪いから解放した。だが、彼は何故呪われた？」

胸倉を摑んだネズの手が震えている。

「あのスナックの老人たちを思い出してくれ。彼らに歌声が聞こえたのは何故だ？」

「黙らねえと」

怒りに震えるネズの声と、言葉を止めない竹谷さん。どうしたらいいのかわからない。

「じゅうらきさんの呪いは強力だ。思い出してみてくれ。一葉さんがもし一人で調査していたのならば、命を落としていた可能性は高かったはずだ」

ネズが胸倉をさらに強く締め上げる。すると今度は竹谷さんがネズの胸倉を摑み返した。

「僕が、平然とこんな話をしていると思っているのか。男としての、情けなさと無念を呑み込んで、冷静に話そうとしていることがわからないのか。君には、わからないのか！」

竹谷さんも立ち上がり、嚙みつかんばかりの形相でネズを睨みつけている。

二人がこんなにむきになる理由は一つしかない。さっきから竹谷さんが誰について話しているのか、ようやく理解できた。

「アキちゃんが、孤独だった？」

「ふざけんなよ。アキちゃんには一葉がいただろう。あんただって……俺だって！」

「人生を通して互いに理解しあった親友が無残な死を迎えて、秋穂さんがどれほどの衝撃を受けたか、完全に理解できると言い切れるのか。秋穂さんには、秋穂さんだけの絶望があったかもしれないじゃないか」

竹谷さんの怒りに満ちた顔が力を失い、最後の言葉は消え入るようだった。

「アキちゃんが、孤独」

反芻するように呟いた。この街で、孤独な者がどんな目にあってきたか、誰よりも私は知っている。

頭が痛い。頭の芯を捩じ上げるような痛みに、思わず蹲る。痛みの中、今朝の夢が再び脳裏によぎった。腐臭が喉の奥から湧き上がる。今度は耐えられずに、絨毯に嘔吐した。

ネズが竹谷さんを罵倒する声が聞こえる。そして私を心配する声。だけど返事ができない。頭が破裂するような感覚に襲われて、視界が真っ暗になった。

目の前には白い天井。周りを見渡すと清潔感のある部屋のベッドに寝ていた。すぐにここが病院だと思い当たる。壁の時計を見ると、夜九時を回っていた。竹谷さんとの約束は、夕方の五時だったから三時間以上も眠っていたのか。

ベッドのすぐ隣に、竹谷さんがパイプ椅子に腰かけていた。腕を組んでうつむいている。

「竹谷さん？」

私の声に、竹谷さんは飛び起きた。そのまま身を乗り出すようにしながら尋ねる。

「一葉さん。どうだい、調子は。覚えているかい？　応接室でいきなり倒れたんだ」

頷く私を見つめる竹谷さんの口元には赤い傷があった。あの応接室の顚末を思い出す。心配の言葉をあげる竹谷さんを遮って、私は尋ねる。

「それって、ネズがやったんですか」

竹谷さんは、口元を押さえながら頷いた。

「あのとき、もっと選べる言葉があったのかもしれないね。いや、どんな言葉を使っても同じか。君とネズくんの心を踏みにじらずに、あんな話はできるわけがない」

意識を失う前のことを思い出す。私は、竹谷さんにどんな顔をするべきなのかわからない。未だ消えぬ鈍い頭痛が、どうするべきか、考えさせてくれない。

「ネズくんは、待合所にいると思う。この狭い部屋に二人で待っているのも気まずいからね。交代で様子を見ていたんだ。僕の番で目が覚めてくれたのは、ラッキーだった」

談笑のつもりのようだけれど、私の胸には重苦しいものがあって、なんとも答えようがない。そんな気まずさを感じ取ったのか、竹谷さんは咳払いをして、語調を変えた。

「それでも、僕の言ったことは間違っていないと思う」

追い打ちをかけるようなその言葉に、思わず目を剝いた。私としては精いっぱいの怒りの表明だ。それでも、竹谷さんは不愉快さの欠片もない、真摯な瞳で見つめ返していた。

「今病院にいること自体が、その証明だよ。どう考えても君はもう限界だ」

「わかっています。だけど」

「ところでね、僕は社長なんだ」

「……そんなことは、知っていますけど？」

いきなり何を言っているんだ。そんな困惑顔を見て、竹谷さんが噴き出すように笑った。

「会社関係以外にも祖父の代から受け継いだ不動産をいくつも持っている。その中の一つなんだが、神奈川の別荘地に一軒家を持っているんだ。悪くない場所だよ。別荘地だけどネットも繋がっているし、宅配サービスにも不便はない。一葉さん、そこに引っ越してみないか」

私のさらなる困惑を予想していたようで、竹谷さんは滑らかに説明を始める。

「今回の泣き女とそれにまつわる怪異は、じゅうらきさんと呼ばれる伝説に関わるものだ。君のその頭痛は、泣き女の声が原因なんだろう。ならこの土地を離れれば、逃れることができるんじゃないか」

「だけど、それじゃあ」

「あんな話はしたけれどね。僕だって秋穂さんの無事は信じたいんだ。ただ可能性としての話をして、君に冷静になってほしかったんだ。だから僕だって捜索をやめるわけじゃない。ネズくんも協力してくれるだろう。もちろん警察だって何もしていないわけじゃないはずだ。何にせよ、君は一度止まらなくちゃいけない。恐ろしい可能性を無視して、猪突猛進を続けるだけじゃ駄目だ。今は休んで、冷静にならなくちゃいけないよ」

　現に倒れて病床に臥せっている私には、何も言い返せない。

「転居の費用は僕が負担しよう。一葉さんは好きなように生活してくれればいい」

「そんな。そこまでしてもらうわけには」

　竹谷さんが、布団から出ていた手を、両の手で優しく握った。

「僕にとって秋穂さんは特別な人だ。一葉さんとの出会い方は、そんな秋穂さんの失踪という不本意な形だった。こんなことを言うのは、不謹慎かもしれないけれども、秋穂さんを捜すこの数ヶ月、心配ごとも多かったけれど君との日々が楽しくもあったんだ」

　こんな竹谷さんを見るのは初めてだった。立派な社長さんが、気品ある中年男性が、顔を赤くして、次の言葉をあれかこれかと選んでいる。

「僕は仕事ばかりで歳を食ってきた男だからね。家族もいないし、結婚もしたことがない。ただもし娘がいたのなら、こんな感じだったかも知れないって思ったんだ」

　握っていた手をぱっと放した竹谷さんは、空気を変えるように、明るい声で言う。

「一旦この土地と、泣き女から離れてみれば体調もよくなるだろう。それから今後のことを考えればいい。何にせよ、全ては体調を整えてからだ」

　そう言いながら竹谷さんは立ち上がった。

「そろそろネズくんに、一葉さんが起きたことを伝えてくるよ」

　部屋を出ようとする竹谷さんに、声をかける。

「竹谷さん。本当に、ありがとうございます」

「僕は、何があっても君を見捨てない。そのことを忘れないでくれ」

　竹谷さんは笑顔を残して、病室を後にした。

　私は父親というものを知らない。我が鈴野日家はアキちゃんと私の二人きりで、生活の中へ、入れ替わるゲストのように彼氏たちが入ってくる。そんな生活を続けてきたから、父親というものは概念として知っていても、本当の意味で理解できることはないだろう。

　奇妙な感覚だった。だけど、不快ではなかった。ふわふわと思考を遊ばせながら、天井を眺めていると、遠慮がちに扉が開いた。珍しく気落ちした様子のネズが、顔を覗かせる。

「調子はどうだ」

「まだ頭は痛いけど、大丈夫だよ」

　竹谷さんが座っていたパイプ椅子に、今度はネズが座る。

「今日は悪かったな。取り乱しちまって」

気を失う前の怒りは嘘だったかのように、意気消沈した様子だ。

「結局、竹谷の旦那の言う通りだった。俺の役割は一葉が走り切れるようにすることだったのに、一葉がぶっ倒れるまでそのままにしちまった。俺ぁ駄目なヤツだ」

肩を落とすネズなんて珍しい。私は慌てて言う。

「そんなことないよ。ネズのおかげで、ここまでやってこれたんだから」

「だけど、ごめんなあ」

ネズの顔を見てぎょっとした。泣いている。号泣だ。うっとうしく長い金髪の下で、いつもにやけているその顔が、萎れに萎れて、目じりからぽろぽろと涙を零している。

「走らせてやりたかったんだよ。だけど、一葉が倒れたとき、すげえビビっちまってよお」

そう言いながらネズはベッドの脇に置いてあったティッシュに手を伸ばして、大袈裟な音を立てて洟をかんだ。涙も拭いた。だけどまだまだ涙は溢れて、すぐに顔面はぐちゃぐちゃになる。私を心配してくれてのことなんだから、真面目に受け止めるべきなんだろうけど、ネズが子供のように泣き続けるから、思わず苦笑してしまう。

「だから大丈夫だって。そんなに泣かないでよ」

「ごめんなあ」

次のティッシュを何枚も摑みながら謝罪するネズの顔には、涙でもろくなったティッシュが千切れて引っ付いている。それでも全力で号泣して、全力で謝罪するネズの顔は、本当に失礼だとは思うのだけど、滑稽にしか思えなくて、私は笑いを堪えきれない。

「本当に馬鹿なんだから。大丈夫だよ。私はネズのことは大好きだから。私には兄弟はいないけれど、お兄ちゃんみたいに思っている。とても父親みたいには思えないけどね」

泣きまくっていたネズが驚いたように一瞬動きを止めた。と思っていたらさっきよりも激しく号泣する。唸るような泣き声を上げながら抱き着いてくる。

「ちょっと、それは勘弁してよ」

それでも、うおんうおんと泣きながら強引に抱き寄せるので、私の頭にはぼたぼたと涙が落ちる。仕方ないから、我慢しながらその背中をさすってあげる。

「まったく。本当に仕方ないなあ」

言葉にならない泣き声で、何かを喋っているらしいネズに、釘を刺すように言う。

「だけど、五年前のことは別だから。まだ許していないからね」

ぴたり、とネズが動きを止めてゆっくりと体を離す。

「この際だから聞いておきたいんだけど。あのときお金盗んで姿を消したのはなんで？」

ネズの涙が完全に止まった。わかりやすいくらいに目を逸らしている。

「これまでの調査に全力で協力してくれているのは、五年前の罪滅ぼしだってこともわかってる。だけど、結局何があったのか教えてくれないと、許したくても許せないでしょ」

「それは言えないんだ。男の約束ってヤツでな」

「約束？　つまり誰かのためにいなくなったってこと？」

またわざとらしく目を逸らしている。それで誤魔化し切れるとでも思っているのか。とはいえ私としても、感謝しているネズに、それ以上を追及するつもりもなかった。

「いつか絶対、聞かせてもらうからね」

そう言って、起こしていた体を再びベッドに沈める。気を失ってから驚くほどに体から力が抜けていた。張り詰めていたものが、ぷつりと切れてしまったようだ。

その理由はわかっていた。もしかして、と思っていたことを言い当てられてしまったからだ。その可能性を考えることすら禁忌として、頭の奥底に沈め続けていたものを掘り返されたからだ。布団に潜り込むようにしながら、ネズに尋ねる。

「ねえ、ネズ。もう一つ聞きたいんだけど」

洟をすする音がして、すぐに返事があった。

「なんだよ」

「アキちゃんは、死んじゃったのかなあ」

答えはなかった。私は布団の中に潜り込んで、声を押し殺しながら泣いた。

いつまでも止まらないように思えた涙が、布団の中に落ちていく。アキちゃんとの思い出と、悪夢が暗闇に浮かんでは消えて、果てには泣き女たちの叫び声までが遠くから聞こえてきた。そこには恐怖はなく、ただ微睡む私の意識と暗闇が混ざり合って、ゆっくりと温かく、底に向かって落ちていく。

私の疲労は私が思っていたよりもひどいものだったらしく、翌日には病院から家に帰ったものの、頭痛とだるさでまともに動くこともできずに寝込んでしまった。

それからネズと竹谷さんは代わる代わる見舞いに来てくれて、さらには病み上がりのママまでやってきてくれて、食事や身の回りの世話をしてくれた。

当の私は何も考える余裕がなかった。リビングに散らばった資料には目も向けず、竹谷さんの会社に持参した地図は丸めたまま。頭は麻痺(まひ)したように思考が回らない。

家の窓は一つたりとも開けていない。それでも天気はずっと雨だとわかっていた。泣き女たちの慟哭(どうこく)が、窓の向こうから家全体に響いているからだ。その叫び声は日に日に強くなっていて、発作的に頭がひどく痛み、立ち上がることすら難しいときもあった。とても調査なんてしていられない、ひどい有様だった。

だから竹谷さんが提案した引っ越しの件をネズに話したときも、ネズは何も言わずに受け入れてくれた。それは私が最悪の結末を受け入れようとしているということなのに。

街を離れることに暗澹(あんたん)とした思いがないわけではない。だけどそれ以上に疲れていた。どこにいても響き続ける泣き女の慟哭から、少しでも逃れたかった。

私は退院からわずか数日後、資料も、地図もそのままに、着替えと必需品だけを支度して、引っ越しに備えていた。

玄関のチャイムが鳴った。それと同時に「おーい、一葉ぁ」とネズの声がする。チャャイムを鳴らしたのなら、それだけでいいのに。苦笑いしながら、トランクを持って部屋を出る。

やはり今日も雨だった。二階の窓の向こうからは、泣き女の声が響いている。カーテンを閉めているのにはっきりと届くその叫び声は、激しく、ひどく悲し気だ。

毎日のようにやってくるあの子が、きっと今日もそこにいる。カーテンを開けようと伸ばした手を、ぎゅっと握りしめた。

「ごめんね」

届いているかどうかもわからない言葉を残して、私は一階へ降りる。私へと向けられた慟哭が、猶(なお)の事激しくなった気がして、強い罪悪感を抱いて耳を塞(ふさ)ぎたくなる。

「おお、どうだ、体調は」

ネズがリビングに立っていた。ホワイトボードに丸めたままだったはずの地図を貼って、それを眺めながら何かを考えこんでいた。チャイムを聞いてすぐに降りてきたつもりだったけれど、思っていたより時間をかけてしまったようだ。

「待たせてごめん。体調は、まあ、いつもよりはましかな」

嘘だ。先ほどのあの子の声を聞いて、また痛みが重く、鋭く、頭を締め上げている。だけど心配させたくなくて、私は笑顔を崩さない。

「そうか。どうも今日は天気が荒れるらしいぞ。日を遅らせてもいいからな」

「ううん、大丈夫。それよりどうしたの。また地図を広げて」

「ちょっと気になることがあってな」

真面目な雰囲気のネズだったが、すぐにいつもの笑顔に戻った。

「さ。行こうぜ。俺、別荘って行くの初めてだよ。楽しみだよなあ」

「地図を見て、何を考えていたの？」

わざとらしい浮かれ具合を無視した私へ、ネズは気の進まない表情で零す。

「これから新天地に向かうんだ。一旦こっちの話は置いておこうぜ」

「ネズ。何が気になるの」

しつこい私へ、渋々とネズは言う。

「たいしたことじゃねえよ。ただなんでまだ呪いが続いているのか、納得できてねえんだ」

「じゅうらきさんの呪い、じゃ駄目なの」

「竹谷さんの会社でも言っただろ。こう言っちゃ身も蓋もねぇが、悲惨な死が重なっている土地なんて、世の中にいくらでもあるだろ。なのになんで峰の宮だけが、こんなことになってるんだ。なんか違和感あるんだよな」

ネズが再びこちらへ向いた。笑顔の端には、心配そうな憂いが滲んでいる。

「まあ気にしないでくれ。勝手に調べて、それから報告するよ」

「うん、よろしく」

ネズの顔から憂いを消したくて、私も努めて明るい笑顔を返した。

そうだ。私は一旦休まないと。一度泣き女たちから離れないと。そうするべきだとはわかっているのに、そう考えるほどに思考は彼女たちに囚われていく。

雨空に響く慟哭が。これまで目にした泣き女たちの姿が。呪いとしてのそのおぞましい姿が。瞬くように脳裏に浮かび、不意にそして一斉に、私へと振り向いた気がした。

「あ」

地図へと向いて、付箋をなぞりながら思い出す。そして確信する。

「あの泣き女たちは、みんな死んでいたんだ」

ネズは眉をひそめてこちらを見ていた。

「そりゃそうだろ。あんな呪いは、生きた人間の仕業じゃあねえだろうな」

「違うよ。これを見て」

付箋の一つを指差す。

『ひかりちゃんち　おままごと　燃える泣き女』

「数ヶ月前の話なのに、随分と懐かしく感じるな」

「そういう話じゃなくて。ほら」

私は次々と付箋を指差していく。

『スナック唯歌　歌声　宙を泳ぐ泣き女』

『奏音ちゃんち　悪夢　腐り落ちる泣き女』

「それに、この間の」

『横井さんち　一家団欒(だんらん)　白骨化泣き女』

どれも雨の日に出会った、河川もしくは用水路の近くの泣き女についてのメモだ。

「どの子もみんな、初めて目にしたときは外を徘徊(はいかい)する泣き女と同じような姿だったのに、私の目の前で、死んでいく姿を見せていた。ひかりちゃんちの泣き女は焼死。奏音ちゃんちは病死か、怪我をしてどこかで腐るまで放置された？　横井さんちでは、痩(や)せこけて骨が見えていたから、餓死かな」

「唯歌は？　歌いながら死ぬ姿ってなんだよ」

「歌は分からない。けれど、あれは宙を泳いでいた」

「泳いでいた……溺死(できし)か」

そして私は思い出した。そして大きな失敗に気付いた。

「奏音ちゃんの事件で泣き女と会ったとき、私、彼女が助けを求めているように感じたの。だけどその後、雨と泣き女の法則に気が付いて。その記録を追う過程で、雨だけじゃなくて川が関連しているってことにも気が付いて。それがじゅうらきさんの伝説にあまりにも共通するから、そういうものだと思い込んでいたんだ」

「ええと、つまりどういうことなんだ？」

そんなことは普通に考えればありえない。だけど、そうとしか思えない。

「なんでまだ峰の宮で呪いが続いているのか、わかったと思う」

それは、考えうる中でも最悪の答えだ。

「まだ終わっていない。今もまだ捧げられている人間がいるんだ」

ネズは私を見つめたまま、ぽかんと口を開いていた。私は地図を睨みつける。市内全域を流れる川が呪いの経路ならば。走りかけた思考を中断させるように、ネズは大声で言う。

「オイ、冗談だろ。この現代に、生け贄文化が絶賛開催中だって言うのか」

「とにかくこの街では、まだ何かのために殺されている人たちがいる。だから呪いが止まらない。もしかしたらじゅうらきさんや、生け贄にされてきた人たちの思いと混ざり合って、より強力にこの土地に根差しているのかもしれない。そう考えれば、この街が未だここまで強烈に呪われている現状にも納得がいくでしょ」

「道理は通るかもしれねえけど、納得まではできねえよ」

ネズは地図を見つめていた。真剣な横顔がぽつりと呟く。

「この街で、殺人が？」

まだ信じきれない思いがあるようだ。当然だろう。我ながらあまりにも現実離れした話を口にしている。すぐに呑み込めるわけがない。

そのときだった。先ほどまでとは違う、泣き女たちの慟哭が聞こえた。脳を締め上げるあの叫び声でありながら、そうではない。何が違うのか。思考が、声となる。

「呼んでる」

私は置いてあったトランクを蹴飛ばして、二階へと駆けあがった。驚いたネズの呼び止める声も聴かずに、ただ真っすぐに廊下を走り、閉ざしていた窓のカーテンを開けた。

そこには泣き女たちがいた。いつもよりも多く、何人もの泣き女たちが私のほうを向いていた。何かを訴えるように叫んでいた。私は勢いのままに窓を開ける。

冷たい秋の嵐が吹き込んで、雨粒と共に私へと慟哭(どうこく)が降り注ぐ。不思議と頭を締め付ける痛みは感じない。

窓の外にいた、毎朝私に会いに来てくれる泣き女がこちらを見つめていた。彼女は開いた窓のこちら側へ、手を伸ばした。何かを乞(こ)うように、手のひらを空へと向けながら。

「ごめんね。今まで気が付かなくて」

私とアキちゃんだけの遠景からの、初めての反応だった。枯れ枝のような手を取ろうと、窓から身を乗り出して手を伸ばす。指が触れ合うその刹那(せつな)、私の体が背後へと引き戻された。いつも座っていた椅子へと背を叩(たた)きつけられる。

「馬鹿野郎、身投げするつもりか!」

ネズからの怒号を浴びながらも、それでも私は窓の外を見た。泣き女の手がゆっくりと窓から離れていく。

皆どこかへ行ってしまう。再び彼女たちの叫び声が荒れる空へと響き渡った。

「やっぱり呼んでいるんだ」

私は何か言いたげなネズの腕から逃れて、再び一階へと駆け下りる。

あのときと同じだ。唯歌へと導かれた、老人たちが殺し合いながら焼かれて死んだ、あの日と同じ感覚だ。だけど、あのときは明確にその場所に予想がついた。

じゃあ今、泣き女たちはどこへ私を導こうとしている？

再び戻ったリビングで、食い入るように地図を見つめる。どこだ。一体どこなんだ。

「おい、もう訳が分からねえぞ。一体どうなってるんだ」

「やっとアキちゃんに追いついたんだよ」

「ああ？」

「泣き女を調べ続けたアキちゃんも、その最悪の由来に辿りついた。だから泣き女たちはアキちゃんを導いたんだ。きっと今の私みたいに」

「今の私みたいにって。まだ理解できねえんだけど」

「後で説明するから、今は一緒に考えて。あの泣き女は未だ明らかにされていない殺人の結果生まれた呪いならば、そんな彼女たちは何を求める？　何をして助けてほしい？」

ネズがその長髪を掻きむしりながら、それでも言葉を呑み込んで、地図の前の床に胡坐をかいて座り込んだ。私と真剣な眼差しを並べて、思考を巡らせてくれている。

「もし誰にも知られずに殺された女たちの怨念だとしたら、そりゃやっぱり自分たちのことを見つけてほしいんじゃないのか。ほら、なんかの昔話か映画であっただろ。供養されていない死体やら骨やらを見つけて、成仏させてあげるみたいな」

「彼女たちの亡骸を？　だけど泣き女たちは私が知っているだけでも、二十人近くいるんだよ。そんな大量の遺体がどこかに放置されているものかな」

「例えば、霊山にある樹海のどこかに埋めるとか。後は山のどこかにある廃井戸の中に放り込むとか。案外人間の死体なんて、人目のつかない所に埋めるなり捨てるなりしちまえば、わからねえもんじゃねえかな」

「そんなこと言われたら、見当もつかないじゃない」

「だからいつか奏音が言っていたことに、倣おうじゃねえか」

「奏音ちゃん？」

「相談を受けたとき、あいつが言ってただろ。わからないことは仕方ないから、わかることから埋めていこうって。やや投げやりな方法論だとは思うけどよ、今はそういうやり方がハマるんじゃねえのか」

　奏音ちゃんのお願い「私のことも子守りして」を思い出す。いたって真面目ながらも、後々考えればなかなかに情けなかったあのお願いは、結果的には功を奏した。

「つまり、今ある情報から逆説的に推測しようってことね。わかっているのは、峰の宮で、河川とその支流、用水路に至るまで、水に沿って呪いが伝搬しているってこと」

「その呪いが一葉の言う通り、多くの女性の死を原因としているなら、じゅうらきさんと同じように川に関係する場所に亡骸もあるんじゃないか」

「それぞれの支流に捧げた、とか」

「いや、もし本当に泣き女が二十人近い女の死から発生してんなら、わざわざ死体をばらけさせるリスクを取らねえだろ。流石に田舎の山奥でも、人目につく可能性は高くなる。一葉が生まれた頃から泣き女は見えていたんだろ。そんな長期間、人を殺している奴がいるなら、そんな危ねえ橋は渡んねえって」

「じゃあ、亡骸は一か所にある？」

「その可能性は高いだろうなあ。それにそう考えりゃ場所は絞れるんじゃないか」

疑問の声を上げるより早く、ネズは地図を指差した。

「俺たちがこの泣き女の呪いが、じゅうらきさんって土着のものだと考えたのは、じゅうらきさんを祀る本山門寺以南、つまり潤郷川から支流が分かれる箇所から市内全域に呪いが広がっているからだっただろ。逆にここから呪いが流れ出ているってことは、間違いないんじゃないか。その理由が違うだけでよ」

確かにそうだ。必死に調べたそれらしき死亡記事の付箋は、街の北部にある本山門寺から南へ降り注ぐように、市内全域へと広がっている。そこでおかしなことに気が付いた。

「あれ。だけど、ここでは何もなかったみたいだね」

私は本山門寺のすぐ南の地区を指差した。確か以前、ネズと車で本山門寺へ向かう際に通った場所だ。

「確か田んぼばっかりで、小さな集落がいくつかあるような場所だったよな」

「私たち、一応手分けして地元紙の死亡欄とか、事件欄から怪しいものを抽出して、この地図に貼り付けていたよね。私が倒れるまでで、どれくらい調べたっけ」

「だいたい一年分と少しくらいだったかな」

雨の日に起きた、孤独死、怪死、焼死。それらしい記事を片っ端から調べたから、全てが泣き女に関係しているわけではないと思う。だけど下流域における高密度の付箋のメモ書きと、この地区の空白には違和感がある。

「もしかして、この場所で？」

「それは無理だろ。人口密度が低くても、田舎だから顔見知りだらけだぞ。それだけ地元の繋がりも強いだろうし、ああいう場所じゃあ近所に不審なことがありゃすぐに噂になる」

「じゃあここは？」

言及する地区からさらに南部、潤郷川が支流と分かれる僅かなスペースを指差した。地図には何も表記はない。一見すると空白地のようだ。

「一応ここも同じ地区の括りだけど、集落からは外れているよね」

「ここら辺は、そのさらに南側の集落まで森だった気がするけれど」

「その森の中に入る道も、あったような」

その空白地から、潤郷川を、そしてそれぞれの支流を指でなぞる。

「ここなら条件は完璧だよ。きっとここに何かがある」

予感というよりも確かな何かが、ここだと私に告げていた。

「ちょっと待て。まさか今からここに行くつもりか」

「うん。引っ越しは延期で。車なら三十分か、四十分くらいかな。とにかくすぐに」

ネズが勢いよく立ち上がった。

「その泣き女の呪いの原因を生んだやつが、そこにいるかもしれないんだぞ」

ここまでの推測から当たり前にわかることが、私の頭からは抜け落ちていたらしい。

「どうしよう。警察に連絡する？」

「泣き女の呪いから説明するのか。それともここに死体があるはずだから、調べてくださいって？　そこにいるのがどんな奴でも、まず俺たちの方が先に聴取されるな」

「だけど別に殴り込みにいくわけじゃないんだから、大丈夫じゃないかな」

「うーん？」

「お願い、ネズ。きっとアキちゃんもここに向かったはず。そこに行けば、きっと答えが見つかるはずなの。これが終わったら、すぐに引っ越しするから。これが最後のお願い」

考え込んだネズが、大きく息を吸って、長すぎると思う程に息を吐いた。顔を上げると、そこには苦々しくも、何かを懐かしむような笑顔があった。

「なんか最近の一葉を見てると、アキちゃんを思い出すよ。いつもそんな無茶を言って、強引に俺を付き合わせるんだ。一葉はアキちゃんにそっくりだ」

「はあ。アキちゃんに似ているなんて、初めて言われた」

いつだって「似てないね」と言われるのが常だっただけに、思わず変な声が出てしまった。ネズは気を取り直すように手を打って、軽快な音を鳴らした。

「よし。じゃあその場所へ行こう。ただしその場所に何があるか確かめるだけ。何か異変があればすぐに逃げる。いいな？」

もちろん異論はない。頷（うなず）く私を見て、ネズはポケットから車の鍵（かぎ）を取り出した。


記憶の通り、本山門寺へ向かう道中の山道には、意識しなければ見過ごしてしまいそうな脇道があった。引っ越しの為にネズが借りてくれたセダンが、舗装のされていない石くれと砂利の荒道を進んでいく。

「このまま森の中で、道が途切れるってのは勘弁してくれよ」

「ううん、大丈夫。泣き女たちの声が聞こえる」

窓を閉めた車の中でもわかるくらいに、彼女たちの声は響いていた。山林の隙間から、視線も感じる。直感的に、ここが正解だと告げられているのだとわかっていた。

「そういや竹谷さんには連絡したんだろ」

「うん、返信はなかったけれど」

「なら最悪俺たちが行方不明になっても、最後の足取りはわかるわけだ」

「やめてよ、縁起でもない」

嵐の上に山林に左右を挟まれた道は、夕刻を過ぎたような薄暗さに包まれている。それでも、泣き女たちの声に導かれながら車は進む。森が左右に開いていく。

ヘッドライトに照らされた先には大きな屋敷があった。右手には川が流れている。きっとあれは潤郷川の本流なのだろう。川は嵐で水かさを増して、轟々と荒れていた。門は開いている。忙しなく振れるワイパーの隙間から見えるのは、雨水で歪んだ光景でしかない。人がいるかどうかはわからないし、その気配を探ることもできない。

「さて、どうするか。俺は道を間違えたふりして、一旦帰るべきだと思うぞ。一葉？」

ネズの提案は聞こえていたけれど、私は返事ができない。この場所についてから、泣き女たちの叫び声が一層激しくなっている。山林の隙間から、荒れる川辺から、泣き女たちの気配と視線を感じる。彼女たちからの圧が、私の頭へ引き絞るような痛みを与えてくる。先ほどまでは消えていたはずの痛みに、耐えられず窓を開けて朝食を吐き出した。

「おい、一葉！　ああ、もういわんこっちゃない」

ネズが車を急発進させようとすると、開けた窓とは反対側の窓が、コンコンと叩かれた。驚きの表情を向けた先で、傘を差した竹谷さんが心配そうにこちらを覗き込んでいた。

「連絡をくれていたなんて、気が付かなかったよ。しばらく通知音を消していたんだ」

ネズに肩を借りて、屋敷に入り畳の上へとへたり込んだ。虚ろなまま会話を聞く。

「しかし竹谷さん。連絡を見てなかったなら、なんでこんなとこにいるんだ？」

「実はこの間、地図を見せてもらったときに違和感があったんだ。本山門寺の真南にあるこの集落には、何故か呪いらしき死亡記録は残っていない。ならこの近くに何かあるんじゃないかと思って、調べていたんだ」

「俺達が必死に考えた答えに、とっくに辿り着いていたわけか。そりゃさすがだけどよ、それなら声かけてくれてもいいんじゃねえか」

「そんなこと伝えたら一葉さんはまた無茶するだろ。それにネズくん、君は嘘が下手だ。僕としてはすぐに引っ越して欲しかったんだけど、こんなことになっているとは」

「面目ねえなあ。一葉が何かを掴んだみたいで、これが最後だって言うもんだから」

「本当に残念だよ。まあ来てしまったものはしょうがない。確か奥の押し入れに布団が入っていたはずだ。多少黴臭くてもないよりはマシだろう。手伝ってくれるかい」

「押し入れに布団だ？　なんでそんなこと知ってんだよ」

「ここはうちの屋敷だよ。とはいえ今は誰も住んでいない祖父の代のものだけどね」

「地元の名士様はいろんなものを持ってんねえ。だけど俺と一葉の考えじゃあ、この場所には何かやべえもんがあるんじゃねえかってことなんだけど。なんか心当たりは？」

「実はこの道の奥にも、今は使われていない空き家が何軒かある。それを調べてみようとしていたんだ。そうしたら不審な車がやってきて、誰かと思っていたら窓から一葉さんが飛び出しているじゃないか。本当に驚いたよ」

二人は何かを喋りながら、廊下の奥へと遠ざかっていく。

二人が屋敷の奥に消えてからしばらくの間、泣き女たちの慟哭が未だ私の頭を揺らし続けていた。導かれた場所にやってきたのに、どうしてまだそんな声をあげるのだろう。

「一葉さん。立てるかい」

心配そうな顔でこちらを見下ろす竹谷さんを、虚ろな視線で見上げる。

「休める場所を用意したから。少し頑張れるかな？」

頷いた私は、肩を借りながら屋敷の中を歩く。廊下も古く、どの電灯も光が頼りない。

「ほら、こっちだよ」

言われるがままに、階段を降りていく。

降りていく？　地下へ向かってるの？　頭が痛くて疑問を言葉にできない。足を踏み外しそうになりながら、どうにか降りきった階段の先にあった扉を開く。

薄暗い部屋の真ん中にあった大きなソファに座らされる。背後からガチャリ、と重々しい金属音がした。何の音か気になって緩慢な動きで振り向くと、入ってきた扉に錠が掛けられていた。

何で鍵なんか。そう問おうとした私の手を、竹谷さんが掴んで何かを取り付けた。銀色の輪っかだ。そして鎖で繋がるもう一輪をソファのひじ掛けへと取り付ける。

手慣れたその動きに、私はそれが何なのか理解するまで数秒かかった。さらに何故自分の腕に手錠が取り付けられているのか、全く理解できずに呆けた声をあげる。

「ええ？」

竹谷さんは部屋の隅にあったスイッチを押した。壁際にあった椅子をソファの前に持ってきて、ゆっくりと腰を下ろした。古い電灯が何回か点滅してから薄暗い部屋を照らす。

照らされたのはコンクリートむき出しの部屋だ。揺れる電灯の下で悲しそうに笑う竹谷さん。そしてその背後には、床に転がるネズの背中。右手が私と同じように手錠でパイプへと繋がれていた。私は痛みを忘れて叫ぶ。

「ネズ！　ねぇネズ、何があったの？」

ネズも、竹谷さんも微動だにしない。ネズのジャンパーには、赤い物が広がっている。

「少し抵抗されて、乱暴な手段を取らざるを得なかったんだ。ネズくんのことは、僕も嫌いじゃない。こんなやり方は本当に不本意だよ。最低な気分だ」

何故竹谷さんの本当に残念そうなその顔に、嘘は感じない。

竹谷さんがネズを襲い、私を拘束したのか。頭を締め上げる痛みが、慟哭の残響が、はっきりと答えを告げていた。

「嘘だ。嘘だ。嘘だって言ってよ」

涙が溢れ歪む視界の中で、竹谷さんが感情を噛み殺すような顔で言う。

「話をしよう。今、僕たちにできることはそれが全てだ」

激しい頭痛に耐えながら、泣き女たちが伝えたかった答えを、竹谷さんを睨みつける。

「選ぶのは君だよ、一葉さん。話すか。もっと手早く事を済ませるか」

いつの間にか竹谷さんは右手に何かを持っていた。揺れる電灯に照らされたその輝きが、それが刃物であり、ネズを傷つけたであろう凶器だと教えてくれた。

「お願いします。ネズを、手当てしてください。ネズを殺さないで」

竹谷さんは再びにっこりと笑って、ナイフを折りたたみポケットへとしまった。

「君は優しい子だからね。きっとそう言うと思っていた。大丈夫、何か所か刺したけれど、動脈は避けてある。ネズくんが気絶しているのは殴打したせいだよ。派手に動かなければ、すぐに死ぬことはない。もちろん、僕がこれから何もしなければ、だけどね」

ネズは人質ってわけだ。私だって手錠で動けないのに。入念な準備に白旗をあげる。

「一体、何を話したいんですか」

「人の価値について」

明確に、正気を疑う視線を向ける。

「血まみれのネズの前で、哲学談議をしたいんですか」

「そうだよ。まさにその通り。君と人生に関わる哲学を語り合いたいんだ」

何にせよ、私には選択肢なんてない。黙り込む私に、竹谷さんが語り始める。

「一葉さん。価値のある人生とは、どういうものだと思う?」

私は反射的に浮かんだ言葉を返す。

「家族や大事な人と一緒に、幸せになること?」

竹谷さんが笑った。少女の無邪気さを愛でるようなその笑顔に、不愉快な気分になる。

「では独り身の人間は皆価値のない人生を送っているのかい。旧世代的な家庭的幸福論や、運命に導かれた片割れを手に入れられなかった人生に、価値はないのかい？」

「それは、そんなことはないと思います」

「うん。僕もそう思う。そうではないと確信している。僕は人生を如何に消費できたか、それが人生の価値を決定づけるのだと考えている。人であれ、金であれ、地位であれ、信仰であれ、得ようとしたものが何であるかは当人の自由さ。ただ自分が真に求めるものへと突き進むことができたか。それが肝要なのだと思う。たとえそれが道半ばに頓挫したとしても、その軌跡には意味を見出せるんじゃないかな」

竹谷さんは、真剣な顔でまっすぐに私を見つめた。

「考えるに、人は皆人生という言葉に囚われているんだよ。人生なんてものは、一人の人間に許されている時間的資源の言い換えにしか過ぎない。それなのに多くの人間は、こうであれば幸せな人生だ、こうでなければ不幸せな人生だなんて、誰かが作り上げた形骸化した幸せらしきものに資源を浪費して、本当に手に入れるべきものを指の隙間から零している。すべて手遅れになってから彼らは気付くんだ。本当に手に入れたかったものと、言われるがままに手に入れた『幸せな人生』との差異にね」

竹谷さんは、これまで見たこともないほどに饒舌で、子供っぽくすら見えた。声だけ聴いていたのなら、きっと私が信頼するあの竹谷さんの言葉だと信じられなかっただろう。

「僕はそんな人間を憎むよ。資源の分配は決して平等ではない。それでも己自身を見つめ直すこともなく、日々の享楽だけを求め、他者に言われるままに変化のない日常に沈みながら不平を口にする。そんな人間ならば薪（まき）にでもしてしまったほうが、世の中のためになると確信している」

「薪？」

言っている意味がわからなかった。私の顔を見て、竹谷さんは優しく笑う。

「少し難しかったかな。じゃあ初めから説明しよう。僕の家は昔からこの峰の宮に根を張る地主の一族なんだ。僕の先代である父はろくでなしで、計画性のない事業の失敗を繰り返してね。祖父は借金を肩代わりする条件に、まともな後継者を求めた。つまり父は金が払えないという理由で、僕を祖父へ売り払ったんだ。小学校に上がる頃の話さ」

幼い日を思いながら、遠い目をして竹谷さんは続ける。

「祖父は厳しい人だったよ。そんな祖父からいろいろなことを教え込まれたんだ」

竹谷さんが、指を立ててくるりと回す。

「この地下室で、勉学や礼儀、土地の歴史から、我が一族の偉業まで、完璧（かんぺき）に身に付けるまでは出してもらえなかったし、覚えられるまで鞭（むち）で打たれたよ。祖父は言っていたよ。ただ生きるのならば、野を這（は）う獣にすらできる。人間なれば何かに尽くさなくてはならないってね」

竹谷さんはにこやかに天井を見上げていた。

「幼くても自分が売られたことは理解していたからね。そんな自分自身の価値に疑問を抱いていたんだ。だから考えた。自分はどうあるべきか。人生で一体何をなすべきなのか。この部屋で悩みに悩んだ末に、とうとう僕は使命を見出した。父がこの地に迷惑をかけ続けたのだから、息子である僕は愛すべきこの地に身を捧げよう。そう考えたんだ。それからは祖父の厳しい教育にも、感謝すらしていたよ」

これまで上機嫌に語っていた竹谷さんが、肩を落とした。

「だけど僕が十八の頃だ。自分で言うのもなんだけど、成績は優秀でね。東京の、名の知れた大学へと進学した。だけどね、そこで愕然としたよ。峰の宮という小さな世界で生きてきた僕にとって、世界はあまりにも広く、くだらないもので満ちていた」

眉が怒り、微笑んでいた表情が硬くなる。

「僕には理解できなかったんだ。何に尽くすでもなく、目的のために努力をするわけでもない。そんな人間が声高らかに、自堕落を誇るように生きているんだ。彼らがただ今全てを、享楽に懸けているならまだ理解できただろう。だけど違った。未来へと漠然と無責任な期待だけをして、ただ無秩序に、人生を浪費することを誇っていたんだ」

震える拳を握りながら、竹谷さんは私へと微笑む。

「わかるかい。人生に価値すら求めないどころか、意味すら考えない人間が、僕と同じ空気を吸い、あまつさえ同じ権利を得ている。それは繁華街に立つ売人や売女だけの話じゃない。多額の学費を必要とする大学内にすら、そんな人間はいくらでもいた。無価値な人間が、他者が生み出した価値を浪費している。そしてそんな邪悪に気づいているのは、僕だけだったんだ」

竹谷さんは左手で、開いては閉じてを繰り返していた。

「初めてのときは、この手を使ったんだ」

総毛だつような感覚に、全身が凍り付いた。

「きっかけは同学生の『お前は堅物だから、一度遊んでみればいいんだ』という提案だった。あの頃は僕も若くてね。自分の考えを啓蒙できると思っていたんだ。だが自分が主張するならば、相手の意見も勘案しなければフェアじゃないだろう。だから遊んだんだ。一九九九年九月四日。繁華街を歩いていたところに声をかけてきた三塚紗耶香という女だ。東京に出たいという手段が目的になった、そこから先を何も考えていない、僕の通う大学の名前だけですり寄ってきた女だったよ」

左手が細長い何かを握りつぶすような形になる。その先に女性の姿が見えた気がした。

「あのときは本当に若かったんだ。そんな女に、場末のラブホテルで君に聞かせたような話をしたんだ。人生の価値について。そのとき、その女はどう答えたと思う？」

問われても分かるはずはない。凍り付く私へ、燃えるような瞳を向けながら答えが続く。

「嘲笑ったんだ。真面目な秀才くんは大変だねってね。気が付けば、僕は女の首を絞めていたよ。気が付いても力を緩める気にはならなかった。だけどそれが大人しくなった後は、困ったよ。突発的で馬鹿な犯行だ。僕は酔った女を介抱するふりをして、車に乗せて地元へ帰ってきた。祖父が住む、この屋敷にね」

竹谷さんは大きくため息をついた。

「祖父は愕然としていたよ。だけど僕が殺した理由を述べると、それ以上何も言わなかった。ただその女の死体を運ばせて、どう処理するかを教えてくれたんだ。少し前に起きた猟奇殺人事件の手法を真似て、この部屋で女を解体して、外で燃やして、川に流したんだ」

そんな鬼畜の所業がここで。おぞましさに震えると同時に、気が付いた。

「流した？」

咀嚼（そしゃく）するように繰り返して、理解した。まるでじゅうらきさんの伝説をなぞるように、殺した女性を焼いて、灰にして、川へと流した。だからこの街は呪われた。街全域へ巡る支流へと、水路へと、彼女たちは広がっていったんだ。

ここにあったのは亡骸（なきがら）なんかじゃなかったんだ。この屋敷こそが、彼女たちが全てを失った場所なんだ。震える体を、抱きしめながら問う。

「抵抗はなかったんですか。そんな、人をそんなふうに」

「そりゃあ、もちろんあったさ。だけど、そんな僕に祖父が言ってくれたんだ。お前は無価値な命を消費した。ならばその命の分だけ価値のある人生を生きなくてはならない。まさに天啓だったよ。祖父は僕の怒りに、苦悩に、ぴったりと当てはまるピースを与えてくれたんだ。不思議と目の前で燃えて灰になる彼女に対して、清らかな気持ちすら湧いてきた。彼女はきっと、この力を僕に与えるために出会ってくれたと思えた。あれほど汚らわしいとすら思っていた彼女が、人生を導いてくれる天使にさえ思えたんだ」

敬虔な信者が教典を語るような、穏やかで誠実な表情だ。私の頭のほうがおかしくなって、まともな話を、邪悪なものへと聞き違えているのかとすら思ってしまう。

「それからはね、大学へ戻り必死に勉学に勤しんだよ。僕は彼女を消費した。ならば彼女の命以上の価値を、人生を懸けて作り上げなくてはならない。強迫観念のようなものとは違う、さらなる使命を授けられた気分だった。経営学部に所属していたけれど、成績は常にトップだったよ。当然さ。僕には彼女が、三塚さんがついていたんだ。多少優秀なだけの奴らに負けるわけがなかったんだよ」

竹谷さんは誇らしげにそう語った。しかしすぐにその表情は曇った。

「その後、大学を卒業して、故郷へと帰ってきたんだ。ちょうど僕の帰郷を待つように祖父が亡くなってね。後見人に師事する形で、丸竹商事へと入社した。当時、あの会社は祖父のワンマン経営で成り立っていてね。その祖父が病に臥してからは、資金繰りは散々なものだったよ。しかも会社の老人たちには危機感すらない。僕は必死になって会社を立て直そうとした。しかし所詮は大学を出たての若造だ。経験も知識も足りなかった。初めて祖父を恨んだよ。こんな厄介なものを押し付けやがってってね」

竹谷さんが大きくため息をついてから、苦笑いする。

「絶望が膨らむにつれて、胸に燃えるものが少しずつ小さくなっていると感じたんだ。風に吹き曝される蠟燭のように、すぐにでも火が消えてしまうんじゃないかという恐怖の中、それでも気力で火を燃やし続けていた。それでも限界が来て、気づいたんだ。これは燃料切れだ。清らかな力が、底を突きかけているんだってね」

わかっていた。それでも最悪としか思えない展開が予想できて、私は歯を食いしばる。

「君は燃え盛る彼女のことを、覚えているかい？」

燃え盛る彼女。ひかりちゃんの家で見た泣き女を思い出す。忘れるわけがない。

「彼女が二人目さ。坂上ふみ。出会いは二〇〇四年十一月八日。一昔前のギャルメイクに固執する痛々しい女で、都内の短大に通っていた中流家庭の一人娘だ。だけど両親からのプレッシャーが辛かったらしい。だから親から貰った教科書代も、生活費も、酒とドラッグに換えて夜の街を遊び歩いていたんだ」

鼻の奥に突き刺さるような人の焼ける異臭と共に、ひかりちゃんの家の廊下に立った泣き女を思い出す。あの子が伝えようとしていた死に様が、その凶手当人から語られる。

「祖父はもういなくなっていたからね。今度は一人で綿密に計画を立てて、起こりうる発覚の可能性を全て潰しながら実行した。変装して偽名を名乗りながら、在学時には縁もゆかりもなかった繁華街に繰り出して、探し当てたのが彼女だった。学業をおろそかにしている金持ちのボンボンという態度で、当時流行っていた合法ドラッグを手土産にしたら、驚くほど簡単に懐かれてね。少々拍子抜けするほどだったけれど、油断せずに彼女を誘ったんだ。親の持っている別荘がある。二人で遊びに行かないかってね」

「その人を、焼いたんですか」

竹谷さんは平然と答える。

「ああ、焼いたよ。僕は彼女という人間に価値を見出すことができなかった。だから試したんだ。もし、生命の危機に追い詰められたなら、彼女はこれまで二十年の間に培ってきた人生の中から、価値あるものを絞りだせるんじゃないか。火事場の馬鹿力ってやつさ。そう思って期待したんだけれどね」

気落ちした様子で、竹谷さんは言う。

「事の最中、僕はずっと彼女に尋ねていたんだ。君の人生の価値を教えてくれ。何かできることがあるのなら証明してくれってね。だけど彼女はひどいものだった。切られて、ドラム缶に詰め込まれて、ガソリンを浴びて、マッチの火が移るその直前まで、ひたすらに繰り返すんだ『助けてください』ってね。本当に彼女の人生には何もなかったんだ」

あー。あー。あー。助けてください。繰り返すあの声が蘇る。

「僕はね。これでもどんな人間にも価値はあると信じていたいんだよ。それこそ踏みつぶされた葡萄がワインを作るように、彼女たちも限界まで追い詰めれば、その価値を見せてくれると思ったんだ。だから彼女には心底がっかりしたよ」

彼女のあまりにも恐ろしく、あまりにも憐れな最期が鮮明に脳裏に浮かんだ。それを実行した目の前の男は、罪悪感なんて欠片も抱いていない。それどころか興が乗っているのだろう。さらに語る言葉は続く。

「それでもね、無価値な彼女の人生を、消費できたという実感を得ることができた。彼女の命を背負うことで、再び僕の中には力が宿った。とんでもない熱意が込み上げてきたよ。それから僕は知恵と知識を総動員して会社の再建に取り掛かった。休むこともなく働き続けて、それを成し遂げた。多くの社員の人生を救うことができたんだ。そして一段落ついたころに、僕は気が付いたんだ」

竹谷さんが、胸に手を当てて、私を真っすぐ見つめて、言った。

「僕は無価値な人生を、価値ある人生へと変換できる。誰もが唾棄し、見捨ててしまう無価値な彼女たちを、多くの人の利益へと消費することができる」

「一体、自分を何様だと思っているんですか」

我慢ができなかった。言葉を遮った私に、竹谷さんが眉をひそめた。

「そんなふうに人を残酷に殺しておいて、彼女たちを無価値だったと侮辱して。彼女たちの命を弄ぶような真似をして。自分は有益な存在だなんて。なんて傲慢なんですか」

竹谷さんから、すっと感情が消えた。少しの間、口も開かずに私をじっと見つめていた。そんな静かな表情から、平坦な声がした。

「僕は彼女たちを弄んでなんていない」

静かな怒号に全身が縮みあがる。ネズと言い争っていたときとは明らかに違う、これがこの人の、本当の怒りなんだ。逃げ出したくて、必死に手錠を抜こうと引っ張るけれど、抜けるわけもなく擦れた手首からは血が滲みだす。

それを見て竹谷さんから怒りが消えて、それどころか心配するように腕を摑んで止めた。

「君を傷つけるつもりはないんだ。ただしっかりと話を聞いてほしくて、こんな手荒な真似をとるしかなかったんだ。だから落ち着いてくれ」

ネズを傷つけて、こんな拘束をして、落ち着けるわけがないじゃないか。せめてもの想いを込めて睨みつける。竹谷さんは悲しそうに苦笑しながら、また椅子へと座った。

「だけど本当に誤解なんだ。初めは衝動が理由だったとはいえ、僕は彼女たちの人生を蔑ろにしているわけじゃない。僕が選んできた女たちは、皆孤独で、行き詰まっていた、人生から価値を生み出せない人間なんだ。僕はそんな彼女たちを苦しみから解放し、僕の人生の一部になってもらったんだよ。有益なものへと変わる糧になってもらったんだ」

「本気でそんな馬鹿なことを言っているんですか」

「二〇〇六年十一月十五日。猿渡美緒は、近くのスーパーでパートをしながら、夜はデリヘルのバイトをする二十四歳の女性だった。貧しい家庭の出でね。金を無心する両親から逃れるために、身を挺して金を稼ぎながら、自らの夢が花咲くことを夢見ていた。ただし悲劇だったのは、彼女自身が自慢の歌を歌い続けていても、それをいかにすれば富に繋がるか理解していなかったことだ」

突然女性の人生を語りはじめた竹谷さんは、本当に残念そうに肩を落としていた。

「彼女には世を疑う処世術が備わっていなかった。結局デビューを謳う詐欺事務所に多額の授業料を払って挙句に逃げられて、残された借金に喘ぎながら望まぬ仕事に身を捧げることになった。ここに連れてきたときは、趣向を凝らしてね。雨の日に井戸に落としたんだ。奥底で、骨の折れた彼女にこう言ったんだ。君の価値を証明してくれってね」

宙を泳ぎ歌う彼女を思い出した。何故彼女が老人たちの孤独を肯定してくれたのか、今なら理解できる気がした。

「水嵩の増し続ける井戸の中で、彼女は歌い続けていたよ。足が着かなくなっても必死にね。綺麗な歌声だった。だけど、それだけだった。心の動かない、どこにでもいるカラオケがうまい程度の女の子さ。だから彼女にはそのまま沈んでもらった。少しもったいない気もしたけれどね。死に際に心を震わせられないのなら、それが限界なんだろう」

「なんてことを」

優雅に宙を泳いでいた彼女を思い出す。あの抵抗できなくなるような綺麗な歌は、生き延びたいと必死に訴える悲鳴だったんだ。

「二〇〇七年に出会ったのは高篠奈々穂。彼女は過干渉な母親の許から逃げてきた、資産家の娘だったよ。育ちが良かったからだろうね、価値を問う僕へといろいろなものを見せてくれたよ。バレエのダンスに、歌、ピアノ。幅は広かったけど、どれも中途半端だった。彼女も自覚していたんだろう。最後のほうは全てを諦めて、両親を呼ぶだけになってしまった。僕も頑張って彼女を追い詰めたのだけれど、それでも駄目だった。虫に食われながら、最後は悲鳴もあげずに静かに死んでしまったよ」

トンネルの奥で、腐り落ちながら虫に食われていた泣き女を思い出す。

「二〇一一年には志田苑未という女性と出会った。彼女はいわゆるセックス依存症でね。肉体でしか人との関係性を構築できない、哀れな女だった。だから彼女にそれ以外の価値はないか試したんだ。この部屋で鎖に繋ぎ、最低限以下の食事だけを与えて、緩やかに飢えに追い込んだ。姿見を持ち込んでね、彼女が頼りにする肉が削ぎ落ちていく様を見てもらった。彼女に他の価値がないか、念入りに吟味している途中で彼女は死んだ。鏡に映る自分を否定するように、自ら両の目を抉って息絶えていたんだ」

横井さんの家で出会った、骨と皮だけの泣き女。彼女を思い出しながら、部屋を見渡した。剝き出しのコンクリートで作られたこの部屋には、どれだけの血が、悲鳴が、怨念が沁み込んでいるんだろう。笑顔で椅子に座る男に向かって吐き捨てる。

「化け物」

そう呼ばれて、残念そうにうなずいた。

「ああ、きっとそうなんだろう。僕は普通の人ならできない残酷を、平然と行える。だけどそれは快楽や狂信が理由じゃないんだ。僕は犠牲にした彼女たち一人一人のことは決して忘れていない。彼女たちの人生や、その最期は僕にとっては本当に大切なものなんだ」

姿勢を正して、続ける。

「だから僕は正しくあり続けなくてはならないんだ。僕は彼女たちに誓って、この街に尽くし続ける。多くの人を支えて、この街を発展させ続ける。いずれはこの街だけではなく、さらに多くの人の生活の礎を作りあげてみせる。普通の人間なら無理だろうけど、化け物であろうと僕ならばできる。数多の命を背負う僕には、それだけの力が宿っているからね」

「だから、人を殺し続けるんですか」

「ああ。僕は彼女たちのためにも、決して止まるわけにはいかないんだ」

竹谷さんは真摯な曇りのない瞳でそう言いきった。それほどまでに残虐に人を殺しながら、なんでそんな目で私を見つめられるんだ。

ああ、そうか。私は自分で口にしたじゃないか。目の前にいるのは化け物なんだ。理解できるわけもない殺人鬼なんだ。あの口から漏れる言葉に意味を求めるべきじゃない。

「じゃあ次は、秋穂さんについて話をしよう。僕は一葉さんに、嘘をついていたんだ」

閉じようとしていた思考が、その言葉に引きずりだされた。

「嘘? アキちゃんについて?」

「そう、すまないね。お察しの通り、秋穂さんもここに辿り着いたんだ」

そう言いながら、ポケットからスマホが取り出された。そのカバーには、二人きりの家族で撮ったプリクラが貼り付けられていた。最悪の確信が、脳裏で嵐のように荒れ狂う。

「うあああああ！」

裏切り者。殺人鬼め。絶対に許せない。絶叫する私へ、心配そうな視線が向けられる。

「あまり無茶をしないほうがいい。たとえ両手が使えたとしても君が僕を殺すなんて、とてもとても無理だ。落ち着いて聞いてくれ」

ここまで私がどんな思いでアキちゃんを捜していたのか、こいつは知っていたはずだ。なのに、なのに！

「誤解だ。僕は秋穂さんを殺すつもりなんてなかった。ただの正当防衛だよ」

「くだらない言い訳なんて聞きたくない」

「実はね、君が秋穂さんと喧嘩した翌日、彼女と一緒にいたんだ」

なんて嘘をつくんだ。ずっと追い求めていた答えを、ずっと一緒にいたこの男が知っていたなんて。悔しくて、涙が止まらない。

「あの日、僕の部屋で彼女が言ったんだ。実は昔、僕と会ったことがあるってね。僕は一回出会った人の顔も名前も全て憶えている性質でね。素直に記憶にないと答えたら、その当時は友達の名前を名乗っていたし、化粧が全く違ったから、覚えていないだろうって返されてね。ハナ。その名前を聞かされて思い出したんだ」

「ハナ。ハナちゃんのこと?」

「きっとそうなんだろうね。僕も思い出したよ。二〇〇五年十月四日、ただハナと名乗った女を糧にしようとした。だけど、その女がこの峰の宮に縁があると聞いて、一晩限りの関係で終わりにしたんだ。当時は若かったとはいえ、この街では顔を知られていた。変装しているとはいえ、事の途中で気が付かれたとしたら厄介だからね。だけどまさかそのとき取り逃がした女と、再会するなんて全くの予想外だったよ」

十八年前にアキちゃんが、竹谷さんに出会っていた。もちろん私にとっても初耳だ。

「とても驚いたよ。まさか過去がこんな形で追いついてくるとは思いもよらなかった。さて、どうしようかと考えていると、彼女はこれを僕へと突き出したんだ」

竹谷さんが懐から取り出したのは、布に包まれた包丁だった。

「これまた驚いたよ。いきなり刺されたわけだからね。ただ幸運なことに、秋穂さんはその手の事には全くの素人だったらしい。中途半端な力で、腰骨のあたりに刃があたって、突き刺さりもしなかった。それどころか、気の動転した僕へと、追い打ちすることすらできなかった。ただ『あなたがあの子たちを殺したから』とか『あの子たちはあなたを許さない』とか口走っていたよ。私見だけれどね、人を殺そうと思うのならば、初志貫徹することに全ては懸かっている。残念だけど、一刺ししたくらいで動揺するような人間なら、御するのはそう難しいことでもなかったよ」

唸り声を上げながら、手錠を引き抜こうとし続ける。広がる傷は皮すら捲れはじめ、ソファにはぬるついた鮮血が零れ続けている。竹谷さんが、その手を掴んで止めた。

「お願いだ。そんなことは止めてくれ」

「うるさい、この人殺し！」

その悲しそうな顔は、親切な竹谷さんの顔だ。女性を何人も拉致した殺人鬼と同一人物だなんて思いたくない。すぐにでも謝りたくなりそうな心配に満ちている。だけどそうじゃない。この男は、泣き女たちを、アキちゃんを。

私は腕を掴むその手に噛みついた。非力な私にできる精一杯の抵抗だった。髪の毛を掴んで引っぺがされる、殴りつけられてソファに倒される、そんな反撃を覚悟していた。だけど予想は裏切られた。噛みついた私の頬が、空いた左手で優しく撫でられたのだ。

「なんで」

見透かしたように、竹谷さんは言う。

「一葉、君にそんなことをしてほしくないんだ」

初めて私を呼び捨てにしたその瞳には、最悪なものが浮かんでいた。倒れて病院に運ばれたあの日、真っ赤に顔を染めて、恥ずかしそうな瞳に浮かべていた優しい光だ。

先ほど聞いた言葉を、頭の中で反芻する。

アキちゃんはハナちゃんの名前を騙って竹谷さんと関係を持った。

以前、アキちゃんから聞いた話を思い出す。

私の実の父親は、アキちゃんが遊び歩いていた頃の、名も知らぬ男だと。

思考が、頭の中で炸裂したような感覚に襲われた。

「君がここに辿り着かずに、街の外へ出ていってさえくれれば。きっと、僕らは」

悲しそうに歪む顔は、嘘偽りなくこの状況を悔やんでいるようだった。

「もう隠すことはできないだろう。だから僕がやったことを君に知ってほしかったんだ。君にだけは理解してほしかったんだ」

どぉん、と頭蓋をゆらす雷のような轟音が響いた気がした。

しばらく何も言えなかった私は、どうにか声を絞りだそうとする。

「あなたは、私の……」

最後まで紡げなかった言葉に、慈しむ瞳が答えた。

世界が揺れている。歯の根が合わなくなる。頭が痛い。痛い。痛くてたまらない。

再び轟音が頭を揺らす。竹谷さんは少し不快な顔を挟んでから、話を続ける。

「初めは、なんで秋穂さんが彼女たちの件を知っていたのか、確かめるためだったんだ。これでも僕は糧を得るときには細心の注意を払っている。実行するのは一年に一度だけ。対象を探す際の変装は毎回変えているし、物色する繁華街も決して同じ場所は選ばない。快楽殺人者のように、殺した相手の物品や一部を記念品として残すような真似もしない。協力者もいないから、誰かから情報が漏れることもない。正直、自分でもどうすれば発覚するのか、知りたかったくらいなんだ。だから秋穂さんの近場から情報を集めることにした。そしてまずは秋穂さんの職場に向かって、君に出会ったんだ」

あの日の、アキちゃんの元カレと今カレに挟まれた気まずい出会い。

「そしてあとは君も知る通りだ。まさか泣き女なんてオカルトを辿られるなんて、考えつくわけがない。逆に考えれば秋穂さんと君にしか、僕の罪を辿ることはできない。安心したよ。それに、あの泣き女を調査していく上で、素晴らしいことにも気が付いた」

「素晴らしいこと？」

「彼女たちは理解してくれていたんだ。感動したよ。泣き女たちは、決して人生に価値を得られない孤独なものたちを救っていた。どうしようもない人生を、せめてもの幻で掬い上げて終わりを与えていた。死して初めて僕の啓蒙が成功したんだ。君たちの前ではまともな顔をしていたけれどね、本当は泣き出したいくらいに嬉しかったんだよ」

ああ、目の前にいる男は、本当に化け物なんだ。

彼女たちを残虐な死へと追い込んでおいて、呪いと成り果てた彼女たちを理解して、なお歓喜する。私には、何もかもが理解できない。

私の顔を少し見つめてから、竹谷さんがまた優し気に微笑んだ。

「一葉。君ならわかってくれるよね？」

今、竹谷さんの感情を逆なですることもないだろう。そんなことわかっているはずなのに、それでも胸に込み上げるものをそのまま音にする。

「わかりません。彼女たちのあの有様が、素晴らしいことだなんて、私には思えません」

体が震えている。恐怖のせいなのか。それとも流れる血の半分が、おぞましくてたまらないからなのか。片方の手で肩を抱きながら、必死に震えを抑えようとしても止められない。それでも何かに負けたくなくて、視線だけはそらさずに、どうにか前に向けていた。

竹谷さんは私の言葉を聞き、少しだけ考えて何かを思いついたようだった。

「ああ、教育だな」

その言葉も理解できなくて、私は眉をひそめる。

「さっき話しただろう。僕は父に売られて、祖父に鞭を打たれながら育ってきたんだ。きっと過酷な環境が君には足りないから、理解ができないんだ。だから教えてあげよう」

竹谷さんが部屋の隅に立てかけてあった、細長いものを手に取った。それは馬用の鞭だった。弾けるような痛みを想像した私に、また優しい笑みが向けられる。

「病院で言ったよね。僕は決して君を見捨てない。だから僕をがっかりさせないでくれよ」

恐ろしい未来を想って歯を食いしばる。涙が溢れる。恐怖に心が支配されていた。その奥底から、悔しさが込み上げる。アキちゃんの仇も取れずに、泣き女たちの無念も晴らせずに、私はこの化け物に為すがままにされるのか。

次の瞬間、生木をへし折るような音がした。竹谷さんの背後から腕が伸びていて、鞭を持つ手にしがみついていた。

「ネズ!」

ふらつくネズが私を安心させるように笑った。だけどすぐに怒りの形相になって、竹谷さんの右腕を左腕で絡ませるように押さえつける。だけど左腕だけだ。ネズの右手は手のひらの形を失って、真っ赤に染まってぶらりと垂れていた。きっと皮が千切れようとも、骨が砕けようとも、繋がれていた手錠を強引に引き抜いたんだ。

「一葉を泣かせやがって。許さねえぞ、この野郎」

竹谷さんは混乱しながらも、ネズの真っ赤な右手を握り潰すように摑んだ。

ネズが苦悶の声を上げる。だけど腕を離さない。それどころか絡みついたまま、竹谷さんの頭へと、自分の頭を叩きつける。竹谷さんも苦悶の声を上げるが、それでも力は緩まない。結果、二人の男は腕を絡ませながら、睨み合っている。

「離せぇ」

「離すか、馬鹿野郎」

鍔迫り合いのように額をぶつけながら、互いに唸り声をあげている。

竹谷さんが、ネズの右手を絞るように捻じる。ネズの唸り声が激しくなる。それでもネズは不敵に笑った。

「なあ、竹谷の旦那。俺はよぉ、一葉に大好きだって言われたんだぜ。裏切って、ひどく傷つけた俺みたいなクズを、あの可愛い娘がよぉ、大好きだって言ってくれたんだよ。あんたには絶対言ってくれない台詞だ」

竹谷さんのこれまで余裕を崩さなかった表情が、初めて痛みを感じたかのように歪んだ。

それを見て満足気に、ネズはさらに笑う。竹谷さんがネズの壊れた手を離して、ポケットから引き抜いた刃を煌かせた。

「だから、死んでもてめえになんかに負けるわけねえんだよ」

ネズがもう一度、勢いよく額を竹谷さんの顔面へと叩きつけた。鈍い音が鳴って、竹谷さんが倒れ込む。腕から力が抜けると同時に、ネズは私の座るソファへと倒れ込んで唸り声を上げる。私は必死にネズを抱きかかえる。脇腹をナイフで刺されたのか、真っ赤な染みが広がりソファから床へと血が流れていく。

「この、チンピラが」

いち早く立ち上がった竹谷さんが、真っ赤に染まった鼻を押さえながら怒号を上げた。ネズは血を流しながら、どうにか立ち上がろうとしているけど、全身が冗談みたいに震えている。もう限界なんだ。このままじゃネズが殺される。なんとかしないと。

どぉん。どぉん。どぉん。

繰り返す轟音が響き渡る。耳にこびりつかせるほどにはっきりと、私の頭を揺らし続ける。竹谷さんが再び不愉快そうに顔をしかめた。

強烈な違和感。驚きとともに、それを口にする。

「この音が、聞こえるんですか」

突然の質問に眉をひそめながらも、竹谷さんが答える。

「ああ、雷かな。全く喧しいな」

そう言った顔が険しさを増した。その顔に、私は確信する。それは、つまり。

「ここ、地下室ですよ。雷の音がこんな大きく響くわけがないじゃないですか」

その指摘に竹谷さんは凍りついていた。ネズにはきっと聞こえていないのだろう。虚ろな視線に疑問を浮かべている。私はそんな視線へ頷いてから、前を見据えた。

「私、あなたが理解できない化け物だと思っていました。だけど違う。考えてみれば、これまで何度も私に同意を求めてきましたよね。そんなふうに、自分のことをわかってほしいなんて願うのは人間だけです。化け物ならば、他人のことなんて気にしない」

そう考えると、これまでのどうしようもなかった恐怖が薄れて、真っすぐに竹谷さんの瞳を見つめることができた。不思議と思考は落ち着いて、冴えてさえいた。

「あなたは無価値だと思う人間を、自身の信念に対する燃料として消費した。その代わりにあなたはこの土地の経済に貢献し続けることを誓い、それを実行し続けた。あなたは本当にすごい人なのかもしれない。普通の人なら耐えられない罪を背負いながら、自分の信じるものへと尽くし続けたんですから」

もはや確信に近い気配を、扉の向こうに感じながら私は続ける。

「だけど、あなたにとっては無価値に思えたとしても、それでもその人生は彼女たちのものだったんです。人生の価値を決めるのは、その人生を生きる本人の特権です。それなのに、他人がその価値を量ることなんてできるわけがないんですよ。だってあなたは、彼女たちと違う人間なんだから。あなたはそんなこともわからない、歪んだ傲慢な人間でしかありません」

彼女たちの怒りが宿ったかのように、強い想いが胸から溢れたようだった。

「たとえどんな理屈を聞いたとしても、全てを理解できたとしても、私はあなたを肯定なんてしない。自分だけを尊んで他者を見下す、そんなくだらない信念なんて絶対に否定してやる」

私はネズの肩を強く抱いた。私たちのために、呪われた人々のために、ネズはいつだって頑張ってくれていた。

「あなたなんて、ネズの足元にも及ばない」

血まみれで息も絶え絶えだったネズが、私の言葉を聞いて大きな声を上げて笑った。

「言ったろう、旦那。死んでもあんたにゃ負けねえって」

ネズの横顔には勝ち誇った笑みが浮かんでいた。それを見た竹谷さんの顔が、先ほどネズに罵倒されたときよりも、深く醜く歪んだ気がした。

どぉん、と一際大きな轟音が鳴り響いた。竹谷さんが、驚きに体を跳ねさせる。同時に背後の扉から金属音が鳴って、ソファのすぐ横に捻じ曲がった錠前が転がった。

「彼女たちが、あなたを見つけましたよ」

その顔面から、驕りも怒りも消えていた。泣きそうな子供のような怯えが広がっている。

「松前さんの語った、じゅうらきさんを始めとした生け贄の伝説たちを覚えていますか。そんな土地の上に、あなたはさらに彼女たちを流し続けた。そうして出来上がったのが泣き女なんです。そんな彼女たちが、あなたの理屈を受け入れるわけないじゃないですか」

口の端が歪み、心の底からの嘲りが浮かんだ。

「彼女たちは助けを求めていたんですよ。私たちはこんな風に死んだんだ。私たちはこの街にいる。お願いだ。見つけてくれ。きっと同じような孤独な人間ならわかってくれる。そんな祈りが、歪んで、淀んで、呪いに成り果てた。だから、彼女たちは私にもずっと訴えていたんです。見つけ出してくれって」

竹谷さんは震える声で反論する。

「残念だけど、彼女たちの一部も、痕跡も、どこにも残っていない」

「いいえ。あるじゃないですか」

私は目の前の怯えた男を真っすぐに見つめる。

「あなたですよ、竹谷さん。彼女たちを、バラバラにして、灰にして、川へと流したあなたこそが、彼女たちの最後の祈りが行き着く先なんです。あなただけは完璧に、あなたの罪を覚えている」

再びの轟音。それは雷轟と聞き紛うほどに強烈な、泣き女たちの怒号だった。私とアキちゃん、そして孤独なものだけに聞こえる彼女たちの叫びだ。

「あなたの話を聞いて、ようやくわかりました。彼女たちは孤独な人間を呪う。だからあなたを呪えなかった。あなたは罪を背負いながらも、使命に殉じる覚悟があったから。如何(いか)なる困難にあっても、自分の人生の価値を信じることができたから。孤独ではなく、孤高であることを証明していた。だけど、もう違う」

全身を凍り付かせる目の前の男へと、罪状を言い渡すように告げる。

「もうあなたは孤高じゃない」

許してはならない殺人鬼を、血縁としての父を、優しかった竹谷さんを、見つめる。

「娘の私に、絶対に拒絶されると気づいてしまったから」

その理由を想って視界が潤む。こんな人に涙を流す価値なんてない。だけど、涙は止まらない。

孤独とは、あくまでも主観的な感情でしかない。つまりこの人は、私を愛してしまったから。零(こぼ)れ落ちる雫(しずく)と共に、言い放つ。

「あなたは孤独になってしまった」

鈍く軋(きし)みながら、背後の扉が開いていく音がした。湿った、冷たい風が吹き込んだ。そしてずるり、ずるりと、重たい何かが、地を這(は)う音がする。一つ二つではない。多くの異音が背後に迫っていた。

泣き女たちが狭い地下室への階段を這って、遂に私たちの目の前へとやってきた。先頭には三人。ソファを乗り越えて、もう二人が私のすぐ横を這いずって通りすぎた。竹谷さんには、確かにその姿が見えているようだ。悲鳴に近い声をあげる。

「やめろ。近づくんじゃない」

逃げ場のない地下室で彼女たちは、獲物を狙う肉食獣の群れのように竹谷さんを取り囲んでいた。這いずり回りながら睨みを利かせる彼女たちに、竹谷さんは為す術もなく壁に背をつけた。恐怖が呼吸を奇妙なリズムへ変化させている。

泣き女の一体がゆっくりと腕を伸ばして、竹谷さんの肩を摑んだ。猛禽のような指が力強く肩に食い込む。瞬く間にスーツに血が広がり、苦悶の声があがる。

次の瞬間、肩を摑んでいた彼女が竹谷さんに飛びかかった。大きく開かれた口が、その脇腹に喰らいつく。甲高い悲鳴。余程の力なのだろう。竹谷さんは必死に抵抗を試みているが、腹を貪る彼女はびくともしない。

泣き女は竹谷さんの着ていたスーツごと、脇腹を食いちぎった。皮どころか、肉すら引きはがされた竹谷さんは情けない声をあげてその場にへたり込んだ。傷口からは一瞬白いあばら骨が覗いたが、溢れる出血によってすぐさま赤に覆われた。

その間にも、背後からは泣き女の気配が増え続けている。凄惨なる悪夢のようなその光景に戦慄していると、竹谷さんに喰らいついていた泣き女が何かを吐き出した。

目の前で金属音が鳴る。血に染まるそれは小さな鍵だった。鍵穴へと差し込むと、いとも簡単に手錠がはずれた。私はじっとこちらを見つめていた彼女に言う。

「ありがとう」

すぐにネズへ手を貸して、励ましながら立ち上がらせる。

「もう大丈夫だから。もう少しだけがんばって」

どうにかネズと部屋を出ようとする私へ、泣き女たちが道をあけてくれる。

「一葉。助けてくれ」

背後からの声の主を一瞥する。恐怖と痛みと出血で、顔面蒼白となった竹谷さんが乞う。

「僕は彼女たちを無為に殺したわけじゃない。彼女たちに、それを」

聞く価値すらない言葉だ。私はネズを励ましながら背を向けた。私への説得を諦めたのだろう。竹谷さんは己を取り囲む彼女たちへ、泣き喚くように語り始めた。

「僕は間違ったことはしていなかったはずだ。君たちの人生に価値なんてなかっただろう。僕はそんな君たちを価値あるものへと昇華させたんだ」

地下室からの階段を上りながらも、周囲には彼女たちの気配がますます濃くなっていく。何かを引きずる音や、重々しい足音が絶えることはない。

「僕はこの街へ尽くし続けた。結果この街は発展し続けている。君たちはその礎に成れたんだぞ。そんな誇るべき道を途絶えさせるべきじゃない」

ネズに力を振り絞らせて、階段を上り切る。

「お前らのような、薪にするぐらいの価値しかない女どもが、僕から人生を奪うだなんて。それこそ間違っている。僕は間違っていない。僕は間違っていないんだ」

馬鹿な言い分だ。彼女たちにとって事の正誤なんてことは関係ない。ただあずかり知らない理屈に、自分たちが残酷に消費された。そのことだけが怒りの理由なのだから。だけどきっとあの人は、そんなことも理解できないんだろう。自分の理屈こそが絶対であるという正しさに酔って生きてきたあの人だからこそ、彼女たちは復讐を遂げるんだ。

靴も履かずに、屋敷から出た瞬間だった。背後から絶叫が響いた。痛みと恐怖に満ち溢れた言葉にならない声が、長く長く鳴り響いていた。それでも私は振り向かずに、乗ってきたセダンへと向かう。

嵐の中、どうにかネズを車に乗せる。見様見真似の無免許運転で車を発進させて、近くの集落へと向かった。

端正な女の声が、次の新幹線の時間をアナウンスしている。出発まではあと三十分程だ。

「しかしひと月以上も入院することになったとは、まいったね」

駅構内のカフェで、ネズはうんざりとした顔で言った。その前には、巨大なパフェが聳え立っている。薄味の入院食の反動らしいが、本当に食べきれるのだろうか。

「むしろこれくらいで済んで、運が良かったんだよ」

「まあねえ。腹はまだ少し痛むし、右手はしばらく使い物になんねえけどな」

分厚い包帯を巻かれた腕をみせびらかしてから、カフェの窓の外を見下ろした。

「それで、やっぱりまだ彼女たちはいるのか？」

「うん。今はネズのパフェを食べたそうに見てる」

構内二階の窓にバンシーちゃんがへばりついていた。

「さすがにあげるわけにはいかねえよ。ごめんな」

ネズがまるで見えているかのようにそう言うと、バンシーちゃんは不満そうな顔をしてからどこかへ行ってしまった。

「てっきり、復讐を終えたら消えるもんだと」

「一応事件以降も松前さんにはSNS上で怪異相談を受け付け続けてもらっているんだけど、泣き女らしい話はきていないみたい。あの子たちの呪いは、もう解けたんだと思う。だから最近は昔の愛称で、バンシーちゃんって呼んでるんだ」

「そのバンシーちゃんたちは、成仏とかしないのか？」

「しないのかなあ」

私は未だ彼女たちが闊歩する街を見下ろしながら首を傾げた。

あの日、屋敷から脱出してから、当然私たちは警察の聴取を受けることとなった。失踪した母親を追って、空き家と思しき屋敷へと向かったら、竹谷さんに襲われ、ネズは刺され、私は監禁されかけたところを、どうにか脱出してきた。もちろん泣き女の関わる部分は警察には伝えていない。

屋敷の地下室にはネズと私の血がべっとりとついた手錠が放置されていたし、供述はある程度は信用されたみたいだ。というよりも、あまりに異常な事件なだけに、信じざるを得なかったのかもしれない。

件の地下室から発見された男性の死体について、刑事さんは「ショックを受けないでくれよ」という前置きと共に、オフレコという条件で教えてくれた。

地下室の死体は非常に激しい欠損状態にあったらしい。私たちの証言と、実際に丸竹商事の社長が失踪している事実がなければ、身元を判別することは難しい程だったそうだ。そして見えぬ何かに怯えるように、刑事さんは続けた。

その死体には、全身隈なく嚙み痕があったらしい。骨すら砕くほど強靱であったものの、その歯型は明らかに人間のもので、少なくとも二十種類以上の識別がついた。つまり、二十人以上の人間が竹谷泰隆という人物を貪った痕があるというのだ。しかも出血具合からそれが行われたのは死亡する前だという。さらには、件の地下室からは、竹谷さん、ネズ、私以外の古い血液反応が無数に見つかったそうだ。

警察としては、そんなことは公表できるわけもなく、偶然人里へ下りてきた熊に襲われたということになっている。明らかに気味悪がっている刑事さんから、何かを知っているかと尋ねられたけれど、私は何も知りませんと答えた。

この街における経済界のホープが、突然女子高生を襲った挙句に怪死したわけだから、地元はもちろん、全国的なニュースとなって大変だった。今でもたまに取材を申し込まれることもあるし、一時は家に待ち伏せされるなんてこともあったほどだった。

「けどそう悪いことばかりでもないんだよ。あの子たちが、マスコミの人を追っ払ってくれるの。あの子たちが睨みを利かせると、みんな顔色が悪くなっていなくなっちゃうんだ」

「そりゃなんとも心強いボディガードだことで」

「それだけじゃなくて、例えば道を通せんぼされたと思ったら、目の前で交通事故があったり。こっちを呼ぶように手招きするから、行ってみたら小火があったりして」

「すげえな。まるで守護天使じゃねえか」

そう言いながら左手だけで、ハイペースでパフェを食べるネズは何とも珍妙だ。

「多分これって謝罪なんだと思う。あの子たちは、私を利用して復讐を果たしたんだから」

ネズがパフェをほじくる手を止めた。

「どういうことだ？」

「私たちには、バンシーちゃんが見える。けどね、あの子たちの本当の狙いは私だったの。アキちゃんにも見えたのは、副次的なものだったんじゃないかな。血縁上の娘である私を接触させることで、竹谷さんに孤独を感じさせることが目的だった。竹谷さんが私を娘だと気がついて、私が竹谷さんを殺人鬼だと気づいた時点で、復讐の達成は確定していたの」

「泣き女からしたら、一葉は竹谷を呪い殺せる必殺の爆弾だったわけか」

「そういうこと。だから呪いが解けた今、そのお詫びをしているんじゃないのかなって」

「まあ害がないならいいんだけどよ。一葉、本当に大丈夫か」

「実の父親が殺人鬼だったこと？　気にしてないって言ったら、嘘になるけど。大丈夫だよ。私は私でしかない。あんな傲慢な考えには、一ミリも共感できなかったしね」

「そっちの話も、そうなんだけどよ」

気まずそうなネズが何を聞きたいのか、すぐに思い当たった。

あの地下室で目にしたスマホは、間違いなくアキちゃんのものだった。

「そっちも気にしてないわけじゃない。しばらく辛くて仕方なかったし、今も、うん」

潤みそうになる目を擦りながら、努めて明るく言う。

「だけど、アキちゃんの仇を取ることができたんだって思うようにしている。アキちゃんがもしここにいたとしたら、暗い顔してんじゃないよって怒られると思うんだ」

「そうだな。アキちゃんならきっと、そういうだろうな」

構内にアナウンスが流れた。ネズが「やっべえ」と呟いてからパフェを掻きこむ。お会計を済ませて慌てて改札へと向かうと、時間はギリギリだ。

「それじゃあ、元気でね。お酒ばっかり飲んで体壊さないでよ。もう若くないんだから」

苦笑していたネズが、急に真剣な顔になった。

「なあ本当に東京に来なくてもいいのか。父親代わりって柄じゃねえけどよ、一葉一人分くらいの面倒は見れるぞ」

「マッチさん、会社に復帰させてくれたけど平社員からやり直しなんでしょ。これまで相当な無理をしてくれたし、それで十分だよ」

「だけど、この街には嫌な思い出が多いだろ」

「まあね。だけど、ママとか奏音ちゃんとか親切にしてくれる人もたくさんいるし、バンシーちゃんたちもいるしね。それにあの家で待っていたらね、いつかアキちゃんが帰ってきてくれるような気がするの。だから、ありがとう」

「うん。そうか」

「そんな暗い顔しないでよ、らしくもない」

そう言われたネズが、いつもの剽軽（ひょうきん）な笑顔を見せた。そのとき、下りの便で到着した乗客が改札に殺到した。それを合図にネズが言う。

「じゃあまたな、一葉」

「じゃあまたね、ネズ」

隣の改札を見慣れた雰囲気の女性が通り過ぎようとして、足を止めた。

「あら、一葉。それにネズまで。こんなところで、二人してどうしたの」

時間が止まった気がした。私も、ネズも、開いた口が塞（ふさ）がらない。

「なんて顔してんの。ほら、他の人の迷惑になるでしょ。場所空けて」

他の客のことなんて、気にしていられるか。私とネズは、悲鳴のような声を上げた。

「「アキちゃん！」

「アハハ、久しぶり」

それ以上何も言えなくて、そのまま抱き着いた。本物だ。幻じゃない。アキちゃんだ。

「アキちゃああああん」

これはもう仕方ないだろう。多くの通行人がいる構内に、私の泣き声が響き渡る。幼稚園児以来の全力の抱擁に、アキちゃんは恥ずかしそうで、だけどすごく嬉しそうに抱き返してくれた。その瞳からは涙が零れていた。

「よしよし。ごめんね、いきなりいなくなっちゃって」

「本当だよ、すごく心配させて。アキちゃんの馬鹿！」

「ハハ。返す言葉もないや。それでネズ、なんであんたが誰よりも号泣してんのよ」

声もなく、鼻水を垂らしながら、大粒の涙を零すネズの様子に、周囲から苦笑する声が聞こえてくる。だけどその気持ちは、誰よりも私にはわかる。泣きながら、弁護する。

「ネズは悪くない。悪いのはアキちゃんだよぉ」

「まあ、そうだよね。ほらネズもおいで」

改札口前で、女子高生とおじさんを抱擁するアキちゃん。なんとも奇妙な絵面だけど、それでも私たちは離れることができなかった。

先程店を出たおじさんと女子高生が、人数を増やした上に号泣しながら戻ってくるとは思っていなかっただろう。カフェの店員はドン引きしながら、それでも気を遣ってくれたのか、一番奥の席に案内してくれた。

私たちは涙ながらにこれまでの出来事を語った。アキちゃんが感心した様子で言う。

「なんとまあ、そんなことになっていたとは。大変だったねえ。ネズも本当にありがとう」

「本当だよ。アキちゃんは一体どこにいってたのさ」

「ええと、逃亡生活、的な？　本当は、あたしがあいつを殺すつもりだったの」

私たちの推理は、ほとんど的中していたらしい。ハナちゃんの事件で泣き女の脅威に気付いたアキちゃんは、街の怪異を調べ上げ、泣き女の法則に気が付いた。そしてあの屋敷へと辿り着いていた。だけどそこからが予想とは違った。

あの屋敷が竹谷さんの所有物だと調べをつけて、接触を図ったのだ。そして恋仲になったふりをして、泣き女たちの無念を晴らそうとした。

「だけどやっぱり素人仕事だったね。後ろから刺した後に、正面から顔を見ちゃったら、もう駄目だった。狼狽えているうちに反撃されちゃって、逃げることしかできなかった」

「それで、失踪したわけ？」

「そういうこと。昔の伝手を頼って、ちょっと柄の悪いとこに協力してもらって、逃がしてもらったの。それでしばらく東北のほうにいたんだ」

アキちゃんは悪戯めいた笑みを浮かべた。

「それで一応、こっちの新聞とかネット記事を確認してもらっていたんだけど、寝ても覚めても殺人未遂の話は出てこない。とはいえ様子を見に行くにも危険すぎる。どうしたものかと考えていたら、まさかのまさか。竹谷のやつ、死んでるじゃないの」

潜伏生活の中、何をしていたのかは知らないけれど、余程の徒労を思わせる苦い顔だ。

「しかも動物に襲われたとか、訳の分かんない死因で。もしかして何かの罠かとすら思って、しばらく時間をおいてから帰ってきたってわけ」

「それで、偶然の再会かあ」

「まあ、あたしが死んでいたと思っていたんでしょ。生きていてよかったじゃない」

「そりゃそうだけど。手紙の一つでも送ってくれてもよかったじゃない」

「送ろうとしたわよ。スマホも失くしていたから、伝手を頼って連絡しようとしたけれど、あんたはあの竹谷と仲良しになって監視までついているし。接触はやめた方がいいって」

全身の血の気が引いた気がした。

「監視、ついてたの？」

「うん。探偵か何かだって。多分竹谷のほうで雇っていたんだろうね。安心して。今はもういないって確認してから帰ってきたから」

竹谷さんが時折口にしていた「業者」という言葉を思い出す。

「まあネズも一緒だったみたいだし、あの慎重な竹谷が一葉に危害を加えるようなことはないとは思っていたけれど。まさか一葉がバンシーちゃんの件を解決していたなんて。

こりゃ成長に目を見張るどころじゃないね。本当によくやったよ」

幼子のように頭を撫でられる。恥ずかしいけど嬉しくて、抵抗できずに撫でられ続ける。

「だけど一言相談してくれれば、よかったのによ」

隣でネズが不服そうに口をとがらせていた。

「あんたも一葉も、これから人を殺します。なんて言ったら絶対に止めるじゃない」

そりゃ当たり前でしょ、という視線をネズと向ける。

「まあ何にせよ、これにて一見落着。とはいかないよねえ」

窓から街を見下ろしながら、アキちゃんが言った。

「けどバンシーちゃんたちも呪いが解けたから。ハナちゃんみたいなことには、もうならないと思う」

「うん。何か顔つき変わってるもんね。あの子たち」

久しぶりに人には見えないものを語り合えることが、嬉しくてつい、にやついてしまう。

「だけど、このままってわけにもいかないでしょ」

アキちゃんはスーツケースを開いて、中から分厚いファイルを取り出した。

「これはね、孤独で行き場のないまま行方不明になった女の子のリスト。潜伏中に、調べて集めていたの」

　重みのある音と共に置かれたファイルを見下ろして、パラパラとめくる。

「あの子たちに、せめて自分が誰だったのか、教えてあげたいの。できれば家族に亡くなったことを伝えてあげたい。一葉が聞いた竹谷の被害者の選別方法と、可能な行動範囲を限定すれば、身元を確認するのも無理じゃないと思うの」

　分厚いファイルを捲り続ける。数百人に上る個人情報の束に、思わず怯んでしまう。

「だけど、こんな数から見つけられるの？」

　アキちゃんが呆れるような声を上げた。

「何言ってんのよ。あたしとあんたなら、できるに決まってんじゃない。こちとらあんたがお腹の中にいる頃から、バンシーちゃんたちとは付き合いがあるのよ。あんただって、小さい頃からずっと見てきた顔でしょ。近所のお姉さんくらいの付き合いじゃない」

　そうだろうか。そうなのかもしれない。そう言われたら、そう思えてきた。

「うん。あの子たちを、見つけてあげよう」

　アキちゃんがにっこりと微笑んだ。そしてネズにも微笑む。

「ネズも手伝ってよ。運転だったり、資料の整理だったり、人手があると助かるから」

　ネズがぎょっとした顔をして、目を泳がせる。

「いや、俺は東京の仕事に戻らなくちゃいけなくて」

「まだマッチのところで働いてるんでしょ。いいじゃない。こっち手伝ってよ」

「ネズはこれまで仕事を辞めてまで、手を貸してくれていたんだよ。これ以上はさすがに」

思わずあんまりだとネズを援護する。だけどアキちゃんは怯まない。

「マッチのやつ、私たちには貸しがあるんだから、せいぜい協力させてやればいいのよ」

「……貸し？」

意外な言葉に問い返す声が漏れた。ネズが顔を引きつらせている。

「まだ言ってなかったの？　ネズが卒業旅行の資金持ってとんずらしたのは、マッチのせい。事業失敗した挙句にやばいところに金借りて、ネズはそれを見捨てられなくて金をかき集めていたのよ。結局それでも全然足りなくて、借金の一部肩代わりしてなんか船に乗せられてたよね。なんだっけ、蟹工船みたいな」

「ああ、もう言うなよぉ」

情けない声を上げながらネズが頭を抱え続けている。私は思わず声を荒らげた。

「そんな話だったなら、むしろ説明してよ。だからマッチさん、ネズに甘かったのか」

「ああ、もう。誰にも言わない男の約束だったのに」

「言ってないでしょ。あたしが言っただけで。約束は破ってない」

「ああ、わかったよ。協力するよ。ああ、だけど部屋引き払っちまったんだよな」

「じゃあウチに住めばいいじゃん。一葉、別にいいでしょ」

平然とそう言ったアキちゃんに、ネズが驚きの顔を向ける。

「まあネズなら、いいよ」

少しばかりの間、呆けたように驚いていたネズの顔が、途端に明るく輝いた。

「よっしゃ。了解だ。それじゃあ早速帰ろうぜ。俺たちの家に」

ネズがあまりにも喜ぶから、私とアキちゃんは笑ってしまう。けど私も嬉しくて、繰り返した。

「うん、帰ろう。私たちの家に」

家がある方へと、二階の席から街を見下ろす。空は雲一つなく晴れ渡っていた。ちょうど駅前を流れる川のせせらぎが、穏やかに陽光をきらめかせていた。

本書は書き下ろしです。

呪脈の街

荒川悠衛門

角川ホラー文庫　24423

令和6年11月25日　初版発行

発行者——山下直久
発　行——株式会社KADOKAWA
〒102-8177　東京都千代田区富士見2-13-3
電話 0570-002-301（ナビダイヤル）
印刷所——株式会社暁印刷
製本所——本間製本株式会社
装幀者——田島照久

◇◇◇

ISBN978-4-04-115450-2　C0193

角川文庫発刊に際して

角川源義

第二次世界大戦の敗北は、軍事力の敗北であった以上に、私たちの若い文化力の敗退であった。私たちの文化が戦争に対して如何に無力であり、単なるあだ花に過ぎなかったかを、私たちは身を以て体験し痛感した。西洋近代文化の摂取にとって、明治以後八十年の歳月は決して短かすぎたとは言えない。にもかかわらず、近代文化の伝統を確立し、自由な批判と柔軟な良識に富む文化層として自らを形成することに私たちは失敗して来た。そしてこれは、各層への文化の普及滲透を任務とする出版人の責任でもあった。

一九四五年以来、私たちは再び振出しに戻り、第一歩から踏み出すことを余儀なくされた。これは大きな不幸ではあるが、反面、これまでの混沌・未熟・歪曲の中にあった我が国の文化に秩序と確たる基礎を齎らすためには絶好の機会でもある。角川書店は、このような祖国の文化的危機にあたり、微力をも顧みず再建の礎石たるべき抱負と決意とをもって出発したが、ここに創立以来の念願を果すべく角川文庫を発刊する。これまで刊行されたあらゆる全集叢書文庫類の長所と短所とを検討し、古今東西の不朽の典籍を、良心的編集のもとに、廉価に、そして書架にふさわしい美本として、多くのひとびとに提供しようとする。しかし私たちは徒らに百科全書的な知識のジレッタントを作ることを目的とせず、あくまで祖国の文化に秩序と再建への道を示し、この文庫を角川書店の栄ある事業として、今後永久に継続発展せしめ、学芸と教養との殿堂として大成せんことを期したい。多くの読書子の愛情ある忠言と支持とによって、この希望と抱負とを完遂せしめられんことを願う。

一九四九年五月三日